民国青年教育丛书

老学蜕语

范祎 著

知识产权出版社
全国百佳图书出版单位

图书在版编目（CIP）数据

老学蜕语/范祎著. —北京：知识产权出版社，2018.1

ISBN 978 - 7 - 5130 - 5302 - 0

Ⅰ. ①老… Ⅱ. ①范… Ⅲ. ①杂文集—中国—当代 Ⅳ. ①I267.1

中国版本图书馆 CIP 数据核字（2017）第 296634 号

责任编辑：文　茜　　　　　　　责任校对：王　岩

封面设计：张　冀　　　　　　　责任出版：刘译文

老学蜕语

范　祎　著

出版发行：知识产权出版社 有限责任公司	网　　址：http：//www.ipph.cn
社　　址：北京市海淀区气象路 50 号院	邮　　编：100081
责编电话：010 - 82000860 转 8342	责编邮箱：wenqian@ cnipr. com
发行电话：010 - 82000860 转 8101/8102	发行传真：010 - 82000893/82005070/82000270
印　　刷：三河市国英印务有限公司	经　　销：各大网上书店、新华书店及相关专业书店
开　　本：720mm×960mm　1/16	印　　张：18.5
版　　次：2018 年 1 月第 1 版	印　　次：2018 年 1 月第 1 次印刷
字　　数：206 千字	定　　价：68.00 元

ISBN 978 -7 -5130 -5302 -0

再版前言

　　民国时期是我国近现代历史上非常独特的一段历史时期，这段时期的一个重要特点是：一方面，旧的各种事物在逐渐崩塌，而新的各种事物正在悄然生长；另一方面，旧的各种事物还有其顽固的生命力，而新的各种事物在不断适应中国的土壤中艰难生长。简单地说，新旧杂陈，中西冲撞，名家云集，新秀辈出，这是当时的中国社会在思想、文化和学术等各方面的一个最为显著的特点。在这样的时代和社会背景下，对新式青年的培育成为当时思想界、文化界和教育界进步人士着重关注的一个焦点问题。引导青年人从中国传统的封建文化的弊病中解放出来，科学地审视和继承传统文化中的有益的成分，同时科学地借鉴和接受新鲜、进步的西方社会思想成为当时重要且普遍的社会现象和社会思潮。

　　本社此次选择了一些民国时期曾经出版过的、有关青年教育的图书，整理成为一套《民国青年教育丛书》出版，以飨读者。这套丛书涉及青年人的读书、工作和生活，部分图书侧重于理论上的引导，另有部分图书则侧重于以生活实例来宣扬符合时代和历史进步发展方向的人生观、价值观，引导青年人走上积极向上、努力进取的人生道路。这套丛书选择的图书大多以平实的语言蕴含丰富而深刻的人生哲理，读来令人回味无穷，既可供大众读者消闲阅读，也可供有专门兴趣的读者拓展阅读。这套丛书不仅对民国时期的青年读者具有积极的教育意义，其中的许多观点和道理，即使在当今社会也没有过时，仍具有重要的参考价值，因此也非常适合今天的大众读者阅读和参考。

本社此次对这套丛书的整理再版，基本保持了原书的民国风貌，只是将原来繁体竖排转化为简体横排的形式，对原书中存在的语言文字或知识性错误，以"编者注"的形式加以校订，以便于今天的读者阅读。希望各位读者在阅读本丛书之后，一方面能够对民国时期的思想文化有一个更加深刻的了解，另一方面也能够为自己的书橱增添一种用于了解各个学科知识的不可或缺的日常读物。

目录

目
录

卷 一

原　人

　　蒿目子悄悄以悲，罩罩以思，曰："人哉人哉！人何为而生于世？既生矣，又何为而必乐生，而必畏死？乐生畏死之外，又必有七情六欲，时而喜，时而怒，有爱焉，有恶焉，胶胶扰扰于其内，营营逐逐于其外，其目的果何在乎？吾人之对于此目的，当用如何之方法？庶几有满足之希望乎？欲令有满足之希望，则于吾人所经营之事业，当为者果何在？不当为者又何在乎？"

　　爰有一怪物，无形而有声，呦呦然语人曰："汝亦动物之类耳。汝乃于万物之中，自以为至尊至贵，睥睨一切，其气焰不可向迩也。然以余视之，为其有耳目口鼻乎？彼牛马等亦未尝无之也。为其四肢有手足之别乎？彼猿猴类亦未尝无别也。为其能发音声，成为语言，以通其意思于同类乎？彼飞鸟与昆虫中之善鸣者，其声之宛转抑扬且百倍于人也。且背无两翼，不能翱翔于天空；胁无双鳍，不能游泳于水际；卫身必以器具，见其爪牙之不足用；御寒必以衣服，见其皮毛之不为功。凡是种种，皆鸟兽虫鱼之不若也。进而言之，凡为动物者，饥而食，渴而饮，倦而息，醒而游，无他欲望焉。惟人不然，饥寒则求温饱，温饱则求安乐，安乐则更求富贵，富贵则更求寿考。同类相杀，同室相仇，纷纷藉藉，无时或息。劣败者雷叹而颓息，优胜者趾高而气扬，终其身于战斗争竞残贼之中，而未尝一悟焉。尊于何有哉？贵于何有哉？"怪物之言盖如此。

人乃起而应之曰："唯唯否否。以形体言，以机械言，吾之不如鸟兽虫鱼者，吾无庸讳言也。以形体机械之不如，而执以概其灵能，则吾不能承诺，盖因有不如于此，用能突过于彼。故灵能者，人与动物之别，而亦天所以为人与动物之限制也。动物无灵能，其生活之范围甚狭，天不得不赋以适应其境遇之要具，以全其生。人则灵能既无限，生活之范围至广且大，将安用有此适应境遇之形体与机械为哉？"盖人之答言又如此。

读前文两者之说，吾侪必认后说之非讹，则不啻自认吾侪有灵能之非讹也。夫灵能与自然的化育相对待，灵能愈少者，受自然的化育必愈多，因之其形体机械上之发达必愈甚，否则即不能适于境遇，以全其生活；反之而灵能愈多者，即不必受自然的化育之栽培，亦能恃灵能之发展，为其生活于境遇间之变化，而形体机械，遂不在必需之列。然则人之形体机械，不妨稍劣于一切动物者，即其灵能之独优于一切动物所致而已。唯人既赖此灵能以生，则灵能之在人，不独能生之，亦且能杀之，何也？人而善用其灵能，则一人赖之以生，人人赖之以生。不然而滥用之于恶事也，为善有余者，为恶亦无虞其不足。其所破坏，其所灭绝，不仅一人之不幸，即他人亦不免蒙受其祸。于是灵能之中，有要物焉，良知是也。由其有良知，则能辨别善恶，发挥其自觉之天才，以维持当然之人道。此即人类以外所无，翘然特出于各动物上。自保全一身生存之外，更欲令其同类，共享安全之乐，协力以组织社会、建设国家、经营世界，俾日进文明而不已。如是之人，始为无负其灵能之赋界，则人之尊贵，尊贵于其有灵能，灵能之尊贵，尊贵于其有良知，又明矣。

是故动物之形体机械，足以保卫其身而止，人则自社会国家，极其量于世界。初不以宙合之大，族类之多，谓如太仓之稊米，沧海之一粟，而有狭小之观者，良知无限，灵能无限，即人之责任无限也。一人之行为，不仅影响于其个人，横之千里万里，遍及于全球，纵之十年百年，蔓延于后代，一世之利害得失，关系于匹夫子孙之盛衰兴亡，推原其祖父。人若仅以自己为本位，纵其贪欲，任意妄为，自以为得计矣，而不知害人适以自害，灵能之不由良知而出者，其结果断不能良善。以其自比于鸟兽虫鱼，失其人道，遂失其人格也。

卷
一

自古世以来，曷为有道德？曷为而有伦理？道德伦理云者，所以医其良知之病也。夫气体健康，何用医药？至于究医理而讲医法，实于人身为不祥事。然既有疾病，不能不有以治疗之，非先有医治，而后有疾病也。道德与伦理，毋亦为人道之不祥事乎？然良知之遭病，为其灵能之障碍，无道德伦理之法定秩序，以为之挽救。吾恐此无形之惨毒，固尤甚于有形之疾病，而后起之道德伦理，即本其先天良知之所有以调剂而整理之，则人道反正，而人格亦于是恢复焉。虽世异政，国殊俗，道德伦理不必其尽同，然以健康人之良知与灵能，则其揆一也。

且夫人心之灵妙，其活动如水，其坚凝又如山。如水故善流而善入，如山故能立而能守。导之于善，则大圣大贤也；用之于恶，则穷凶极恶也。然人尝慕圣贤而斥凶恶，常若有良知之律令威权，悬于吾人方寸之间者，则以道德伦理之不可诬。且圣贤之所以为圣贤，凶恶之所以为凶恶，亦恒取其道德伦理，以为之量度而权衡。故道德伦理，以虚空之理想，而为人生实行之指南。设令一旦而绝于世，则人类如何？将在不可知之数矣。

虽然，挽近事物之进化，与户口生殖之增加、经济现状之迫压、享福主义之膨胀，于人类之生存上，往往起激烈之竞斗。国家、社会、个人，多有肆其动物性之本能，专求餍其一己之利欲者，为狼吞、为虎噬、为鹰攫、为蚕食、为蜂螫、为蚁嘬，以若是之所为，而又外饰道德伦理之假面具、口头禅以诳人，实际则无不一一与之相反。于是抱悲观主义者，慨时事之不可为，遂谓居今之世，人心世道何庸复问，吾将降其人格于魑魅魍魉之属，岂特不如动物云乎哉？嗟嗟斯说也，殆一偏之见，而初不悟有此悲观之一人。是即人类良知，尚未梏亡之坚证，而提倡之，而奋兴之，吾人遂不得辞其天职也。

有文明之个人，而后有文明之社会；有文明之社会，而后有文明之国家；有文明之国家，而后有文明之世界。则文明必自个人始。或者谓世界之浊乱，欲以个人之清洁，为之荡秽而涤垢，非惟涉于梦想，且适为彼之怒涛骇浪，冲决而去耳。夫一世之人，方浑浑噩噩，颠倒于天演淘汰之筛中，究之此种种方面，决不能为其安心之境遇，而迷途自反，必有其一日，于是有人焉。以道德伦理之本于自然者，为发其矇，俾文明之曙光，一昭心目，未始无挽回之希望，由感动个人，以至转移及夫社会、国家、世界。固有心人所昕夕以祈，而不敢不力者，宗教乎？哲学乎？其间千言万语，几多讲诵，几多辨难，几多警觉，几多提撕。要之，以求完全吾人之为人，而非于人之外，有所增益附属也。有欲为人者，达目的、满希望、贯生死、彻始终，请毋昧汝之良知、毋阏汝之灵能足矣。

说希望

人者，有希望之物也。人之生涯，有希望之生涯也。以有希望之人，经过此有希望之生涯，于是成有希望之大宇、有希望之长宙。东方有人，希望无穷；西方有人，希望无穷。是大宇者，希望之所建立也。古人希望，传于今人；今人希望，贻诸后人。是长宙者，亦希望之所绵延也。世讵有无希望之人哉？抑视其希望之何在而已矣。

吾国如何而能共和乎？以吾人心中，有共和之希望也。吾国如何而能统一乎？以吾人心中有统一之希望也。方其专制，则希望为共和；方其纷乱，则希望在统一。故希望恒处于事实之先，作吾人前途之导师。而进步之希望，即有进步之事实以应之；退步之希望，亦有退步之事实以应之。邪正善恶，事实不同途，而希望之为希望，则初无容心也。

且有一境地，即有一希望以引之，而后其心有系焉，其力能振焉。如拾级然，足之所立，既续续而上，则首之所仰，又相继而增高，级不尽即希望不尽。宗教家之成圣、官僚派之怀禄、商贾之射利、盗贼之意财，无不挟无限量不思议之希望，而得尺则尺，得寸则寸，未尝有餍足之可言。虽天国涅槃，为人生永久之归宿，与勋章爵位财宝金珠，仅为世间一时之荣誉安逸者，自不可等量而齐观，然揆诸希望，本不足定其孰是孰非也。

人之生也，与希望俱来，其死也，与希望俱去。就其间所有之岁月，日日不离于希望，而希望始有大小两种之差异。方夫幼时，入塾读书，见古来英雄豪杰之作为，则慨然慕之，亦自命为英雄豪杰，人曰有大希望哉此儿也。及其归家，就母而求饼饵，不得则继之以哭泣，曾英雄豪杰，而为一饼饵雪涕哉？然其希望英雄豪杰，与希望饼饵，固大小并蓄于心，而初不觉其冲突也。青年学子，轻视世务，以为吾辈一出，则事业可立就，功名可立致，志气之盛，可谓壮矣。然或得小位置，贸小利益，私心自慰，翘然骄人，斯与小儿之得饼饵，何以异乎？是故人不能无小希望，小希望者所以济眼前；不可无大希望，大希望者所以勉将来。局促于小希望中者，小儿也，即庸人也。挥拓其大希望，斥去其小希望，纵一时不克有为，要不失为可造之人才，此乃希望之准的矣。

且希望之于吾人，又有两大病焉。其一，以希望之不达，而遂致灰心；其一，因希望之在前，而忽于所事。是也，夫人生志愿，岂能悉如吾意以相偿，顾每有抱远大之略，不幸屡经挫折，乃即雷叹颓息，而不复自振，精神凋丧，生气毫无，以为从此希望都绝，则自误实甚，此一病也。次之，又有立意过高，存心过雄，而困于地位之卑狭，无以大展其骥足，于是放弃一切，对于应尽之本职，辄谓似此区区，岂足溷乃公事。于是出位之希望，反增益其心之不平，为一生成事之阻碍，此二病也。观于我国古时文学家及大诗翁，或叹老嗟卑，无心斯世；或轻世肆志，举目皆非，要之均为失其希望之正鹄而已。

夫希望者，业务之母，而恒必与其业务相合。故吾人选择业务之际，必取性质之近者为之。无他，非其所好，即无希望存乎其间，勉强就之而无益也。为良相乎？为良医乎？孰定之？希望定之耳。然间有迨中年而希望变，则其业务必从而亦变，见异思迁，其中固多不得已之故，而不可不慎者。如树木然，忽而种，忽而移，其受伤也必甚。每见有人，意志薄弱、思想浮动，五年十年而一变其业务，以致虚度数十岁之韶光，而终身无所成就。固不若萃一生心力，达一种目的之为较有价值也。此则希望之不坚定，又不能不为，吾人之大戒已。

陌诲于是作《说希望》，以告我同志。

卷
一

说奋斗

哲学家言，万物竞争，优胜劣败。吾人既处此竞争之世界，而欲为优胜，不为劣败，自非奋斗不可。请言奋斗。

其一曰，生活上之奋斗。天下无如吃饭难，此吾国人之恒言，西人亦有之，惟饭字易以面包耳。顾无论饭，无论面包，得之者生，弗得则死，而奋斗于是托始矣。人生幼而读书，长而习业，其宗旨维何？求以所学所业，得金钱、易饭粮、购面包也。而附此以存者，若衣服、若房屋、若器具、若妻孥、若亲戚朋友、若名誉位号、若玩好游戏，又必一一皆有，而吾人生活上之四周乃具。故人生碌碌，无日不在务欲完全其生活之中。而是生活之必需品，又非常矜贵，断无有不求而自获者。非惟不能不求而自获也，更稍纵而即逝，机会一失，永无再来之日。自古圣贤英杰，每以进德修业之及时，勖励后学，而吾人横览斯世，其所为驰骛飞扬，疾走而迅驶者，何一不为生活所迫，万不得已而出此耶？生活有高下之差，自乞丐以至于富豪，其必须奋斗而后得，则一也。

虽然，生活上之奋斗，奋斗之最粗者也，试进而言之。

其二曰，事业上之奋斗。稚子幼而入学，其稍有长进者，即知与他学生比较，而不愿落于人后，此童年好胜心。学校恒利用之，一学期之试验分数与其奖励，遂得操学生勤勉与懈惰之权。至中学以上，更趋于实地之竞赛，其成其败，不啻为是人一生结果之关系。每见从前发奋有为之学生，其后日从事于职业也，亦能各就其成材之大小，而为社会有用之人。若夫无志者流，当在学校时代，己❶萎缩而不前。入世之后，因循畏葸，必无可观。故学问者以奋斗而得成，事业者以奋斗而得立，其道一也。吾人艳欧美物质文明之盛，试一观其今日之现状，工业上之奋斗若何？商业上之奋斗若何？农业上之奋斗若何？大发明家以其发明而奋斗；大制造家以其制造而奋斗；轮船因奋斗而愈造愈大；铁路以奋斗而愈设愈长；飞艇以奋斗而愈飞愈高、愈远、愈速、愈稳，开全世界为奋斗之场，组全民族为奋斗之队。然则欧美今日之文明，皆由其事业上之奋斗而来也。于此潮流间，其有懦怯退缩者，则堕落衰颓，岂有幸欤？故生活上不奋斗，则个人之生命绝；事业上不奋斗，则一民族之生命绝。而事业上不奋斗，即有生活上之奋斗，亦不能有远大之规画，终至无以自救。吾国人于一己之生活，奋斗至烈，弱肉强食，靡所不为，惜其所争，只此六尺之地，半铢之算，而未尝放宽其心眼，一游神乎二十世纪之大局也。

顾事业奋斗，犹就其外而言之。奋斗之形式，非奋斗之精神也。请言精神奋斗之类：一为知识，一为道德。

其三曰，知识上之奋斗。吾国之人，所以不能奋斗者，奋斗有奋斗之器械，知识是也。苟无器械，而徒张空拳，则自取灭亡，何益之有？故其人之知识几何，即其所操之胜算几何，

卷
一

---

❶ "己"，当为"已"。——编者注

此无可逃之公理也。欲与一人奋斗，必有与此一人平衡之知识；欲与世界奋斗，亦必有与此世界平衡之知识。而究之非吾欲与之为敌也，彼一人，彼世界，实乃相逼而来，则吾人之预备知识，譬若临阵，厉兵秣马，更无一日之可忽，一时之可懈矣。且知识者，可以度量之物也，我出人上，则人败我胜；人出我上，则我败人胜，有不待交绥，而无难预决者。悲夫！以愚国人之知识，比于智国，犹以弱国之海陆军，比于列强也。弱国海陆军，其训练设备，尚未至可以一战之日，则试诸战而必败，人人知之，人人认之，岂愚国人之知识，而独可贸然一战乎哉？不可以战，而以近世纪奋斗主义之驱使，又不能免于战，则奈何其以身尝试，以国尝试也。是故欧美诸国，至于今日，尚犹兴学校、崇教育、谋普及，以冀知识之灌输于人民，一如海陆军之造船造炮，昕夕不遑，务俾人民之知识，有以胜他国而上之，即其国盛强之地位，有以胜他国而上之。彼第一等国、第二等国之记号何谓耶？无他，即此奋斗之结果而已矣。

其四曰，道德上之奋斗。人有知识以为器械，足以奋斗矣。然无道德，则器械虽多且巨，而无气力以运用之，则亦委之于地斯己耳。吾人中尽有学问淹通，才具干练之辈，而因道德之不刻励，遂失信用于社会，无论公德私德，稍一怠荒，恒足以致失败。古之君子，所谓朝乾夕惕，临深履薄，实非陈腐之空谈，皆奋斗之精神，有以鞭策之于不容已也。且平生之劣习惯，与社会之恶风俗，欲铲除其根株，非经一番之大惩创，断无容易奏功之事实。吾国圣贤，多生叔季，其饥溺之志，与易之心，墨突孔席，栖栖皇皇，无一不以奋斗出之。至于宗教家，以牺牲救世，为唯一宗旨者，更无论矣。故道德者，修之于己，非奋斗不能成立，播之于人，非奋斗无以扩充。世有以道德为无关个人之荣悴，一国之兴亡者乎？则吾不欲有言，自非然者，其亦愤发自勉，勿忘此无形之奋斗也。

嗟嗟吾同胞，当此二十周之世界，吾人类飞腾跋扈之秋，而伈伈俔俔，不敢奋斗者，是无勇也；诿诿喧呵，不思奋斗者，是不智也；突梯滑稽，不愿奋斗者，是不仁也；读我奋斗主义，可以一兴起乎？

卷
一

说勤奋

自科学昌明而后，物质文明，于以大进，创作制造，无所不用其极，宜吾人类成算独操，幸福咸备矣。然而未尽然也。盖机械之功能有限，人事之要求无穷，欲得良好之效果，非更有胜利之术不可。

胜利之术奈何？曰勤奋是已。世事之最能阻人胜利者，其惟畏怯乎？盖畏怯者，阻止吾人心身上能力之发展，使不克有积极之进行者也。因循苟且，推诿不前，岂有成功之可望哉？夫吾人对于自身之实力，究有几何，盖多未能自知，故偶尔勤劳，即以为已尽一日之长，不能复继，便厌倦而思辍歇，不知此皆畏怯之心误之也。依实地试验之法，吾人虽体力已倦，不难以感情之鼓励激之而令前进。诚以人身中所蓄之潜力，实有出人意料之外者，无所刺激，则伏而不显。苟于感受疲乏之时期，仍能再接再励❶，则此种潜力亦遂愈磨愈出，更大之胜利，乃在我目前矣。

---

❶ "再接再励"，当为"再接再厉"。——编者注

世界无论何种成功，决不能一蹴而几，所以然者，因吾人常有惰性力，为之牵制，致不能达最高之效率也。故旷观当世之成大事者，无不先受剧烈之训练，而后心身俱健，不为惰性所乘，始堪任艰巨而有余。此无他，凡心力体力必运用已久，方能应变无穷，风发电驰，一往而顺利也。世人昧于事前之磨练，欲得侥幸上之胜利，其亦谬矣。

人之精力，愈用则愈出，此非訾言也。世之发明家、制造家，当其初之穷年竟岁，殚精竭虑，勤苦无有伦比。如美国大科学家爱狄生氏，其发明电灯也，已孳孳矻矻，费无数年月之研究。终又与其同志，从事实验，继续自十八小时至四十八小时之久，而后举世无匹之电光灯，始行出现。其精力之充溢，殊令人惊骇不置。此外爱氏所发明者，数十百种，举世无比。论者徒见爱氏之体力与其脑力无不发达异常，能应学理上各种之思索，为当代大发明家，岂有异术哉？不过"愈用愈出"一语，足以括之矣。

吾人之能力，因勤奋而增进，为勤奋之足以抗倦，而助以成功也。观夫学校之中，其课程最繁，任务最琐之学生，辄为全校诸学生之冠。且其人对于学业，既胜任而愉快，初无疲乏之态，或更于课程之外，更得有其他可观之成绩。然设令此辈专务正课，不许彼从事于课外之事业，则优游之余，反觉无所用其力，而怠心一生，成绩自较前为逊矣。故力愈用，则其抗倦之能愈显，不用则归于消耗，固一定之理也。

不观乎金铁之固定者常锈坏，材木之堆置者常朽腐，人之苟安懈惰者，常羸弱不振乎？欲转弱为强，变钝迟为敏捷，莫若消除曩昔之疑虑，临时之趑趄，奋勇直前，竭力趋赴，不稍退缩，精神所注，心手相应，脑力体力，靡不露一种活泼之状态，而后电掣风驶，一往顺利。每见行路者中道徘徊，未及数里，足力已疲，狼狈不堪，其实彼之行步，固未尝尽其所能也，其所以告乏者，劲力不畅发耳。田径赛之能者，疾驰奋走，而神采焕发，余勇可贾。此非二人体质之构造有所不同也，而结果相反，故用力则进，不用则退，是在个人之自择而已。

人类富于通变之能力，常应境遇之变迁，而体中各项机能，随外界之要求而变易。例如热带人民，侨居寒地，初虽觉寒，不久亦无大碍。有烟酒之嗜好者，一时似难戒绝，然苟有决心，则痼癖立除。他若吾人食量之大小，恒随进食之多寡以为断，由此以推，体力脑力，亦同此理。吾人日常操作时间，或短或长，要可随人支配，额外事工，非必不可为。向也，操作八小时，若强以十小时，初虽未免过劳，然不久即成习惯。惟以吾人之心理，必以为有乖卫生，而不知运用得宜，则过度之勤奋，适所以增进意外之效率。试观当代成功之辈，每有须发斑白，年近古稀，而壮健如少年，迹其平生，辛勤劳苦，有逾寻常，而毫不损及其体质，反有老当益壮之概。及观潦倒之辈，一生历史，皆在荒废游惰之中，而蒲柳易衰，龙钟颓唐，脑力体力，均形退化，驯致一蹶不能复振。此无他故，自身能力，囿之缩之，不令充分发展而已。挽近某社会学家谓神经衰弱，精力萎顿等病，在游荡社会中，最为通行，旨哉信哉！

世之真能胜利者，其天赋之才具未必皆胜人也。顾有定识定力，抱积极之进取思想，对于职务，鼓全力以赴之，又能潜心壹志，久而不倦，遂骎骎焉驾出乎天资优异者之上。而凡恃其天赋，不勤不奋，惰习既成，事事落于人后，亦为不善用其天资之甚矣。请以达尔文氏之自述为证。达氏之言曰："余心智平庸，无见解敏捷之才能。对于事物，不能为精确之评论，且抽象力薄弱，不能凭空理解，故于算术、心理诸科，恒格格不能入。余记忆甚富，惜皆模糊不清，读书浏览一过，只能略得大意，于卷帙之名目章节，旋即遗忘。故执笔著论，于书中大意，只能意会得之，不能举以示人也。此外余略具发创能力，对于世故，亦略具明决之才，他非所有矣。"云云。观此则达氏者中才之资耳，又闻其体极羸弱，每日任劳，不能过三小时然。如是者四十年，而卒为一代大哲学家，成惊世之杰作。其运思之深邃，较之体魄健全、工作全日之人，有过之无不及，可见达氏之胜利，正不在天资，而在其人力也。

有麦克尔密克者，美国商界巨子也，为海外通商之发明家。平生无所长，智力决断，均平庸如常人，惟愿力坚强，百折不回，常殚精竭虑，以求难问题之解决，苟不达目的者，则宁终夜不寐，每至凌晨始伏案而卧，醒即攻苦如故。氏之一生胜利，其枢纽即在于此。可知中庸之人，苟能尽其自力克治之功，未有不飞跃而为世界重要之人物者，况天资优秀，才智杰出之士乎？是故举世之人，皆有可造之才具，诚能矢不断之勤奋以进行，亦何患终身役役，无崭露头角之日耶？顾世人皆好逸恶劳，稍有所得，即快然自足，不思上进，迹其生平，不过醉生梦死，虚度数十年之光阴，抛弃无量数之精力而已，岂不惜哉？

说前途

　　希望者，由现在以达于将来者也。吾人无不有希望，即吾人无不欲脱离不得意之现在，而冀将来之较胜于今日，是所谓前途也。禽兽无思想，不知现在之可脱离，故亦不知将来之可希望。自野蛮人而上，有希望将来之心，自有脱离现在之心。愈文明则希望愈迫而愈奢，则其求脱离也，亦愈勇而愈急。前途乎，前途乎，固合全世界之人，昕夕不遑，索诸翚然高望之顷而未尝颓然自废也。且夫人生之目的，适志而已矣。志有高尚卑劣之分，则其所希望者，亦有道义与世俗之别，不能强之以相同也。饥者思得食，渴者思得饮，寒者思得衣，既皆得之矣，则又厌粗粝而思得膏粱，屏淡薄而思得醇酿，弃裋褐而思得锦绣，踵事增华，后来居上。当前之境遇，虽已为旁观所艳羡，而在局中人，同犹未快然自足也。方且见有驾乎其上者，从而艳羡之，而彼所艳羡者，亦更有驾乎其上者，以引其艳羡心于无已，对前途之所在点，慨然而奔赴之。昔汉武帝闻公孙卿，言曰："嗟乎！诚得如黄帝，吾视去妻子如脱屣耳。"以彼至尊极贵，无以复加，乃牺牲其半世之光阴，于黄金可成、不死药可得之中，而觉现在已得之地位，了无足留连者，是固人情之常，而非有所特异也。

不观夫宗教家乎？无论为释、为老、为耶，其所持之天国，皆属于可望而不可即之一境，以使人速求其现在之脱离，成就其将来之希望。盖人生现在之所有苦乐相兼，悲欢迭起，而乐之常不胜苦，欢之常不胜悲，其事且触处环生，而莫能自解，欲其有乐而无苦，有欢而无悲，舍理想之天国，固不能得之也。于是由唯物的而进于唯心的，为佛教之空寂，为道教之清净，为基督教之肉体死而灵魂生，无非欲藉超然之力，不与扰扰尘寰，同此最后之结果。是其脑力之胜，固非企图庸庸之金钱爵位比，要其不安于当前，而歆心于前途，则一也。

进而言之，吾人生活于世界，亦恃日日之变动状态，而后较有趣味耳。一生之变动，自幼而少，而壮，而老；一日之变动，自晨而午，而晚，而夜，无不光景常新。历一境又有一境之相待，而随此大化以迁流者，甚至万事万物，亦鲜有一刹那之凝滞，而不改易其境遇。吾人迎新送旧，掷岁月于其间，从而名之曰人生一世。设令人世间，今日如此，明日又然，如印板书，千篇雷同，初无异样之可言，非独人生无谓，而世界之无谓，且更甚于人生矣？彼劳动者曰："吾何时而得休息乎？"痛苦者曰："吾何时而得畅遂乎？"窘窭者曰："吾何时而得充裕乎？"造次颠沛者曰："吾何时而得从容逸豫乎？"苟明知其万无希望，永作平行之线，则天地之动机，不几同时而息乎？每见有愤而自杀之人，必其为对于现世失望之人。然试读其绝命时之书函与文字，固莫不含有遁而之他之意味夫，然后抉去其人间之苦恼，以寻其所亲所爱，或所企羡于别一世界，则仍不外自现境以跃登前途之一例也。

挽近卫生家之言日重，知人类之大敌有二：曰病，曰老。吾人之畏病与畏老，果何为哉？诚深究其缘由，未必皆生于畏死之一念，徒因眼前活泼之天趣，恒以兹二事而多所停滞，是乃吾人所最不适意之端也。大诗家推纳生忽染沉疴，辗转床蓐间，无聊之情况甚苦。其友人某致书于其夫人曰："彼若能移其心于平生得意之作，一一追想而默诵之，不仅可减其痛楚，其病亦必自愈。"斯语也，不过欲以诗境之变迁，移其精神界之烦厌，而变为愉快耳。有老人尝自言曰："人至暮景颓唐，生不若死，譬若多年老犬，稳睡日光之下，虽以足蹴之，只能略摇其尾，而身弗得动，使长生家而亦如是，斯复何足乐耶？"此其故无他，彼于现世既不得进步之前途，以为聊自慰藉之地，则其心之灰绝固宜矣。

且人生而如木石则已，苟有心知，则一生所行之程途，无一时不在危殆险阻之中。一若入荆棘之丛，前后左右，无处不有尖锐之刺，足以毁面裂肤而有余，然而人人掉臂径行，不稍退怯者，有引人入胜之前途，昭昭然在吾目也。善夫古竺乾家之喻言曰："人有行于旷野者，甫过一树林，突遇猛狮现于前，急避入林内，而狮逼益近，已为所睹，将攫而搏之。瞥见道旁有古井，遂潜身匿于井口下之石上。时则俯视井底，又大惊惶，盖有毒蟒方怒目张口以俟。旋觉所处之石，嶙屼不安，细审之，石本欲坠，为藤所络，有黑白二鼠，方啮其根。危哉是人，一发千钧矣！乃腹中方饥，身旁草际，有蜂蜜数点，姑以舌舐之，顿觉其甘美异常。释之者曰：'猛狮、毒蟒，喻吾侪所处社会之险恶也；黑白二鼠，喻昼夜之相代乎前也；草际之蜂蜜，前途一点之希望也。'"是以吾人居世，自表面观之，纵日日平安，而其实不啻隶身于探险队，为南北极之旅行，忽焉而入险，忽焉而出险。而即此一出一入之间，所谓前途者，始得相延于无穷，而昧昧者恒欲得一日之息肩，不亦俱乎？

虽然，"前途"二字，亦岂易言？吾人自呱呱坠地以来，父母所为我指定之前途若何；及束发受书，肄业于各学校，师长所为吾指定之前途若何；既壮而入社会，宗党、亲戚、友朋所为我指定之前途若何；而吾人用自己之知识，量自己之才力，所为自己指定之前途若何，如涉大水者，于茫无津涯中，不能不求一定之方向，以为指南之准。若徒积其不轨则之进行，则终必失却前途，鼎鼎百年，竟无一事之成功，至于盖棺论定，而悔其虚生人世，抑已晚矣。

读西国著名之某小说，其一节云，有迷途子问于知津子曰："余之前途安在？"知津子授以书一卷。迷途子曰："是地图欤？古人之游记欤？道路之说明书欤？"知津子曰："否，否。"披而视之，仅有二语，曰："不避汝之所难，以得汝之所易。"此诚阅历有得之言也。吾人初念，孰不有美满之希望，如彼父母师长诸人所期许？惟畏难，故惕怯而不前；惟趋易，故苟且以取巧。既畏难，复趋易，故患得患失，见异而思迁，三者交讯，则气力精神，不复能因磨炼而愈出，英雄豪杰圣贤之前途，遂淡然而作历史上之黄金观。而腐败、荏弱、惰窳，旋成一般民族之特性。人人求度其眼前以维持现状为最善，得须臾之偷安，沾些子之利益，东可也，西可也，牛可也，马可也。呜呼！列子之悲路岐，抑亦阮籍之所为途穷而痛哭欤？

论责任与自由

　　人类之行为，无论对于社会，对于国家，对于世界，皆若有一天定的道德之律令，即"为善不为恶"是也。故为善，则社会赞成之，国家奖进之，世界荣誉之；为恶，则社会斥责之，国家惩创之，世界僇辱之。虽道德上若何为善，若何为恶？恒随时世之变态、公众之心理而略有推移，必不能拘于一定之衡断。要之，以道德相绳而为，一"许可"，一"不许可"之区别，而还以为个人当负之责任，则一也。

　　虽然，由客观以定吾人之责任，往往失之于不真切。例如取假冒之善，疑似之恶，遽定其功罪，而加之以赏罚，其弊皆足以使人迷其责任之所在，而为道德之害。故为善不为恶之真责任，断不依于他人之许可不许可，而当归本于自己之许可不许可。有时内界之良心，与外界之舆论，或有绝端之相反，而以道德言之。所谓责任者，但当注重于主观的有愧与否，而客观则在所不计也。

　　进而言之，责任于何而起？起于人类之有自由。苟天之生人，只与以为善之机缘，绝不能为恶，则为善不足赏；否则只与为恶之机缘，绝不能为善，则为恶不当罚。苟人之环境，只可为善，或只可为恶，则其善恶之名词不成立，而无从施以赏罚也亦同。今则不然。人之意志，既一听其向善向恶，不虞有外来之干涉，而以行为表现其意志；从善从恶，亦各有其自择之路程，而任其奔赴。欲为善则径为善，我之自由也；欲为恶则径为恶，亦我之自由也。所不可忘者，对于我之道德的责任如何耳。自由之范围愈大，责任之担荷亦愈重。设无自由，即无责任，譬如水火能生人亦能杀人，牛马能成物亦能毁物，于水火、牛马，何责任之有哉？

余读宗教家言，美矣备矣！而宗教之基础，基于人类之有责任。余读伦理学家言，美矣备矣！而伦理之本根，本于人类之有责任。世有反对宗教者，必先反对此责任；世有蔑视伦理者，必先蔑视此责任。故人类之责任明，而觉宗教之有益，伦理之不诬。人生以贵，人格以尊，然自来对于责任之疑虑，犹有三说焉。

其一曰缺陷论。谓吾人虽有绝对之自由，而以天资与地位之缺陷，究不能负道德上绝对之责任也。盖为善不为恶之天则，未必尽人皆知，其或囿于祖父之遗传，或囿于幼小之熏习，深浸于万恶之中。初不识善为何物，更有久经苦难，或曾受非常之惊骇与悲痛，以致神经损害，不复有辨别是非之能力。若斯之人，因其自由之不完全，而必以完全之责任绳之，自属有所不可，然试思普通人中，其质性，其习惯，其病的精神，莫不带有上文所言之几分，但多少不同耳。是岂非持责任者所当原谅乎？夫既可原谅矣，孰不当原谅者？是缺陷论之说也。

其二曰前定论。谓吾人之自由，常为前定之运命所制限，故于道德上不能完全负其责任也。所谓运命也者,不必为最低限度之迷信。例如二人同作一事,而一人成功,一人失败,推其失败之由,乃非人力而由于不测之祸灾,则若不诿诸运命,决无可解释也。运命既前定,而人事适当其时,没假而其事属于善之一类,则居然为善人;浸假而其事属于恶之一类,则不免为恶人。为善为恶,均自前定之运命驱迫以行,一似生于强国,出世而即为强国民,生于弱国,出世而即为弱国奴。国之强弱,于彼无与,眷此婴婗,次不能代其祖若父负未生前之责任也。是前定论之说也。

其三曰高骛论。谓世事无常,何善何恶,吾人但当用我之自由,善固可为,恶亦未始不可为,而彼拘拘于责任者,愚莫甚焉。进一步言之,世之所指为善者,其果善耶?世之所指为恶者,其果恶耶?就令果善果恶,而善恶之法令,乃为世之一般人而设,吾人固超出乎善恶之上,而不当为一般人之法令所束缚也。故达人高士,恒逍遥于尘壒之外,有高世之思想,不妨有玩世之举动,以证明其有厌世之意味。善欤恶欤?要可略不容心,惟庸夫俗子,始规步矩趋,而善恶之歧途,亦愈分明而不可逾越矣。是高骛论之说也。

总上三者,皆有取消责任之趋势,每见稔恶之徒,一旦罗于罗网,非怨天,即尤人。有某青年乞食于途,其素识者见之,曰:"子非某人欤?何为至此?"彼乃泣诉其所以然,则恨乃父之不早训诲,遂至堕落;亦自恨其生之不辰,遇之多舛,而无一语自艾焉。此缺陷论、前定论之深入人心,而失其良心之独立也。若夫当代贤豪,有高深之学问,伟大之位望,不胜其私欲之炽生,放僻邪侈,乃拾老庄之余唾,效晋人清谈之口吻,为近世哲学家之謷言,曰善恶两名词,本无一定,人生务快乐而已，求幸福而已，信宗教者迷，谈伦理者迂，则高骛论之谬误，遗害于人类者尤巨也。

　　总上三说，仅有一言之答复，曰为善不为恶。人类之责任，天定之，人定之，他定之，我定之。彼卖国之贼，貌托忠良，丑业之妇，讳言娼妓。从古大奸慝，不但清夜扪心，不堪自问，设于大庭广众中，讦发其阴私，讼言其罪状，亦必面赤发汗，无地自容。吾人不可逃避之责任，即恃此一点良知，而至今未为波涛汹涌之孽海所漂没，是道德之源泉，是宗教伦理之归宿也。

卷

一

论俭约与奢侈

"俭约"二字，非吾国从来所谓之美德乎？乃至挽近，欧美物质文明之怒潮，倒灌而入，而俭约之遗风，遂为奢侈所战胜，论者竟鄙之为野僿，为朴陋，而不敢再问津焉。社会之间互以奢侈相尚，于欧美之制造艺术发明，百不如人，亦未尝一措意，独其享用供给，则务求与之相比拟，而不稍留缺憾，企图希望，冀无惭色。一人如是，人人如是，而人之精神荒；一家如是，家家如是，而家之积蓄空。寝至舶来之品，填溢市场，国货无容足之地，每年输入之数，远超输出，金融奇绌，物价腾贵。而吾人于如此不聊生之中，仍觉奢侈之不可以已。虽日日忧贫，而浪费与挥霍，则初无少吝惜也。呜呼！以兹民情，蒸为国俗，岂惟个人与一家之自杀云尔哉？直一国自杀之道而己矣！

每闻通人之言，以为世界愈文明，则必愈奢侈，一若奢侈者即是文明之实现，故其势滔滔，一往而不可返。欲由奢侈而改为俭约，不啻欲使文明之人，复为野蛮，为必不得之数。信如其说，则吾国人之效法奢侈，即如效法文明，彼欧美既不过因奢侈而称为富强，吾国亦当以奢侈稍救其贫弱，而富强贫弱之分，名为文明之弗如，实即奢侈之弗若。吾知虽有愚夫，不能承认是言也。夫欧美之奢侈，要为欧美文明之病，彼方之有识者，久已自觉之。今者其病容日益呈露，遂大起社会恐慌，其新闻杂志，对于此点，竞以言论相鞭策，俾能略挽其狂流。则以欧美之富强，而奢侈之流弊，犹无幸也，况于贫弱如我国耶！文明可慕，流弊不可不谨防，则丁斯际而以俭约之说进，犹有一商榷之价值乎？

　　虽然，第一当注意者，今日之所谓俭约，固与古时之所谓俭约，同名而异实者也。今日所谓俭约维何？简易生活是已。盖以简易为生活之标准，非若古人之以一味刻啬为能事者。必由科学的研究，而含有卫生之意味，凡费用之无益于生活者，一切删除之。例如衣之卫生，初不关乎文绣，食之卫生，了无系于珍错，则去其无关系于卫生之点。布帛暖体，米粟资生，相与安其朴实之常，而养其寿命之天，要不必矫揉造作，效原宪之肘见踵决，始为衣之俭约，学孔尼之饭疏饮水，始为食之俭约也。是简易生活之说也。

　　简易生活之必要。挽近欧美之提倡者日多，其最有力之议论，略谓自十九世纪末叶以来，文明之内容不见充实，仅于形式方面有特殊之发达，遂至人情失其调节，而社会间流行一种之意态与其思想，日趋于浮动而浅薄。盖竞求眼前之娱乐，不问其身分之称否，及将来之若何，而惟力是视，且图今朝，一掷千金，非此不快。盖百年来养成之积习使然，然至今日而其弊见矣。大都会中，因其繁华之故，游民伙聚，奸诈欺骗之术，日甚一日，而少年男女，艳羡于当前之可欣，而忘其财力之不及。试观游于巴黎、柏林、伦敦、纽约者，朝朝夕夕，日不暇给，晚餐会也，午餐会也，公园也，剧场也，其间陈设之瑰玮，供应之精美，使用金钱，视之殆不若泥沙，而莅会之男女，又必以绮罗珠玉，争奇斗胜，方能于酣歌恒舞中，增声价而长光彩，推其一时之意气，初不识世界尚有贫穷一名辞也。顾觇其底蕴，则彼一方面，正缘经济艰难之故，发生种种不正当之行为，其一部分之人又不得不营独身之计划，排脱室家之牵累，逃避子女之消耗，而后乃克用其所余，以从事于纷华靡丽之场，餍其非分之大欲。故奢侈之风最盛之国，即男女独身最多之国。换言之，独身之男女愈多，其奢侈之风亦愈盛，而国家种族，人心风俗之害，于是为大。则简易生活之在欧美，所为乘反动之作用，勃然兴起而不容已也。

返观吾国三十年以来，通商大埠奢侈之习，以渐移入于京师大都会；京师大都会奢侈之习，以渐移入于附近各小城邑；附近各小城邑奢侈之习，以渐移入于村镇穷僻之乡。论者每自夸诩，以为吾国最繁盛之通商大埠，如上海等处，虽巴黎、柏林、伦敦、纽约，亦觉相去不远，而未知即此区区一地方，固已穷竭四围之若都会、若城邑、若村镇之力，以供给其恢拓。且为吾人欲学奢侈之大师资，以次熏染陶成，而遍及全国也。夫西方之新风气，其由通商大埠，而分输于全国者，未尝无文明之事物，足以为吾国旧风俗改良进步之大助。而有一利必有一弊，又往往利未著而弊先呈，不见内地之人家，于根本的风俗改良事件，仍坚持而不可动摇，独于奢侈事件，则欣然乐从之。食大餐，饮洋酒，坐软椅，衣西绸，妇女则金珠络索，熠耀生光，稍有不合时尚者，即唾弃之惟恐不速。呜呼！守旧于彼，维新于此，从善如登，从恶如崩，固人性之同然耶？然而奢侈程度之日高一日，奢侈范围之日广一日，则有无可掩饰者矣！

且因吾国之尚未脱离家族制度也，其社会之组织，不以个人为单位，而以一家为单位。凡一家之人，约以五口为其中数，然所谓五口者，分之为五人，实则只能收一人之用，盖老幼去其二三，妇女去其一二，莫非不事其事，逸居安坐，以仰食于中年之一男子。故一男子之所入，恒有老幼妇女四人共出之。吾国民族号四百兆，乃有五分之四无用之人，责供给于五分之一之稍有用者，则是取三百二十兆之佚民，置诸八十兆劳民之肩上，其终日蒿目疚心，动辄辛苦，而犹虞不足之状态，可以不言而喻矣。吾人试入无论何等之社会，上而官府，下至工匠，苟与之叙衷曲，谭家常，无有不以困乏罢敝告者。而孰意彼五分之四，即所称佚民三百二十兆者，惟其对于不经劳力以得之之物，则尤挥霍之而无少悭惜。是以妇女幼稚，奢侈病之传染，亦较易而较深。而全国男子，瘁一生之精神心志，间接而为"奢侈"二字之奴隶，遂愈无昂头之日，甚至卖国而为奸，杀人而为盗，推其心亦不过以腰缠十万，为妻孥之享用计，为子孙之繁荣计耳。故国俗愈奢侈，民风愈贪婪，奢侈者致贫之源，贪婪者显贫之实。人人忧贫，而中国乃不能不贫，人人讳贫，而中国更不能不贫。吁！可悲已！

　　今日欧美之商战，果何如乎？岂惟以货物输入他国之市场，而换取其金钱而已。设货物或不销售，则终必至于亏折，而商战为无功，于是必揣摩他国人之心思，投合其所嗜好，作为奇淫邪巧之制，又时时翻新其花样，俾目为炫而神为移，然后货物去而金钱来。试检历年贸易表，其进口货之价值，常在银四万七千万两以上，而货物之种类，则奢侈品居十分之八九。然则吾国苟非奢侈之流行，每年所塞之漏卮，其为款之巨可想。而不然者，不啻吾人自腴其脂膏，授吮吸之乐于他人，

卷
一

而以奢侈为其柄也。通商五十年来，全国奢侈之涨率，即其富裕之缩率。此讵通商之咎哉？夫亦吾国人不以实业视通商，而以奢侈视通商，多一商埠，不殊多一奢侈之模范学校，则通商又安得而不病欤？

奢侈之风，尤盛于上流社会之人，至中流而稍减，至下流而大杀。故吾国境遇极艰难之辈，转不属于中流下流，而惟上流为最甚。平日既醉心虚荣，张大其场面，至一旦手头窘迫，债务猬集，其情况之不堪，固有非局外人所能形容者。彼中下两流，苟自安其地位之弗如，常存不敢放纵之心，则往往小有积蓄，从容饱暖，一生愉快，视上一种人，相去若霄壤。虽然所谓中下者，或工、或商、或农，大抵恃上流之资本，以为生活。上流之资本荡尽，则中人无以为营业之后盾，而下流亦失其所依赖。观于吾国之现状，失业之人日多，游民成群，小之害一乡一邑之治安，大之祸及国家。论者每欲兴办种种厂所以收容之，而苦于资本之无从出。其号为富翁者，宁以百金进一馔，千金制一裘，若五圆十圆之股份，则踌躇却顾，惧创办人之我欺，而肆为干没也。久之久之，其家亦尽倾于奢侈，纵有其心而已无其力矣。

或曰："子言诚然。顾我中国究非奢侈之患，而当以实业不振兴之为患。俭约之说与简易生活之提倡，要不过节流而已。如能力开经济之源而浚发之，则全国不难立致富裕，人民之生活程度，必可更高于今日，而与欧美人相埒。子乃徒为消极之观念，何也？"愚窃以为否否。夫理想之开源，论虽遍腾于全国，已成无价值之口头禅。而要之源之所以不能开，即由于流之未尝节，须知奢侈之所消磨，亦有光阴焉，亦有精力焉，不独金钱一端已也，故节流尤先于开源。

论勤苦与逸乐

　　昔尝闻外人之评我者，曰："世界之最勤勉，而能耐劳苦者，无若中国人。"既又闻外人之评我者曰："世界之最怠惰，贪逸乐而不自振奋者，无若中国人。"二者之评相反也，其各有所见乎？其皆无所见乎？虽然，外人之不相知，固无妨一任其月旦，扬之至天，可，抑之至地，亦无不可也。而覆观我民族性，乃果有此二者，非惟分之于两人，且亦合之于一身。则奈之何？则奈之何？

　　"勤俭"二字，为古圣贤持家之宝训，而究其行此勤俭之目的有二，一曰为自己之将来计，一曰为子孙之将来计。故前半世之辛苦，所以薪后半世之快乐；祖父之劬劳，所以裨子孙之受用。譬诸钓，勤苦其饵，逸乐则其所得之鱼也。历观前人撰著，所谓《传家宝》等书，其教人勤勉也，初不以人生之本分与职务为言，大都即将来之报酬为诱引，而既言报酬，自含有享福主义于其中，功成名就，大富至贵。举一切田园妻妾，宾客侍从，穷奢极华，无所不为之景象，已存于胼胝竭蹶时代之脑想，而尽力以赴之矣。每诵"吃得苦中苦，方为人上人"之谚语，未尝不为之适适然惊，盖积苦之余，一旦肆然得志，吾不知称心适意之将至何等也。

《战国策》之记苏秦，诚可谓为吾国人士之普通心理，绘声绘色矣。其初说秦王不遇而归也，面目黧黑，形容枯槁，穷途落魄，困顿无聊。受父母兄嫂妻子之激刺，乃发愤而出于勤勉，至于读书欲睡，引锥自刺其股，亦刻苦之甚矣。然苏秦所以不惜忍此一时之苦者，以有六国相印在其后，足以使父母清宫除道，张乐设馆，而郊迎三十里。嫂蛇行匍伏，四拜自跪而谢，妻侧目而视，倾耳而听也。苟得不偿失，则苏秦不为矣。自是以还，今古贵人，如出一辙。以项羽之英雄，犹有"富贵不归故乡，如衣锦夜行"之说。故宫室之美，妻妾之奉，所识穷乏者之得我，不啻蓄萃半世之希望，而后能一旦如愿以相酬，平生事业，尽于此矣。乌知此外尚有何种责任哉？风行草偃，上行下效，遂至闾阎之细氓，阛阓之市贾，亦复效其所为，以勤苦所得之金钱，供豪侈无度之挥霍。其一方面之悭吝鄙啬，适以济其一方面之淫乐放纵。观于剧场妓院，狂博酗饮之徒，固莫非对于他事，一文不舍之辈。国家乎？社会乎？庸能当彼之一映乎？

嗟夫！余读三百篇之《魏风》，魏国者，勤俭之民族也。而其诗曰："今我不乐，日月其逝。"又曰："宛其死矣，他人入室。"盖以行乐及时相勖勉，即为勤俭之终点。其云"今我"，但知有我也；其云"他人"，不知有人也。又读《列子·杨朱篇》于一己之纵情适志，娓娓言之，若自口出。洵所云何代无贤，浸成习俗，非一朝夕之故矣！所惜者，勤苦愈极，则民生愈湫隘，逸乐愈甚，则国事愈丛脞。冥冥之堕坏，昭昭之灭亡，乃即在外人冲突两评之间，则讵不重可哀哉？

西哲有言：一国之民，欲求存立，欲求富强，有不可缺之国民性四焉：一曰多欲性；二曰节约性；三曰自尊性；四曰公益性是也。何谓多欲性？即对于现有之境遇，有不满足之意，因是促进其智力，发展其才能，务令生活状态之日形向上。其勤苦在今兹，期望在异日，略与我国人相似，而视我国人以逸乐为主体，则大不相同。试观欧美其过去数百年所抱之大欲，而实现于已往之历史者，恒在发达文明，扶持物质之进化，以开辟新利源。故农工商业，大有精进，遂能拓地海外，横行五洲。而探险之队，直至南北极，以生命为尝试，相继而未已，皆为其多欲性所迫。而非若我国人之多欲，但知剥民罔上以自肥也。若夫节约性，即以辅多欲性而行者，盖消费而超过生殖，既以病国，亦足倾家。欧美提倡民间储蓄，而收之以公债，资金融之周转，助政治之活动。我国人服用汰侈，家无余积，国家固靡所依赖，即己身亦何以自持其缓急耶？至于有自尊性，则决不作奴隶卑谄之行为，以固宠而恃势也，而且奋斗以求独立。有公益性，则决不肆敲剥朘吸之技俩，以损人而利己也，而且牺牲以愿殉人。呜呼！诚能如是，我国之幸福，惟我民实造之矣！吾愿以此四者介绍于国人。

论人心与是非

民国四年十月

痛乎亭林之言也！曰："有亡国，有亡天下。亡国与亡天下奚辨？曰易姓改号，谓之亡国；仁义充塞，而至于率兽食人，人将相食，谓之亡天下。"人第知亡国之悲惨，而不知亡国之由，必自亡天下始。亡国有形，亡天下无形，无形之亡以渐，渐积蕴酿，而有形之亡乃骤。盖中外亡国之历史，未有不出于此一途者也。

国于天地，必有与立，人心是也。人心者何？是其所是，非其所非，所是者有以进而为之，所非者有以守而不为。孔子曰："斯民也，三代之所以直道而行也。"以三代之隆，不过存直道于斯民。有直道则有天良，其所不为者，受天良之限止，而恶然思以敛其身；其所当为者，受天良之迫促，而毅然厉以鼓其气。是即人心之不死，而国之所以不亡也。非惟不亡而已，其进步兴盛，亦有可预决者。乃观于今日之社会，则何如乎？氓氓棼棼，其无是非之公也，仅有势利而已矣。势之所在，利之所存，是者可以非之，非者可以是之；前之所非者，易地而即是；今之所是者，转瞬而即非；是非何常，随势利之便而转易。昨固伪耳，今亦非诚，而要之以趋势为其前提，得利为其后效。害人乎？祸国乎？我何知哉？吾以求吾所大欲，可也隐忧乎？后患乎？我何问哉？吾以遂眼前之快意可也。吁！人心如此，国何赖焉？

上流社会者，一国之代表，尤势利之窟穴也。吾中国人民，自秦汉阶级制度铲平以来，初无一定之阶级，其获有势利之在身者，即谓之上流。是上流之地位，因势利而得，则其对于势利也，固宜视若第二之生命，未得之，患得之，既得之，患失之。于是求所以保全此势利者，舍无所不至之外，讵有他法也？从古圣贤教人，严道义之辨，峻廉耻之防，彼其清夜扪心，何尝不自觉于天良有愧？而陷溺已深，万不能与外诱之纷华为敌。此固一人之心理，化之亦即人人之心理，而一国之腐败，不可收拾，有固然矣。孟子曰："生于其心，害于其政，发于其政，害于其事。"人心与政事，诚有密切之关系，而势利之所牿亡，不但在伦理宗教方面，其国家断不能幸而独存也。然而由其人言之，国家于我何关欤？

且庸常之人，其才不足以为恶也，不若姑行其善。若夫上流社会，而又具出众之才者，其叵测之心术，加之平素之学问，足以济奸而遂恶，则所行之无忌惮，必尤甚于庸愚。昔孔子之诛少正卯也，其言曰："天下有大恶者五，而窃盗不与焉。一曰心逆而险，二曰行僻而坚，三曰言伪而辨，四曰记丑而博，五曰顺非而泽。而少正卯皆兼有之，其居处足以聚徒成党，其谭说足以饰邪荧众，其疆御足以反是独立，此乃人之奸雄者也。"呜呼！吾人读此谳辞，而叹其所举之情状，古今人何遽不相及？然少正卯而不遇孔子，方将簧鼓一世而从之利禄名誉，无稍缺憾，而其国之危象始亟矣。

何谓清议？一国之士夫，以其好恶之公，而发为评判，谓之清议。何谓舆论？一国之平民，以其好恶之公，而发为评判，谓之舆论。清议者，吾国古昔之所尊；而舆论者，尤欧美挽近之所重也。顾人心既坏，则虽有清议，可随金钱之行使而使之变；虽有舆论，可藉势力之迫压而使之嘿。甚至取一二人之謷言，直以清议目之，而遏抑其他，伪造臆说，指为公众之意旨，而真舆论则在所不顾。夫合于我者张之，不合者掩之，是惑世也；本有而讳为无，本无而幻使有，是诬民也。惑世诬民之现象盈于国，起而视其时代，不亦大可知哉？

由来经典之文，无不可以假借，君子引之，以淑其身，盗跖引之，亦以善其道。彼王莽、曹操，岂非一代之大憝？而恃有经典之前例在，一则俨然以周公自命；一则泰然以文王自居。读当日为之文致之撰著，炳炳乎，渊渊乎，以编于《尚书》之中，厕于文、周之间，而无惭色。固不独躬行篡逼，饰以禅让，而受之者乃曰："舜禹之事，吾知之矣。"经典无言，原可一任其颠倒舞弄，而莫之谁何也。明明之经典如是，况于近世之学理，一彼一此，本无定论欤？罗兰夫人曰："自由自由，假汝以行其罪恶者多矣。"故人心者，经典学理之标准，而为支撑天地之一物。人心既丧，则无论经典，无论学理，何一不可牵扯附会，藉寇兵而资盗粮？然则吾人之所当太息痛恨者，固今日人心之道德问题，为根本之不可不先解决者耳。

阳明之提倡良知也。良知者，人人天良独知之地，不可自欺者，是矣。故"邹东廓问《大学》先格致，《中庸》首慎独，何也"？阳明答曰："独，即所谓良知也，慎独者，所以致其良知也，戒慎恐惧，所以慎其独也。"罗念庵以为阳明学之关键，全在此数语。吾不知彼人于喋喋之顷，旁证博引❶，罕譬曲喻，诚能荧人之听，无可瑕疵矣？曾一返而求诸所谓独知之地焉者，其果魂梦恬安而为此耶？有良知而不欲致，不戒慎恐惧，必放僻邪侈，人之异于禽兽者几希。其言乃至今而始验也。幼时读朱子上殿疏，谆谆以诚意正心，反复陈告，窃讥晦翁当南宋嵝岨之世，内忧外患，交乘迭起，而惟作此陈腐之谭，为救国第一义，讲学家之迂，真不可及。自经历世变，而后叹人心之败坏，如树屋而无基址，欲其肯堂肯构也难矣。是晦翁、阳明之初非妄人。而为今日惩前毖后之计，其犹在讲学哉？

虽然，世界者，进步者也，其间平陂往复，皆以进步为归宿，而有一起即有一落，有一落即有一起，若舟过逆风所行之磬折然。所可哀者，有亿万年不变之天道，无数十年不衰之势利。一起一落之际，人心复苏，公道不灭，是是非非，终不易位，而为之牺牲者，已有无数人。观历代奸雄之传记，得志几何时，而杀身夷族，破国亡家，使后人对之，嬉笑怒骂，虽千秋万岁而未已，皆其为时代牺牲之遗迹也。悲夫悲夫！

---

❶ "旁证博引"，当为"旁征博引"。——编者注

说建造难

人有恒言，曰："破坏易，建造难。"以今论之，建造之所以难者，盖以非徒简言之曰建造而已。苟其所建造者，仍不过与未破坏之时，其物相类，则人人能造之，何难之有哉？凡可称为建造者，必有特殊之精神。其基础之方位更，其版筑之工程异，而后美轮美奂之新大厦，俄然出现于世界，能一新世界人之耳目，斯乃无愧为建造者也。若仅取旧时之土木，重加以丹腹粉饰，而懋置于旧地，内部之腐败犹是，朽烂独是，虫侵蚁蚀犹是，狐窟兔穴犹是，以是为建造，无论前此之破坏，将悔其多此一举。恐经此一度之反复，根本动摇，其一旦倾圮之期，当愈迫愈促，虽欲支撑稍久，而亦不可得矣。

是故建造云者，含有簇新之意味，不含有复旧之意味也。当建造之初，必先为新旧之战争，旧者战胜新者，则无破坏自无建造；新者战胜旧者，则有破坏乃有建造。然而动力之终点，即为反动力之始点，新者之势稍懈，旧者之余焰，又炽焰而复生，于是建造之功，终不能毕。转以复旧补其缺，而旧之与衰亡为邻，已无可讳避，此当世之所为有亡国也。试观世界各国，其能断然弃旧图新，建造竟成，则兴；其因新旧问题未解决，徘徊歧路，建造不成，则亡。在此十九、二十世纪中间，可指数者非一。诚以挽近两世纪之新潮流，虽泥像木偶，宜无不震动决荡，随其所趋之向，而为之靡。顾能终建造之局者兴，不能终建造之局者亡，兴亡成败之分，悬兹一线而已。

或曰："建造则建造矣，何为如此其难，而至于不终局也？"曰："吾姑不论国而论人。设定吾人于一不适合之境遇，取吾人种种之旧习惯，而一一禁止之。无论起居饮食，言语动作，必皆厉行其前所未谂者。吾恐一二日间，犹可耐也，稍久则烦懑生，怨恨生，愤怒生，虽围以铁栏，恨不能破此而飞去矣。虽日享以富若贵，不若适吾之适为最乐矣。故吾人之艰苦，未有甚于去旧习惯而就新生活者。彼宗教家与伦理学家之千言万语，曰悔，曰改，曰迁善，曰自新，学者咸熟闻之，而亦咸善背之，惟圣罔念作狂，惟狂克念作圣。而古今圣人几何？惟在少此一念之克，畏怯偷惰，不能为破釜沉舟之举，而卒至下流之归，载胥及溺也。个人犹若此，而况社会国家之大乎！个人自谋其存亡，犹不能胜旧有之痼疾，而霍然起立，毅然进行，而况社会国家，势力愈大，渐染愈深者乎？则建造之难，于是可见矣。"

建造难中之大阻力，非他，不屑私人之欲望而已。夫人类各以其所习见、习闻、习知、习用者为最善。所不习者虽善，而弗之愿也。由其习者，是生欲望，欲望之生，即以迫厉其所习之执行，俾还而自餍其认为最善之初衷。此人类一切事业，由本达末之定法也。今新旧欲望之不同，譬若少年与老翁，万无一致之理，可以偿少年之欲望者与老翁，以可偿老翁之欲望者与少年，两者交不肯受，为问彼建造者，果欲务达其老翁之

卷
一

039

目的乎？抑欲适合于少年之心理乎？故使一国人而皆老翁，其欲望同也。于是建造老翁国无难焉。一国之人而皆少年，其欲望同也，于是建造少年国无难焉。建造在此，欲望在彼，建造老翁国于少年之中，建造少年国于老翁之中，其不群起而掊之也，岂有幸哉！

虽然，观彼建造竟成之各国，当建造之始，其一新一旧之冲突，此立彼仆，积不能平，亦未尝无之，而有一大前提焉，则在其人民之智与勇若何耳。知时势之已迫，而犹恋恋于眼前之苟安，不愿转身以就之，是为不智。既已改弦更张，而牵于一二人，或一二事之不惬，遂欲前而更却，是为不勇。彼满清当日，何遽至卒召革命哉？惟其迁延因循，旋而维新，旋而守旧，不忍痛于须臾之一割，而酿成不可收拾之大决溃，由于不智又不勇也。故智者决于几先，勇者奋于事后，智者不游移而无主，勇者不半途而中废，则其所建造之效，如各国者，盖可睹焉。嗟乎！白种天骄，白种何所骄耶？以智骄，以勇骄，以能用其智勇于建造骄，如是而已矣。东方病夫，东方何所病耶？以不智病，以不勇病，以不智不勇，贻误其建造病，如是而已矣。

民国成立，政体变更，此破坏之结果，非建造之结果也。以三千年之专制，一跃而共和，以三千年之帝国，一翻而民主，为已建造乎？抑悬此种政体为准，将从此日施建造之功耳。既欲建造，试问智安在？勇安在？能竟其功耶？能终其局耶？能毅然决然弃旧图新，无贰尔心耶？抑仍为新旧问题，靡所适从，仓黄反复耶，吾不敢言之矣。

惟是环顾列强，鲸吞蚕食之势已成，吾国民蛰居此铁围之中，儳焉不可终日。回忆前年，革命告终，统一伊始，崭新气象，照耀于注目远东者之眼帘。而吾人之自视，亦觉煦然而春，炳然而夏，有不可方物之气概。曾几何时，雷叹颓息，梦魔之缠绕如初，老病之侵寻再发。千载一遇之机会，后来不再之时光，忽焉如白驹之已过，驷马之难追，从前种种，既不能于昨日死，以后种种，又何能由今日生？譬若火焰之将日低日暗，以至于熄耳。然返而思之，同是建造也，成与不成之间，地理不如耶？天气不如耶？人力不如耶？抑苍苍者之别有眷顾耶？殆皆非也，此则不佞所为愿以"智勇"二字，为吾欲建造之当局进也，作《建造难》。

说习惯

　　德国名士夔戴之幼时，必张镫而睡，其母戒之，弗悛也，非忘母戒，习惯之难改也。母曰："汝毋然，苟弗张镫者，明晨与汝以所嗜之桃。"于是夔戴以得桃之嗜好，力与其习惯战，未几遂能暗睡矣。有为之评者曰，习惯之于人甚矣。非不知其不可，而以习惯故，不能不然，非不知其可，而以习惯故，不能然者。人事之中，盖十而九也，安得皆与以母氏之桃使之战而胜乎？

　　孔子其知之矣，曰："性相近，习相远。"曰："少成若天性，习惯成自然。"夫至既若天性，既成自然，欲从而制裁之，改革之，或勉励之，驱策之，虽有英雄豪杰，恐不能不护痛而呼謈，雷叹而颓息也。况此天性自然之形成，大概依乎两种：一内界之隐私牵掣；一外界之杜会陶熏。而此社会适以应给其隐私，此隐私亦适以铸造其社会，两恶相济，习惯已成。乃取区区之口头禅，如改良云云者为挽救，以当兹惊涛骇浪之冲，其不能奏凯旋之绩，与母氏一桃同，其效力必矣。崦嵫曰：诚如是也。吾以推诸吾国今日之人情，吾又何责夫滔滔者？

二千余年之奴隶，数年有奇之主翁，为主翁与为奴隶孰惯乎？宜辄思皇帝万岁，还其为奴隶之安佚也。二千余年之幼孩，数年有奇之成人，为成人与为幼孩孰惯乎？宜常欲政府万能，复其为幼孩之便益也。撞钟伐鼓，呵殿排衙，阗阗乎震响，其气概惯矣，一旦而令踽行于路，奚堪此寂寞而无声臭也？脚靴手版，半跪全恭，翟翟乎礼容，其进止惯矣，一旦而与鞠躬于廷，谁忍此踉跄而无威仪也？推之颐指气使之惯，岂容平等？胁肩谄笑之惯，乌用自由？凡兹种种，尤有甚者，吾不欲尽言之，要皆习惯之深根固柢，而未能驱拔者也。纵有速成之改良科，岂区区若干年度所能毕业哉？

谨告热心家，毋遽作悲观，养之以豫，改之以渐。

说　癖

　　权位势利，固何物哉？何贪之者之恒自忘其身也？夫使身为常有而权位势利集之，乃足以自快。若权位势利既集，而其身且倏忽而亡，则亦何快之有？顾世人每愿以身殉焉，至死而不悟，则奚为也？吾无以名诸，姑名之曰："癖"。呜呼！初不意传染此癖者，固已遍于吾国人。

　　"子华子之对韩昭僖侯曰：'今使天下书铭于君之前。书之言曰：左手攫之则右手废，右手攫之则左手废，然而攫之者必有天下，君能攫之乎？'昭僖侯曰：'寡人不攫也。'子华子曰：'甚善。自是观之，两臂重于天下也。'"余读此言，未尝不笑子华子设喻之拙，而昭僖侯作答之愚。衡以今日之人情，则当直答之曰："夫两臂全废，或至糜身，苟有天下，余犹甘之，而况废其一。"此答之程度，当出于战国时代人之上，因其权利思想之进步，至不可同日语也。

　　拿破仑何人耶？方其挥凯旋之兵，以逐五百余抗议之议员，而握全法政柄时，初不料十余年后，卒为圣赫伦那之囚徒也。吕政何人耶？方其兵并六国，自称始皇帝，由二世以至万世，传之无穷时，初不料十余年后，已则为沙邱下之陈人，子孙则为轵道旁之降奴也。古今以来，有权位势利者，在欧在亚，当无出于拿翁与祖龙之上。然一世之雄，而今安在？苟使二人者知千古后之伤心，亦将悔其生平，何苦而必为盗跖，不为夷惠，以自留其余地也。

唐杜牧之作《论相篇》，有概乎其言之矣。曰："吕公善相人，言吕后当大贵，宜以配季。季后为天子，吕后复称制天下，王吕氏子弟，悉以大国。隋文帝相工来和辈数人，亦言当为帝者，后篡窃，果得之，诚相法之不缪矣。吕氏自称制至为后，凡二十余年间。隋氏自篡至灭，凡三十六年间，男女族属，杀灭大尽。当秦末，吕氏大族也。周末，杨氏为八柱国，公侯相袭久矣。且以一女子一男子，偷窃位号，不三二十年间，壮老婴儿，皆不得其死。不知一女子为吕氏之福耶？为祸耶？一男子为杨氏之祸耶？为福耶？得一时之贵，灭百世之族，彼知相法者，当曰此必为吕氏杨氏之祸，乃可为善相人矣。"杜牧之言如此。

由杜牧之说，吕后之贵，适以祸吕氏；隋帝之贵，适以祸杨氏。然而为吕后、隋帝者，未尝预料其如是，方且谓吾宗得吾，而化家为国，奕世滋大也。吕氏杨氏之不祥，乃在二三十年之后，而一后一帝之在日，夫孰不谓二氏之发祥，方生此一男一女也？虽然，岂惟吕、杨，自古帝王之后裔，其能保者几何？二三十年与二三百年，短长虽殊，而以较远之眼光视之，固同此一瞬也。然绝世英雄，若拿翁、祖龙其人者，犹未参悟到此。甚矣！权位势利之为癖患如是，而况下此者，其狃于目前，而不复返顾其身后，又何足怪乎？

嗟嗟！杨子居有言："百年，寿之大齐，宛其死矣，他人入室。"休矣，公等何必因订订短期之享受，偿以毁宗灭门之惨罚，而又为后代不可监之谤史，永作其嬉笑怒骂之资料也。

论惰民与啬民

西北口外某处土民，日不再食，饥饿则僵卧而忍之。或曰："何不食？"曰："无资。""何不工作以得食？"曰："工作则勤力，而所得之资，仍不过以食事费去，则偿吾力者安在？故与其饱而勤，不如饿而逸也。"异哉其思想！可谓天下惰民之代表已。

某友，世家子也，祖宗所传之田产，与金银器具，值巨万。某友镯而键之于一室，不敢动，而日丐于途。或诘之，则曰："吾之田，吾不能自耕，耕则徒令农者收其利，吾不过波其余而已；吾之器具，吾不能自鬻，鬻则徒令贾人收其利，吾亦不过波其余而已。吾宁不耕不鬻。吾丐所得，皆他人物，而吾物以不动而常完在，人又谁能觊觎吾之所有乎？"异哉此思想！可谓天下啬民之代表已。

谨告惰民：以力偿食，力去而食来；以食偿力，食来而力复，是食与力之交输也。汝恐失其力，而遂不继于食，食不足而力亦乏，是食与力之交困也。不见夫国家乎？行政譬则食也，经费譬则力也，因经费缺少，而减省行政，迨行政减省，而经费愈形缺少矣。故吾人当以尽力为天职，本非为食谋，而能尽力者，食乃不期而自至。国家与个人固一律也。

谨告啬民：汝能予人，人亦予汝，两利而汝不失其一也。汝不予人，人亦不予汝，人固无利，汝且有利而自弃之。为丐以终，终且完其利以属诸人矣。汝曰："家，吾之家也；田产，吾之田产也；器具，吾之器具也。吾宁使草芜，吾宁使尘封，胡可令农者佃之，贾者贩之？"我国惟率汝之道，是故有矿而不开，有路而不筑，有商货而无市肆，有实业而无工厂，有劳动者而无资本家，举全国以入于丐之一途，皆此啬民之一念，鄙吝所误矣。

试游我国之乡间间，则惰民满之，盎无米，桁无衣，日三竿矣，犹酣眠败絮中也。试游我国之阀阅间，则啬民满之，千斯仓，万斯箱，不肯出入锱铢，方对客愀然而愁穷也。虽然，余何怪惰民？彼锦衣玉食、醉饱而嬉者，伊何人耶？余何怪啬民？彼横征暴敛，取盈无厌者，伊何人耶？

论人生之慰藉物

　　吾人之生于世也，自其职业之外，必有一种慰藉物，可以快适其心志，疏散其忧虑，消遣其闲暇，休养其精神者，无论文明与野蛮，皆不能以或阙。而慰藉物之高尚与卑劣，则民族之祸福。国家之存亡系焉。有心之士欲肩荷转移风俗之责任者，不可不于此兢兢也。

　　乃观吾国，其人民大普通之慰藉物，果为何者乎？则吾不敢为之讳而不言，曰赌博而已，曰娼妓而已，此二者以酒食征逐为之媒而已。上流人士躬先唱导，中流、下流者随之。一宴会也，主非是不欢，客非是不乐；一交接也，在下者以是交结其上，在上者以是欵洽其下，浸至从流忘反，变本加厉，几若职业中之维一大事情，无出其右者。吾不谓其慰藉物之不当有，而谓其所取为慰藉物者，何如是之卑劣，而太不高尚也。

　　以余观于今日社会之间，无论都会，无论商埠，当其未开辟之时，则此事绝少，居民亦得以俭衣节食，坐致小康。迨都会或商埠既成，则气象大变，赌场、妓院、酒楼、戏园，林立于市，几若非是不足以名都会与商埠者。是乃都会与商埠之主体，而一切正当之营业，不过其附属品而已。于是先则青年士女，鲜衣华服，挥霍其间，穷日夜而不厌，继则老成持重者，亦聊复为之，又得名公巨卿，道出于其途者。时有快意豪举，以为之提倡，则其事益盛而不可遏。故每有都会立、商埠开，则其邻近之县邑，祖宗以来蓄积之脂膏，不数年而吮吸殆尽。且从前谨敦恪愿之子弟，悉变而为轻佻憸薄浮浪无耻，即其女子亦日染优俳之习，盛装饰以事嬉游，视家庭生活为苦趣。嗟乎！觇国者见社会状态之至此，其将评之，曰繁华，曰兴盛，曰文明进步之现象欤？抑评之曰腐败，曰万恶，曰灭亡无日之先兆也？盖慰藉物之失其当，愈繁华则愈腐败，愈兴盛则愈万恶，愈文明进步则愈灭亡有日已。

儒家之正谊，以凡为君子者，当朝乾夕惕，惟日不足。初无慰藉物之可言，故严为取缔，恒见于行政官吏之文告，而法律亦订为罚条，犯者定罪，以冀此风之稍戢，无如言者谆谆，听者藐藐，或躬禁之而躬蹈之。其故何也？直以吾人劳动之余闲，万不能不即慰藉物以寄托其心，设并此而勒焉，则于世亦复何乐？反足以挫精神而消志气。彼家无儋石者，乃始以一掷十万，故为豪纵以惊人。英雄末路，则缠绵歌哭于儿女之情，以发抒其抑塞，古既有是，今何不然？斯固不得已而不可免者，惟其寄托之慰藉物，当移之以渐入于高尚，勿任之而日流于卑劣，则今日吾国有心人之所当亟图也。

请分两端言之：一曰公众之慰藉物，一曰私得之慰藉物。

何谓公众之慰藉物？试考西国城市之兴，其地方政府所最先设备者，曰公花园，曰藏书楼，曰博物馆，曰陈列所，曰演说厅，曰影戏院，曰游泳池，曰击球场，曰赛马处，曰会餐堂，曰澡浴室。其街衢之两旁，则树木夹道，便于散步而游目，倦则有铁椅以憩息。妇女傍晚无事，亦与其小儿偕来，使之出吸空气。又有宴会茶话，互相招邀于其家，亲串僚友，杂沓一室，献酬交错，琴歌之声，洋洋盈耳。凡此种种，为一地方之公共慰藉物，令本地方之居民，以其闲暇无事之时间消磨于是际，而不至为邪僻所引诱。且于游戏之中略寓劝善惩恶，增知识强气体，勉勤奋导和平之微意，如是而后彼卑劣之行为，自为人所不齿。虽人类至杂，万无遂能绝迹之一日，而要之堕落者少，则社会之程度自高矣。

何谓私得之慰藉物？则大概属于美术的。吾国之所自有者，如诗也，画也，字也，音乐也，骨董也，随其所好，无一非慰藉物之种类。古之诗人日课一诗，全集至数千首或万余首，岂特此为职业哉？不过以吟咏自娱耳。前清乾嘉时代，经学盛行，有终身沉埋于贾、马、郑、许者，其习惯既成，舍是而不乐，他人视之，则攒眉矣。好古书者，得一宋刻元刻，不吝千金以购，不知者以为蠹余之故纸，不足以裹胡饼也。故此等私得之慰藉物，适乎是人之学问、思想、资格、地位，而不能一例。南方多牧童之讴歌，北地见村农之弦索，何一不可绘为人生行乐之图？甚至豫州结牦，中散锻铁，惟意之适，匪夷所思。今少年之搜集邮票，与古时老学究之考订金石，格致名家之衰采标本，与自命高人雅士之陈设书画瓷玉，要若能笃嗜之，深好之，而不为其余龌龊者所移，虽有时不免于玩物丧志，然已高出于庸恶陋劣，除荒淫外无所知者万万矣。

嗟夫！人类血肉之躯，不能无欲望之发现。而欲望者，不必皆为罪戾也。放而纵之于恶，斯恶矣；范而正之于善，斯善矣。然习性既惯，则矫变实难。故社会之熏染与学校之教育，同有最大之需要。然则吾人对于慰藉物，慎毋从事厉行禁止之威严，而忘其导民之天职也。

论时间缩短之与文明

惜阴之说，吾国古圣贤，已大唱之。虽然，其所谓惜阴者，不过戒人毋虚耗其时光而已，于时间缩短之义，尚未之及也。盖就原有之光阴而惜之，不虚度此一日，而一日之工，仍需一日为之，不足显吾人今日文明之进步。而吾人今日之所当蕲求者，一日之工，只须半日可了，或至不必半日，只一刻时、一分时可了，则吾人一日可为古人十日、百日之工，吾人一岁，不啻古人十年、百年之寿。斯文明之进步，乃益上矣。

余尝验诸吾国，在通商大埠，一日所行之事，以交通之便捷，可抵内地之二日；反之，在内地，则一日所行之事，非两日不办矣。是故内地人之心理，与居于通商大埠者之心理，其缓急正自不同。每游内地，觉其人于午前之所当行者，曰迁延至午后或晚间，无伤也；今日之所当行者，曰迟阁至明日或后朝，不害也。优悠玩忽，习以成风，甚至行步之蹇涩，出言之吞吐，筋脉弛纵，精神怠慢，以惯居外埠之人当之，有焦躁烦郁，而无可如何者。而揆诸彼人，则谓宇宙甚宽，子何亟亟，毋乃失士君子雍容不迫之风度乎？

二三十年前，由上海航行至苏州，必三日；航行至杭州，必七日；航行至南京，必半月。读前人行纪，南人北上者，纪程辄在两月以上。余于甲午第一次北行，由天津雇船至北通州，五日而后达，今则皆以若干小时往返矣。回忆吾人当时，经过三日、五日、七日、半月，以至两阅月之长途，并不觉其厌苦。而万不能适用于今日，固由心习之更变，而尤可异者，则吾人之公意，对于行路问题，乃无不以时间短缩为善，而并无以时间延长，故示其雍容不迫为风度，如前云云也。故此种公意之发达，实为吾人由野蛮而进文明，由文明而更造其极之根本。试观改步武而奔走，改奔走而驰驱，改驰驱而飞行绝迹。太古用足跗者数千年，一变而用牛马，为第一文明大进步；中古用牛马者又数千年，一变而用机轮，用汽电，为第二文明大进步。探其原，皆缩短时间为善之公意，有以迫而成之也。

今日璀璨光华之世界，孕育于何时乎？盖自有轮船、铁路以来是矣。轮船、铁路之功用，不过为缩短时间，而从此遂能左右世界之文化，改变世界之状态。如电信、电话等，一一继出，千里近于咫尺，异域化为同堂，其所以谓之便人而利物者，仍不外乎缩短时间之结果也。造纸者，自森林中之原料，揉碎溶和，以至成纸，而刷印折送，以为书籍报章。织布者，自采绵、轧子制纱、织布、染色，而为衣服。从前所费之时间，与今日之所缩短，其比例等于航行之以数小时代一二月。工省则价格廉，时减则产生多，遂能消售易而商务兴。国以之富，民以之强，彼泰西何者胜于我哉？能缩短时间胜于我而已矣。

是故二十周者，风驰电掣之世纪也。政治之进行若飞，科学之进行若飞，工艺之进行若飞，全地球之消息若飞，全地球之脑力若飞，全地球之足以跃手以攫者若飞。呜呼！于此之间，从容大雅，不竞不绌，莫如我中华，方将冕旒衮衣，垂绅搢笏，规行矩步，缩缩有循焉。噫吁嚱！其天惟须暇乎？吾不知之矣。

卷
一

论法律与威权

　　法律出于威权，谓之专制之国；威权由于法律，谓之立宪之国。专制之国，以威权为无上。法律者，即有威权之人，用以治无威权之人，而无威权之人，万不能取法律转绳有威权者，以有威权之人，常居于法律之外也。立宪之国，以法律为无上。不论有威权者与无威权者，同处法律下而受治焉，以有威权者之威权，即为法律所予，亦即为无权威之人所予也。呜呼！法律威权之互为胜负，岂惟专制立宪之所由分。盖人民乐苦之原，国家治乱之本，胥系于是矣。

　　西报载德废皇威廉第二轶事一则，可以证矣。夫欧战前之德国，固立宪而君主之国也，论者每谓其国情，君主方面，似较重于立宪方面。故德国君主威权之大，远出英国之上，其君主之尊称，亦为皇帝，而非若英国君主之仅为王而已。然观于此事，则知德究以立宪国故，其皇未尝不对于法律而敛手以退也。夫以神圣之大皇帝，何不可取法律而践诸足下，或恶其不便，而出一命以更订之？顾德皇不为者，一则西方君主脑中固从未有存此种野心者；二则西国之官吏，乃一国之官吏，非君主一人之官吏；三则民气之盛，万目暌暌，亦无敢轻撄其锋也。其事如下：

日者德皇御厨，于礼拜日，以电话命牛肉肆赍送牛肉于皇宫，且谓皇帝将俟此朝食，速送毋迟。肆中乃立饬伙役携多量之肉，乘汽车至火车站。顾德国法律，礼拜日禁止送货，肆役既挟巨物，又疾驶其车，遂为巡士希耐特者所觉察，即阻其车曰："速止！汝岂不知礼拜日送货，为违犯法律之事乎？"役答曰："知之！然此为皇帝御膳之所需，皇帝且俟此朝食，请勿阻，迟者火车且开，将不及矣。"希耐特者，忠服德皇者也。闻为皇帝御膳，几忘其职务所当尽。然少选，立复其勇概，大声曰："皇帝何与者？汝既违犯法律，速随余往。"肆役虽抗声辩，弗理也，立拘之去。受法官之裁判，肉充公，罚五马克，而是晨德皇乃失其早餐。

顾肉肆中以是为皇宫之所命，不服裁判所定之罚，上控于高级审判厅，其理由有曰："皇帝者，人民爱戴之元首也。法律虽尊严，乌得加诸元首？是晨既由皇帝命速送牛肉，则此次之送货，为特别者，法律不得而拘束之，亦犹铁道公司之货车，以特别情形，而未尝停止于礼拜日也。且皇室之用品而充公之，重以罚锾，不亦辱国体而蔑视元首乎？"然此种上控，迄无效力，虽危词耸听，而当事者屹立为不动。其驳词有曰："法律平等，元首无特别之地位，虽送货之命发自皇宫，然以法律视之，毫无足重。且皇宫之旁，非不可得肉，何必于远方肉肆中取之？抑礼拜日之御膳，何为不早加预备，必蔑视法律，而后为快耶？"于是此上控遂失败。虽败诉者之表面为肉肆，然质言之，则肉肆初非主动者也。

斯事一举而三善备焉：警察之无私，一也；司法之不挠，二也；涉及皇帝，而宫廷不明出一言以偏袒之，三也。此德国君主时代之已事也。若夫我国，今已号为民主矣，然而虽一官署之皂役、一贵家之仆从，恃有护符，横行无忌，甚至有故意破坏法律，以示其豪举者。旁观侧目，或叹息，或艳羡，终莫敢谁何也。而况势力之出其上者乎？吁嗟乎！法律与威权。

论奋迅与活泼

美国某工师欲为前总统罗斯福氏刻像者，求二十分时之间，其夫人曰："子休矣，世界虽大，恐无一事足使彼兀坐二十分时者。"西报载之，以为美谭。䀹诲曰："嗟！吾欲借是以箴吾国。"

吾尝学《礼》矣。古之人君，端冕垂裳，旒以蔽明，黈以塞聪，恭己而正南面。尧舜以来，未之有改也。等而下之，则儒家所谓君子者，亦必以正其衣冠，尊其瞻视，俨然人望而畏之，为动作威仪之则。《玉藻》之九容（足容重，手容恭，目容端，口容止，声容静，头容直，气容肃，立容德，色容庄），《论语》之四勿（非礼勿视，非礼勿听，非礼勿言，非礼勿动），璁珑环佩之音，规矩折旋之节，甚至曲礼首简，独取如尸如斋，为坐立之标准，则直死人而已、木偶而已。吾国学子，受如此三千年之教育，承如此三千年之遗传，宜其厚重不佻，成为性质，而嗶唈谡谗，拙滞痴木，种种流弊亦随之。对于风驰电掣之二十世纪，安能不瞠乎其后也？试握古人论史之笔，以论罗斯福氏，不将云轻躁无君人之度耶？

道学之传，始于周濂溪。彼之无极太极，源本道家，遂欲即道家之主静，以立人极。程伊川教人，必曰半日静坐、半日读书。或问："力行如何？"曰："且静坐。"而游杨立雪之故事，可以见其实行静坐之功，与释子之跏趺入定无异。朱紫阳觉主静之稍偏，而易之以居敬，以期动静交相养，然亦未尝不以静坐为要也。王姚江枯坐阳明洞及龙场石椁，遂能澈悟道源，故其说以默坐证心，观未发之中，为圣学入手，与陈白沙于静中养出端倪，大概相类，要之皆达摩面壁之法而已。颜博野、李蠡县反对宋明人静坐之学，而斥之为禅矣，然其拘牵古礼，规规焉俨若思恭而安之是勉，固仍未脱措大之故态也。以是吾国稍知旧学之辈，无不手足钝置，举动迟缓。其学问愈深，其丛脞亦愈甚，岂非道学先生有以误之哉？

今夫峨冠高履，深衣博带之世界，已随天演之潮流而俱去矣。自用石，用铜，用铁，而煤气，而电力，于以涉海，于以行陆，于以御空。值此轮船、铁路、飞机之时代，乃有以斋明盛服、非礼勿动者，从容雅步于其间，而求适宜之生存，吾知其必无幸矣。外人之訾吾者，恒曰老、曰病。老病焉者，皆畴昔喜静恶动之学说所酿成耳。岂独外人哉？儒者之迂腐阔疏，即在吾国，亦久为社会所厌笑矣。然则如何可不老？必奋迅以趋事而后可。如何可不病？必活泼以图功而后可。人人能效罗斯福，吾国其犹可为乎？

出版界感言

　　余尝读《左传》所载闵子马之言，其文云："鲁人往周，见原伯鲁焉，与之语，不悦学，归以语闵子马。闵子马曰：'周其乱乎！夫必先有是说，而后及其大人，大人患失而惑。'又曰：'可以无学，无学不害，不害而不学，则苟而已。于是乎下陵上替，能无乱乎？夫学殖也，不殖将落，原氏其亡乎！'"盖读之未尝不三叹焉。以为子弟不悦学，则家道隳；人民不悦学，则国势败。其事固如影之随形，响之随声，不可得而避。所足悲者，彼当东周之季，所言乃切合吾人之今日，而原伯鲁之徒，且遍于国中也。

　　今吾国人之不悦学，于何知之乎？于书籍消售数之日绌而知之，亦于书籍出版数之日少而知之。夫书籍何以少出版？以不消售故。何以不消售？以国人之不悦学故。欲出版之多，端在销售之眭，欲消售之眭❶，端在一国好学者之众。乃若观于书肆，陈货堆积，而购者无人，又谁愿徒掷金钱，为梨枣灾，

---

❶ "眭"，疑为"旺"。——编者注

成书之后，而束诸高阁欤？观于学校，数小册课本外，他无所有，他无所知，侥幸试验上第，即已岸然自足，受文凭，为学士，又谁肯贪多嗜博，更求未见书，而购之读之欤？观于社会，不识字之人，居其太平，酒食淫嬲，游戏征逐之不遑，又谁能附庸风雅，咀嚼文字，效冬烘头脑者之所为欤？故书籍之盛衰，即全国学问之盛衰，与其教育之盛衰，换言之，亦即一国运命之盛衰也。

东西各国，皆于一年之终，统计全年出版之书，共若干种，可以验其国文化之程度、进退、高低，而因以施教育之政策。又分别所出版者，若政治、道德、科学、文学、小说之类，孰为多寡，可以觇国民之心理，与其嗜好之趋向，而因定教育之方针。我国固尚无此种统计，而就吾人耳目所及，则新书之接于闻见者，寥寂若晨星，以较欧美，其差远若天壤。而其仅有新书若干种之中，尤以艳情小说为最占多数，政治略见一二，大抵为干禄之用，至于道德科学，则闻者先为之蹙额焉。故一检各国之出版统计表，而觉吾国之卒落于人后者，实为智愚之相悬而非系乎强弱之不侔也。

考最近各国出版界统计，当以德国为第一，每年至三万一千种以上；美国、俄国次之，每年均至一万三千种以上；法国、英国又次之，每年均至一万种以上；瑞士与意大利则每年至六百或七百种以上；丹麦与荷兰则每年至三百或四百种以上；他若比利士、西班牙、葡萄牙诸国，每年亦至少有一百或二百种以上。至日本为新兴国，努力输入西方之文明，著译之编，竟达四万种以上，政治类得八千余种，经济类得四千余种，文学科学宗教类各二千余种，小说类四百余种。此足见其国人劬学之热忱非常发达，而所以能与欧美抗衡者此矣。

或曰："以吾国人之贫，无有余之经济以购书，此亦其原因乎？"抑知不然。闻之欧人，其家常不可少之日用，衣、食、住之外，购书、购报之费，亦为其一要项，列入于预算中。而吾国古人，则更多节衣缩食而以之购书者。夫衣食住所以供给人口腹身体之粗者耳，书籍则所以供给神明知识之精者，两事之轻重不侔焉。一国之人皆专注于口腹身体，而忽忘于神明知识，吝出区区购书之微资，而服御奢华，放恣无度，曾不少惜焉？承二千年专制愚民之毒，而卒至自愚。然则，方来君子，欲振弱救危，其犹在开通民智哉？

卷
一

译田园都市篇感言

古之隐君子，绝人逃世，入山惟恐不深，入林惟恐不密，其于尘俗之繁荣无有矣，所足以慰之者，山水之清幽，林木之葱倩，别有天地非人间而已。若夫阛阓之中，金碧炫目，丝竹盈耳。则有锐头尖鼻之子弟，皤腹暋目之商贾，徜徉驰骛其间，而高人雅士，将望望然而去之。此山林城市二者之不能兼全也，审矣。

有欲于城市求山林之乐者，则有园囿之设。古时惟帝王有之，孟子言纣之暴，在弃民田以为园囿。又言文王之囿，方七十里，与民同乐。要之，昔之人君皆有园囿，以为行乐地。盖久居城市者，每羡山林疏散，其强有力者，遂尽移山林所有，以入城市，而园囿之起点不外是矣。后世缙绅之家，亦复效之，疏泉凿石，以成山林之观。从来缘野平泉，为自公退食后，名流消遣之胜举。而投老归乡之辈，斥其宦囊之余蓄，营亭台花木，以娱暮年者尤多。园囿之遍于国中，其不因此乎？

且夫社会不平等之呼声，不自今日始矣。如彼园囿者，何独为富贵人所专有，而平民果无福以享受耶？僦居市尘之间，终日甚嚣尘上，屋宇湫隘，房闼污浊，奈何不许其以间暇之片刻，一吸新解空气于园林之内，以助卫生而宣郁结耶？然此等问题，在专制时代，初无提出之价值。汝侪细民耳，筚门圭窦，于愿已足，既得陇，复望蜀，是罪戾也。自平民主义日发达，贵贱贫富之阶级，渐夷渐平，而后此种思想，认可者遂不觉其僭妄，而所谓公园者于是成立矣。

匹夫与王候❶，相去不知几何等也；窭人与富户，相去亦不知几何等也。公园者，以王候富户之供，公之于匹夫与窭人，令于每日劳力之余，藉此以息身体，抒精神，活筋脉，畅灵机，赏心乐事，游目骋怀，不可谓非极人生之幸福矣。虽然，犹有缺憾者二也：公园有限，未必能人人皆至，或以路远，或以费财，或以费时，故游于公园者，大都流浪无职事之徒，甚且奸宄淫邪，窟穴其间，适为风俗人心之害；其次，则又凡僻居乡野之人，破屋茅檐，局处其中，终身不见近世之文明，则见闻日陋，程度日卑，无以使全国民族有一致之进步。以兹二因，而田园都市之理想，缘之而生焉。

田园都市者，八年前创始于英国，近日各国盛仿行之。或就旧都市改造，或另辟区域，以经营新都市，要于城市中带有山林气象，于乡村中为城市之设备者也。盖城市之长，在于交通便利，享用繁华；山林之长，在于风景清幽，精神健爽。而田园都市，乃合二者而成之，既有城市之利益，亦不失山林之娱乐。不啻取一大城而胥变为公园，尽全城各级之住民，而悉令居于公园之中，其为愉快，其为健康，固何如哉？

嗟嗟！君不见巴黎、伦敦、纽约皆有所谓贫民窟乎？凡戢戢其中者，无不面目黧黑，形容枯槁，其窈悒忧挈之色，颠连

卷
一

困苦之状，若与所居之陋巷相辉映，为世界一种不忍逼视之画本。此孰非人类？彼渠渠大厦中之人民，其亦对之而心动否也？若夫吾国，则宫阙之巍奂，阀阅之崇宏与蔀屋栉比，室小于斗者，已相悬如天壤。而吾人一游内地，大江以北，黄河以南，则非惟所在而为贫民窟，凡旱潦频仍之区，更有土壁离披，蛇行蜷伏，穴地为灶，以作炊事者，触目皆是。彼将视贫民窟如天堂，其他又乌敢梦见哉？以如是之国民，欲其于二十世纪，竞存于优胜劣败之天演界，其无幸也必矣。

今英国田园都市之已成者，曰来支和史，曰化脱孙兰，曰亨普斯脱。论者谓居其中之人，无不改衰惫之气象为雄健，变憔悴之颜色为腴敷，于世事多乐观，以人生为有味，活泼流动，显于人人眉目之间。来支和史，仅距伦敦市三十余英里，化脱孙兰，仅距利物浦五英里，而两地人民死亡率之悬隔甚多。盖凡田园都市，每千人中死亡之平均数，不出四人至五人，而伦敦陋巷内，每千人之平均数，乃至六十六人以上。岂非大可惊者耶？以是而推之，吾国土室之裸虫，生生死死，素在不足计数之列。苟有人为之稽核，其可惊将不知若何也。

余闻西国有心人之言曰：方今无畏战舰之大建造，为海军威荣上之急务。各国互相仿效，不惜每年掷金钱数十兆于此，藉以巩固其国防。而试近觇其所拥卫之人民若何？则皆栖身于陋巷，伈伈伣伣，贫窭无以呈露其身手。而国家犹将吸其脂膏，以涂泽海陆之战具，作保卫其身家之至计。吾未识此有畏之人民，果有肩腕以担任无畏战舰上之巨炮，而运动之乎？诚取其若干分之一，以为惨怛无憀之人民设置如田园都市者，使一般饱受苦难之穷黎，一旦出水火而登衽席，其为幸福于国，自当倍蓰。且不恃战舰之无畏，而恃民心之可畏，亦何讵非无形之国防欤？此西国有心人之言也。

若夫我国，十年二十年后，无振兴之望则已，果有振兴之一日，则其城市村乡，室尘屋庐之制，必大有变动。观今日稍通商业之地，则西式之房屋，必随之而至，商务愈盛则愈多，南北皆然，亦其朕兆也。果能采用田园都市之法，及早成之，令城市得其疏通，山林不至寂寞，高国民之程度，谋多数之乐利。河阳花县，武陵桃源，何必茄藤雪对（Carden Crty 即花园城）之必在亨普斯脱哉？则皕诲所希望于我国者也！

卷 二

国民道德教育说

　　中国之有道德教育，三千年于此矣。然与最近文明之潮流相遇，而觉此种道德，能适宜于古代，不能适宜于今日者，其故何也？则以其道德之性质为个人的，而非社会的；私家的，而非公众的。由之以潜修为圣贤，为君子，则有余；由之以应用为最近世之一国民，则不足也。盖吾国之道德教育，其视国民道德教育，固僢驰而不相符也。

　　痛乎哉吾先民！居于专制之下，仅仅能以道德教育自淑，于国民道德教育，不敢颂言而宣之于口也。盖吾先民固只有民之地位，未尝有国民之地位。故其道德教育之第一义，在不犯上作乱。推类至尽，即服从其为民，毋许激昂以求为国民。故当吾先民之世，设有提倡道德教育者，为忠为良；有提倡国民道德教育者，非逆即贼。故吾国虽以三千年之名儒辈出，讲贯研究道德教育问题，及门之士累千，学案之书盈尺，而无一涉及国民道德教育范围者。劫于专制之威，有不得已者存焉，而决非吾先民之不慧也。

　　请言古世道德教育之内容。换言之，亦可名曰修养教育。要在劫慹吾人之身心，使纳于经典命令之中，不稍轶出轨道。

而所谓经典命令者，即古人之所身体力行，与夫理想上之美善。如父义、母慈、兄友、弟恭、子孝，以及非礼勿视、勿听、勿言、勿动等语。吾国之人，莫不童而习之，父诏师勉，蕲其造就而养成焉。自孔孟以来，家法相禅，无论程朱，无论陆王，千言万语，谆谆为天下后世告者，不过如是。如是而人格立，如是而人道完，是道德教育之内容也。

请言今世国民道德教育之内容。换言之，亦可曰生活教育。盖以此道德支配国民之生活，发展其新知识与新事业，以振起其服务人类，供给世界之精神；而非向空山之中、陋巷之内沾沾焉修己自好，潜身独善已也。试列其条目如下：

（1）积学问。凡为国民，必有国民之常识。常识由何而来？则曰学问。所谓学问者，决非博闻强识，人人成一大文学家也。且此种学问，大概知今之数多于知古。现世之科学，当前之事物，职业上之经验，无一非学问，是乃今日国民之所有事。若夫搬演古人之陈史，搜罗古书之僻典，吾国曩日之所称为学问。当代教育家，大声疾呼，欲以此教养青年，延国粹之一脉者，实于今日国民无一毫之用也。故"学问"两字，以完全国民常识为限，是为国民道德之一。

（2）习职业。人之有职业中，含两种意义：一为自己之生存；一为他人之服务。盖无职业之人，非惟其人之不克自存也，亦且使他人之事业，因无佐理之人，而至于衰败。倘一国而多此辈，则其国之不兴盛，更无待言矣！可知国民之习职业，实为其爱国之一端，而彼游手好闲者，已丧失其国民之资格，有断然也。吾国之贫弱原因虽非一，而民间无职业者之人数过于有职业者，乃其大原因。试观自大都会以暨一乡、一邑，上流、中流、下流，无一非游民所充斥。朝政之多扰，间里之不安，皆以此故。此诚今日最巨之隐患，而尚无术以处之者，故习职业为国民道德之二。

（3）保健康。人生于世，孰不愿健康？所以人人有此私愿者，不惟疾病为吾身体上之苦痛，且以于吾事业上有关系也，故欲为强毅有为之人，不可不自保其健康。则欲得强毅有为之国，而无能保健康之国民，又安从而望其振作乎？且一国之衰，有灾祸焉，如水旱，如刀兵，如疫疠，而皆可以人力免之。即如欲免疫疠之流行，则卫生之道，不可不讲。文明国之国家，以卫生为行政上重要之政务。文明国之国民，亦以卫生为行己上重要之德业。诚以健康者，吾人一切之基础，将立于是也。是为国民道德之三。

（4）守法律。共和国之法律，与专制国不同。专制国以君上为定法律之人，一二人用其私意造之于上，使亿万人受而守之。而此一二人者，又自身立于法律之外，是治奴隶之法律也。共和国则否，由国民之举选，以代议资格，为定法律者，则无异国民自造法律，为自己之绳准。从而守之，是能自治之俊杰也。故守法律，循绳准，维持一国之秩序，保护法律之行使，与其最高权，为国民之天职。顾自革命而还，人人以跅弛为能，嚣张为才，谨饬谦约之德，决不足以表异于一时；而有权位势力者，又务蹂躏法律以自豪。两者交失，此吾国最近现象之所为纷扰也。故守法律为国民道德之四。

（5）知政务。政务之关系，一国之休戚荣辱，即国民之休戚荣辱也。一国而有良政府，见其国、国民之能力；一国而有不良政府，岂非其国、国民之无能力，乃任其窃据高位以肆毒于国耶？故不良政府之咎，不在政府而在国民。凡为共和国，皆由国民之意思，造成内阁，造成议院，而为之后盾焉。然则不知政务之人民，其可厕立于今日共和国中乎？非惟当知之，且当实地研究之，孰利孰害，何去何从，然后方能一一表示其意思于议院、于内阁，而一国之政务于是出焉。吾国人慑于二千年专制之余威，以社会间不谈政治为安分，故政治知识至为薄劣。儒家者流，又不过本其修齐治平之陈言，为普通政治教育，无一毫裨于实用。国民如此，诚共和前途之危也！故知政务为国民道德之五。

（6）急公益。政务亦一种公益也。然一属国家，一属社会。吾国人自提倡爱国以来，颇有关心政务者，而于社会之公益，则视之蔑如。盖以政务易徼荣誉，可为其牺牲之报酬。而社会公益，则利无可言。虽有微名，仅如从前慈善家，得一乐善好施之牌额耳，此非今日人情之所企慕也。虽然，果为文明国之国民乎？则其公益观念，有异于是。盖以吾人之生，不但自利，也亦期有以利他。自利者卑劣，利他者并其自利，亦由卑劣而变为高尚。故社会者，吾人作工之地，即吾人自完其生命之地，而以公益为吾人之日课也。至于因公益而得私益，则社会之我报，非所预矣。故国民不必皆从政，而无不从事社会公益者，此国家与社会所以能互相进步也。否则政府虽美善，而社会无自动之力，不能有改良之希望，国又安从而兴哉？故急公益为国民道德之六。

以上六者，列举之未必完备，然国民道德教育，果以此为一定之方针，必能得良好之效果，可无疑也。或曰："道德者，渊懿玄奥之名辞也。今实之以此六者，其义只在生活方面，毋乃太浅欤？古今多道高德邵之人，于斯六者，微末甚矣？"应之曰："子所云道德者，必如宋儒之言去欲存理，佛氏之言明心见性，而后于心始慊。殊不知道德之意，乃谓吾人应尽之本分，苟本分而不与生活相联，是世外之道德，非人间之道德也。试读历史，周秦以前，则人中有圣；宋元之间，儒中称大；汉以后，即无圣人，近世则并大儒而不见。其故何也？知识愈开，道德愈平实、愈浅近、愈普通。从有自名为圣人者，为大儒者，而人不之信。因其高深渊妙之自觉者，人既不得而见，即见之亦无用，其应用于生活之间者，固无以异于人人也。圣人大儒，至今日而穷，而国民道德，于是在吾人生活问题上，大放其光明矣。"

试证诸欧美。从前欧美之高等道德，首以宗教之经典，修养其心灵；而大学教育之宗旨，亦只在研究希腊、罗马时代哲学之书籍，皆偏于修养方面之文字，以造成其为诺勃尔斯（贵族）勤屈勒门（绅士）之品格。故宗教与哲学垄断古初道德之全部，而不能或出其环中。盖科学未发明以前，欧美之道德教育云者，与吾国有同一之趋势也。自科学日昌，与人权之说，相扶而同出，平等自由之思潮，随格致家演绎归纳之证明，而不复能动摇。于是道德下及于平民，其内容直以科学为根基、实业为本位，一洗古来迂腐顽固贵族绅士之风，是真道德界之大革命也。

世人徒闻挽近各国之富强，论者谓其由于国民之有道德，不问道德之实果为何者。而漫取二三千年陈败已极之修养主义，提出于二十世纪之今日，欲驱国民而从之，不知此种古物，正为致吾国于贫弱之滥觞。譬若人伤风而涕唾，愚者乃谓拾取涕唾之沫，炙而服之，可以愈伤风焉。彼崇古道德，而求致今富强者，其何以异于是哉？吾愿今而后，言国民道德教育者，一起立而揽各国之成绩，毋再取其架上之尘册，于不适宜中，强解生存之公例以自误也。

论自治精神之四要点

今有一小儿慨然于父母尊长之前，欲自行其意志以处置属于彼之事务。在吾国人之为父母尊长者，必怒此小兄之桀骜不驯，不服从在其上者之命令，异日必非令器。而西方有识之父母尊长睹小儿之如此，则大喜其有独立之性质、强毅之气概，将来且为一国优秀之国民、世界伟大之人物焉。是种相违殊之观察点，其故安在耶？盖皆从先民之经验而来。二千年之专制国，不利有强顽梗化之人民；有之，亦必锄之、戮之。人民畏锄戮之，在其后也，欲保家而存嗣，务使其子孙皆有顺服之奴隶性方可。于是蒙以养正，先使能忍于专制之家庭，从少年时代，划除其自为主张之萌芽，不敢稍存于胸臆。于是资于事父以事君而敬同，资于事母以事君而爱同，乃可外之起家而荣其宗祖，内之全躯而保其妻子矣。此吾国人之经验也。夫以如是之经验，由学说以成教化，由教化以成风俗，三者锢结于吾国人之脑想间，骤而与以自治，譬诸械缚已久，一旦释放其手足，摇撼其筋骨，则麻木不仁，而不知所措，甚且颠倒错乱，习惯全失，乃有人从而嗾之曰，如子今日之现状，反不如仍在缧绁之为愈。语有之"无根之木必稿❶，无源之水必涸"，吾国民尚未有自治之本源，其为枯为涸焉，又曷足怪耶？

自治之本源者何？即自治之精神是也。欲振起之，第一在于教育。此教育包家庭、学校、社会三者而言。务于是三者之中，揭橥下言四项之主义，使全国之人一变其低首下心，伈伈俔俔之态度，而明目张胆以实力从事于人生之义务，则国民自治。其庶几一往直前，有成无败，有进无退乎！试以四项主义，列举于下，以为吾国人勖。

一曰自营主义。自营主义，非谓营一己之私也。凡事之属于己者，必自力经营之。夫人生以能服务于人为贵，故有公仆之义。吾人纵未能服务他人，岂尚不能服务自己，而待他人服务之耶？虽然，专制国之惯习则不然。富贵之家，奴婢盈前，颐指气使，初不必自己为之事，必需己，则贫而贱者耳。故以大人而作细务，不啻自坏其体统。于是惰偷相寻，一切骄奢淫佚之端，皆由此起，至于祸乱随之不可收拾，其可痛已！苟能反是，提倡自营主义，以事事躬亲为无上之荣幸。例如美国之林肯。林肯为总统，有访诸其家者，见其方自刷靴，乃慰之曰："君何不惮烦劳耶？"林肯笑答曰："余体甚健，有足以料理己事之气力，何至言劳？君岂谓余孱弱，并己事而不能料理耶？"客闻之，甚自惭其失言。夫食不必待人喂而后食，饮不必待人灌而后饮，衣不必待人披而后衣。吾人固与林肯同，非病则不以其权与人。而更推食饮衣服于事事，展发其料理自己之才能，则斥去仆从，振发精神，一洗东方病夫之耻，必从自营主义始矣！是为国民自治精神之最初点。

二曰自立主义。自立者，不依赖于人之谓也。东方依赖性质，实为其民族不振之大原因。全国种种窳腐之发生，靡不由之。例如一人为官，则亲戚故旧之依草附木，仰望以终身者，不可胜计。得其提挈，则出而骄人，甚至恃有奥援，敢于作恶，偶或失之，则怨恨绝望，甚至造作蜚语，以相诬陷。于是彼为官者，亦以累重之故，而不克自保其清廉公正之行为。而常出之以瞻狗，吏治之丛脞，国是之变乱，为此等附属品所败坏者，盖居太平也，故恒为国家之大患。惟提倡人人自立主义，俾知己有聪明，己有才力，同此耳目，同此手足，何一不若人，而深以依赖他人？引为神明上之大耻，则不崇朝而国家之大患除矣。日本某报记朝鲜人一事，读之可为殷鉴。其言曰："人民依赖心之重，莫朝鲜若。尝有某日本人，由小学校之校长为介，与朝鲜女子结婚。不及一月，此日本人忽向校长申说，要求离异。校长诘其故，则曰：'我等夫妇之感情甚笃，所不能堪者，彼妇之亲族，以其得嫁上国之佳婿，地位既高，财产又富，奔走衣食于门下者，日盛一日，将以彼妇为女孟尝，而余实不能供给之也。'"嗟嗟！朝鲜之所以亡，其不因此耶？吾国人可以戒矣！故自立主义，为国民自治精神之第二点。

三公益主义。经济学之定例，大利所在，必人己两益。损人利己与损己利人，过犹不及，皆非其中也。虽然自道义上言之，则与其损人，无宁损己。宗教家之牺牲生命以救人，其所抱利他观念，为人类最高之模范。且吾人欲建事业于世界，无专倚一偏之利己方面而可告成功者，因事业者，皆为利他而有也。吾国古圣贤，以利己为利、利他为义，义利之辨，分别极析，防闲极严。二千年以来，教育废弛，讲述无人，而天然自野蛮时代遗传之利己心，乃继长增高，为无限止之发展。以其不知有人，遂不知有国，为利己而害人，可也；为利己而卖国，亦可也。数千年积重之势，国人之公益思想，由渐消渐灭，以至于无。就最琐末者论之，家之庭院，知当振理也，而自门以外，垢秽堆积，不过问矣，以街道之属于公有也。其有世家大族而同居者，渠渠夏屋之内，门分而户别。近窥之，各室之陈设，皆整洁华丽，而中央之大厅事，则破坏而不修，燕泥蛛网，打头拂面，是曷故耶？以大厅事乃属于一族之公有也。呜呼！吾人之亲国，犹其亲门外之街道、家中之大厅事矣。吾观欧美人，其利己心未尝不甚重此，无可讳言者，然语及公益，则立自弃其私利，何也？彼之学识较高，野心较大，知公益之顾为其私利之源泉与根本也。然其结果，以欧美现状，较诸吾人，公益之利己与私利之利己，至于究竟，果孰为伙耶？故公益主义，为国民自治精神之第三要端。

四共同主义。人各有其见识，即各有其主张。以见识之程度，为其主张之优劣高下，我不能以此喻人而强诸人，人亦不能以此喻我而强诸我，此万不可齐同者也。然互相执拗，则即一家之中、父子兄弟之间，已立见乖戾，况为公众之团体，其纷乱涣散，又何待言哉？古称大智之人，其能成就事业者，于舍己从人一端，恒不惮再三言之。舍己从人，即所谓共同主义是也。吾国人有一种最奇之气性，不相容而互相成：（甲）极端的服从，（乙）反之，可极端的不服从。盖其极端的服从者，为对于势力之所在，而非势力所在，遂极端不服从矣。故国人今日，无学问上之服从、无道义上之服从、无事理上之服从，而仅有势力上之服从。设以和平之态度论事，则一席之语，未有不五张六角者。设以平等之机关进行，则不转瞬间，非华离四散，即同室操戈。此其大弊所自来，由于二千年之政教专制，迫压吾人于一统主义之下，合群之本能已失，则共同之习惯，更无缘以养成。譬若行路然，欧美人之与友三五辈，谈笑于途者，以雁行为最多，如墙而进，举足齐步，俨若兵队，虽女子亦然；吾国人则徐行后长之外，大都或先或后，此急彼缓，参差疏落，又顾之他。夫数人行路，亦一小团体也。然则即行路时，少数人之现象，可以测国家社会多数人之现象，其不能合力猛进，以达最后胜利之目的，决矣！《北史》称吐谷浑阿豺有子二十人，病且死。谓曰："汝等各奉吾一只箭，将玩之。"俄而，命母弟慕利延曰："汝取一只箭折之。"慕利延折之。又曰："汝取十九只箭折之。"慕利延不能折。阿豺曰："汝曹知否？单者易折，众则难摧，戮力一心，然后社稷可固！"言终而死。美国将独立，哲斐孙宣言曰："吾十三州之人而不共同乎，则英国将人镮其颈而杀之；吾十三州之人，而合为一颈乎，彼英国其无此巨刃也？"故共同主义，为国民自治精神之第四要端。

呜呼！今者何时？非建造共和，恢复民权之时乎？国民自治之权利，前者以何因缘而失之？或者于前四项，预备未完全，空穴来风，与勍者以可乘之隙耶？则慎毋一误而又再误也。

论东方家族主义与个人主义之革代

当世界民族进化之日，而吾东方最称优秀易良之民族，反以退化著闻，其缘由虽多，而家族制度之限止，未必非其一也。夫邃古圣贤，以家族的伦理，推而暨之，为家族的政治。元后作民父母，以齐家之道治国也。家有严君，则以治国之法齐家矣。儒家者流，本是两种观念，著而为经典，衍而为教育，浸润而成风俗。三千年来，固已视若天经地义，不可动摇之纲常名教，或者至谓为中国立国之本根，亦非无见也。

设使世界不开通，吾中国能常安其固有之位置。更设使恰如古人之思想，自吾中国外，皆为蛮野无文化之民族，则吾古圣贤之所以贻吾后人者，实已尽善尽美，而永无改革之必要。而非然者，国际之竞争、民族之竞争、东西文化之竞争，既接触日近，莫可解救。吾人犹坚持其上世简单之事业，指为黄金时代，用其抱残守阙之盛心，不忍一朝舍弃，时时作回首之态度。初不悟当其前者，已将以新发硎之刀，割吾腹而制吾命，吾恐尧舜复生，其不能逆时世之潮流。生今而返古，何况吾人之本为今人哉？

由斯以谭，家族主义之不足存留，而必以个人主义，为之革代也审矣。盖家族主义者，以家为本位，以家长为之主人而治其家。自家长以下之人，无自主，无自治，因之亦无自由。率一国而成其奴隶性者，惟家族主义实浸灌而熏陶之。若夫欲人人独立，以进取为目的，发展其固有之才能，与现在文明相追逐，则非适用个人主义不可。所难堪者，当革代之际，不啻取历史上之光荣美丽。吾人自古以来，所认为圣哲之心肝，与千百古人歌哭之场，而一旦摧夷毁平之，如目睹烂漫之春花，为横风斜雨所败，随流水而尽去，其感慨为何如乎？是则复古之余焰，所以将烬而复燃也。

虽然，吾人须知人类之原始，无不由家族主义以进于个人主义者也。时代之迟早不同，而蜕家族以蝉于个人，必有其日，痛苦之经过，初不能免。早则为人之先进，如欧美诸国，迟之又迟，不自拚弃，终且因此而受制于他人，则吾人宁灭亡其国，而保护其三千年之国粹耶？抑自握其变化调和之权以求适合于时势也？彼欧美之古代，亦纯乎为家族制度所止限，中世以降，受时势之迫促，而不得不改易其思潮，以趋于个人主义之一倾向。盖以人类浑噩之初，意致本极简单，以为吾虽缧然为一人，要不能离家族而独存。如木有本，木大而枝茂；如水有源，源远而流长。无本之木，无源之水，立致枯涸。且也其时国家与地方之保护，未足以使之处于安全无恐惧之地位，则借家族以作外侮之御而门楣阀阅之光荣，有所谓贵族焉者，又与专制政体之世袭以俱重。此家族主义，所为固结于人心而不可解，而尊祖敬宗之义，益以礼乐文章，为之释回而增美，更无论矣！迨于近世，吾人之思辨渐精，始觉我之为人，对于上天下地而中立，则天地间自有吾特别之位置，吾不赖他人而存在，他人亦不赖我而存在。故挽近"人格"二字之出现，而个人主义遂取家族主义而革代之。今试言欧美先进革代之阶级如下：

第一为文艺复兴也。最近之欧洲文明，由中世纪黑暗而还，以文艺复兴为其发轫之初步。从表面上观之，似古代文学复活于当时，而实则人人厌弃其现在传讹之束缚，而欲以个人之研究发前人之覆，而撷采其精华也。斯乃第一阶级也。

第二为宗教革命也。中世纪之旧教，以压制个人为其惟一之天职。迨几经新教徒之反对，而宗教之大革命，于以兴起。盖基督教者，本含有个人主义平等独立自主之真髓，旧教一切抹杀之。故新教成立，而个人主义，有自然之大活动。则第二阶级也。

第三为法兰西政治大革命也。专制政体，与家族主义相依附。陆克、庐骚、孟德斯鸠出，而以个人主义解决国家问题。风潮所鼓荡，而法兰西之大革命不得不发现，盖人人独立，而民权始著。苟用家族主义，则人无权于家，乌能有权于国乎？此第三阶级也。

第四为美洲合众国之独立也。北美十三洲❶之人民，以避祖国之政权、教权而航海，以栖身于新地。其个人主义之发达，不复有家族观念为何如？既而奋斗八载，离英独立，实行平等思想。国中无勋爵，无贵族，则个人主义至是而大显于世界矣。此第四阶级也。

第五为十八、十九两世纪实业上发展也。此两世纪间，物质文明日有进步，吾人事业上之经营，益以开创与发明，为兴业殖产之计。凡声光化电，以及种种之器具机械，均带有个人

---

❶ "洲"，当为"州"。——编者注

独立之意味，而无复高曾规矩之余想。此第五阶级也。

　　皕诲曰，嗟乎！欧美以上五阶级之经过，非即我东方之前导，而吾国今日，乃且并此五阶级，而将合见于一时代乎？科举已废，人人得以己意考求经籍，不复为曩日学官功令所束缚，故近日之读书者，颇能用新眼光以凿旧矿山，于尘封故册中，时时发现环宝焉，斯则文艺复兴之时代一也。孔孟学说之威权渐替，仅视之为一种格言与哲理，既无士籍如旧时入学列册之类，则残存之儒生仪式，亦不复有。二千年教权大一统之国，竟有"信仰自由"四字出现，斯不得不谓之宗教革命二矣！若夫政治革命，则专制忽变而为共和，发端之近，仅在一二十年，成功之速，又只二三月。视法国之惶恐反复，美国之苦战累年，实为过之，而基础已立，建筑是俶，则第三、第四阶级之时代，不在今兹哉？古者四民，士居其首，备极尊隆，以其坐而论道，为宗教师也。于三民之中，则又深抑工商，以其市井微猥，缙绅不齿也。吾国实业之不发展，理想多而事实少，官吏尊而民命贱，此其缘由也。海通以来，物质风潮，惊破陈陈之古梦，而振兴实业之呼声始起。然积习已深，富家之资本，宁庋藏之而不敢以流通于社会，其稍欲企图新实业者，又绌于资本，一度失败，而不可复继。实业既如是，则人心之趋向，宜其仍注重于以身发财之做官主义，为政治上之竞争与运动，而所谓学问者随之。实业乎，科学乎，心知其益，而身有未遑焉。则第五阶级者，正吾国最近剧战之一点。胜则存，败则亡。胜则为真共和，为真民国；败则不免于奴隶，终将沦为牛马。而质言之，胜则个人主义实现，败则个人主义从此湮没也。

　　夫以一时代并历此五阶级，而时势之鞭策，又追迫于吾人之后，使无瞻望之余暇，与徘徊之余地，则弃旧图新之机会，吾人自不得不以勇赴，以力争求得个人之实际。若独立，若自尊，若自由，若自助，若自强诸性德，永永祛除其食古不化之思想，而不复入于其羁勒之下。吾知以偌大之中华、四百兆优秀之国民，苟家族主义之旗帜一倒，则人人将崭焉露其头角。学问焉、道德焉、事业焉、工艺焉，皆将尽其个人之才力所及，探研所至，祖宗成法不足以再限其今后之精神。举家传遗俗之不善者，一切破坏之。合全国以出于改良之一途，则世界又孰能御之哉？然而仳仳伣伣，委委随随，既痛惜前者家族政治之非无精意，而务欲保存之，又觉今者个人主义之过于扩悍，而为之心慑焉。值此生死呼吸之际，犹奋然不顾，闭目以与时世之大潮溜相抵抗，拟驱除其反对之敌，于其私己保守之外，其尚有幸者欤？

且夫今日，其一，非个人主义，无以为法律焉。古者一人犯罪，则家族同负其责任，而朝廷之爵禄与社会之名誉，亦多含父子兄弟相及之意态。今则文明国之法律，皆以个人为本位。一人之行动，万不能福及他人，亦万不能祸及他人。人民释放于法律，而法律所操彰善瘅恶之权，庶得收其大效，至斥彼族诛之法，为大不仁，为大无道，更无待言矣！

其二，非个人主义，无以为政治焉。专制国帝位有世袭，于是其臣亦有世家。若共和国则不然，其得有选举权也，以一国民。其得有被选举权也，亦以一国民。所谓一国民者，固不问其家族之如何、出身之奚若，而即其个人以为法定之单位者也。虽有家族，无预其为国民之资格；虽有家族，不能影响于其个人政治上之意见。而共和国之政治，根据于人人独立，于是显矣！

其三，非个人主义，无以为教育焉。昔日之教育，教孝以为人子，教悌以为人弟，而修之于家，移之于国，则教忠以为人臣，如此而已。今则进而言之，教为中天地而立之人，教为与世界相见之人，教为造人类幸福之人。而狭义之为子、为弟、为臣，固不足尽人之量。盖人焉者，即个人主义之括辞，而人格者挽近教育之方针也。

其四，非个人主义，无以为道德与宗教焉。夫宗教之信条，即道德之律令，而从违之分，为善恶之判。古谓积善积恶，殃祥之降，恒在其一家，而子孙乃代祖父而受过。今则文明国民，法律已不施于无辜，则即有迷信阴谴者，亦必以其身之自取为断，而道德与宗教之立足地，不能不自家族而改为个人矣。

其五，非个人主义，无以为经济事业之活动焉。古者民食旧德，先畴畎亩，率由弗失，所以尊祖敬宗，为象贤之哲嗣。若夫"改良"二字，则蔑视其先民，"发明"二字，则求胜其前人，皆家族时代所不敢出也。今则无论经济方面、事业方面，一以自由竞争为主要，而改良与发明，则竞争胜利之本。其全属个人主义之拓展，有不容诬者矣。

其六，非个人主义，无以为文学美术进步之基础焉。吾国文学，首重派别，所谓守一先生之说，而无或脱离其范围者。美术亦然，仿古有余，求新不足。而古者之恒善，新者之不珍，又吾人心理上之通病也。自挽近适用之说起，而文学与美术，不得不摆去旧畦径，而更辟新道路，则舍个人主义之以独造为能，其退化且不知伊于何底矣？

此六者之外，遽数之不能终也。要之国家万事、社会万事，吾国之所为浸衰浸微，浸腐败，浸消灭，而不可救药者，惟以用家族主义，为一切之根本。他国之所为浸昌浸炽，浸精进，浸盛大，而不可限量者，惟以用个人主义，为一切之根本。而他国之在古昔，未尝不沉溺家族主义之中，而其历史已指之为黑暗时代。非若吾国至今，犹谬认为古代之文明，可以施之今日，今日之文明，可以返之于古代。徐按其实，则凡兹守旧性质，亦即家族主义，久久所养成，首当以个人主义，荡决而洗濯之。他国出此时代之早，痛苦去而幸福来，遂得骄矜狎侮于我旁。吾国出此时代独迟，讳疾忌医，护痛而不肯一割，则苦难其未已，而幸福之终无望也。

虽然，个人主义，固不能无弊也，请列抉之，以为革代时之预防可乎？

其一，个人主义，宜扶持谦敬风度，以补其偏。盖伦理中之美德，莫谦敬若，而个人主义，则往往流于傲慢，其对于亲，对于长，对于古圣贤，皆欲以平等自由之状态，一概相施，而无所用其逊让。则个人主义，因此而大受当世之诟病，非无因矣。其实能谦与敬，初无害个人主义之发展，意气用事，桀骜不驯，要不得谓个人主义教之使然者，此预防之一也。

其二，个人主义，宜崇起慈善观念，以平其剧。夫人类之智愚强弱，至不齐一，而个人主义，归宿于自由竞争，则智者、强者，常处于优胜，愚者、弱者常处于劣败，固天演之公例。于此而无慈善观念，以矜愚而扶弱，甚至智者、强者之所以得志，或即由于朘削此愚者、弱者而得之，则社会太不平等。而个人主义之根柢，亦因之不坚，以平等者亦个人主义要素之一也。此其次之当预防者也。

其三，则宜以国家主义，分个人主义之势也。夫国家之么匦，本为个人。个人之富，即国家之富；个人之强，即国家之强，即个人发达。实国家增进富强之源。然个人主义而趋于极端，又但知有一己，而不知有国家，则卖国以为个人，亦有所不惜，是可谓之利己主义，不可谓之个人主义。夫不务发达个人之思想行为，而专以利益个人为目的，吾国人之惯技，又待提倡乎？此其三之不可不预防者也。

其四，宜以社会主义，济个人主义之穷也。欧美前世纪，以个人主义之激烈，而巨富极贫之现像遂大呈露，乃有社会主义发生其间，欲一一平均之。而社会主义之激烈，又未免矫枉而过其正。然社会主义，虽似与个人主义，立于反对之地位，而各尽其长，各得所欲之二语，未始不由个人主义，称量而出者也。故预采社会主义之方法，以返个人主义于中和，勿使生过大之反动。则预防之又其一矣。

䣊诲曰：如是则个人主义，其可为家族主义之革代，而吾国亦毋惊毋恐，稳健以达幸福之域，内忧外患从此俱弭，是在各个人勉之而已矣。

论生活难之与浪费

"生活难"三字之呼声，近日已遍于世界各国，不独中国然也。因生活之难，而社会进化问题，乃大受其击打，世界种种恶现像，皆由此而生。彼号称文明诸国，其文明之一部分，恒不敌其黑暗之一部分。游伦敦、巴黎、纽约者，观其奢华靡丽之方面至于极点，而尤不能忘其贫民窟中，因度日之艰，以致奸盗邪淫，无所不有之方面也。依物竞论者之说，则此困顿无聊之辈，乃天演淘汰之余渣。原为优胜劣败必至之结果，而不知其影响于国家者实大，有心于社会进化者，久欲起而维持之，而尚未有其术也。

或者以生活难之大原因，在于人口增加之速逾于物产。因之食料用品，以不足于供给而昂贵。物价昂贵，而所入之工资不敷所出，生活遂不能不难矣。虽然，一经实际调查，则此说殊不合。近年即农产物一项言之，其增加之速率，固胜于人口增加之速率不啻三倍。则世界生活难之大原因，并非由于食料用品之供给不足，断可知矣。然则其原因，果安在耶？

曰：浪费是也。世界愈进，则人类之知识愈开，其生事之所需，渐不安于简陋，必致其华美而精工。是虽工商业发达之原本，然豪富之风俗，易被于编户。往往一国之百凡事业，尚皆无所振兴，而独此奢靡习尚，则已一跃而至高度。自食物以至衣服住居，皆将舍其下等而取中等，舍其中等而取上等，踵事增华，与日俱进。畴昔百钱可过一日，百金可度一年者，今且五倍、十倍之，而犹虞❶不足。此种生活状态之向上，未始不为人类之幸福，万无更返而至于俭朴之理。如迂儒之高言复古，欲令衣丝食谷之民重还其茹毛饮血之初也。然而浪费之当节，亦为无对不诤之名言，而救济生活难之要策，舍是殆无他法之可言矣！请著其说如下：

一曰节浪费，则物价之贵贱可无虑也。大抵物价高涨，恒在于奢侈品，而非为其必需品，以奢侈品日贵，而必需品随之。故奢侈品之俭约，亦能维持必需品，而使之价底于平。若夫价贵之物，不必即为多费，而致生活难之缘由，往往有以价贱而浪费不节，其所失远逾于价贵而矜惜以用之者。巴黎磷寸，其价贵于伦敦三倍，而英人每星期所用，多于法人十二倍，无他，视为不甚值钱之货，而不知节省，初不料其所耗实多也。虽然，价贱而浪费之，犹且如是，贵者更不待言矣。是故惟节浪费，而后物价之腾贵可以敌。

二曰节浪费，则工资之多寡可无虑也。世以生活之难，为入不敷出之故，于是劳动者赁银率之高低，大受论者之研究。夫增加赁银，固为要事，因今之赁银率未尝支配其一家之生活而制定之耳。然即赁银已达其当点，而浪费不节，仍不能不入于贫困之地位。例如英国赁银率，高于德国，而德人用低率之赁银而有余，英人用高率之赁银而不足，德人俭约持家，英人则浪费者多也。是故惟节浪费，而后工资之低廉可以守。

---

❶ "犹虞"，当为"犹豫"。——编者注

更进而言之，彼世界各国普通之生活难，其人民之一部分有如此，其国家固犹以富强称也。若夫吾中国，则胥上下而愁穷，其国家之生活难与人民之生活难巨细不同，而情形相似。稍知国故者，辄曰："中国未尝穷也，其土地之大、物产之富，就今日论之，东南所产之米，每年供给本国之外，恒有余以波惠于四围之邻邦。"然国中无小无大，论及生活，靡不觉来日之大难，感喟之不能自已。见为难者固难，见为不难者亦自难，则以浪费日甚，所谓"纵有铜山金穴，不足以供其挥霍"也。富家大室，外形廓然，而中已空虚；伟人巨子，一朝晔然，而不久颓落。若是者，固已数见不鲜，尽人皆是，岂不大可忧乎？

推其浪费之由，则有一故焉。二十世纪，东西之新文明，吾人既不能不绝对的欢迎矣。既欢迎之，即于新文明之流弊，亦必一一自摧残其国粹。为绝对的模仿，而此种模仿之出于至诚，较欢迎文明之真际，而尤见踊跃。故近年以来，奢侈品之输入，日增而月益，一衣饰之装置，一房阕之陈设，一饮馔之烹割，悉力以求新鲜时尚，惟恐其或有不肖而遗笑于外人。倘能用此心于国事，吾知中国之前途，必大有进步，而惜其仅在衣饰、房阕、饮馔间也。试观各通商埠，其舶来品之属于奢侈者几何？而于必需者几何？而销路之广，尤推奢侈品为无上，若区区之必需品，固其最贱而最滞者耳！嗟乎！以工商实业未发达之国民，反欲与世界竞其华靡，此其浪费之效，当有何如？宜各国之生活难，仅居其半面，而中国之生活难，竟及其全体。循此不变，驱四百兆同胞，以入于贫民窟中，将必有此一日也。吾敢正告我国人，由今之道，无变今之俗，纵使而今而后中国实业大兴，考各国之成例，所谓生活难者，尚无幸焉，而况其为今兹。可不惧哉！可不惧哉！

论人民心理之趋向点

　　国家何物耶？政府何物耶？吾国古时有政府而无国家，有朝廷而无政府，国家即政府也，政府即朝廷也，则朝廷即国家也。故人民心理之趋向点，惟在朝廷。古之忠臣，为朝廷而忠；古之良臣，为朝廷而良。其爱民也，曰是朝廷之子民也；其悼叹于败国亡家也；曰是朝廷之宗庙社稷也。蹈汤火，糜顶踵，为朝廷死义。采薇蕨，忍饿饥，为朝廷守节。伙矣哉！其学说，自秦汉以来，浸淫灌注于人心。历史家所记载，文学家所咏叹，坊之表之，歌之舞之，其为吾人遗传习惯之第二天性也，盖已久矣。吾无世纪有朝代，吾无本国有本朝。硌诲曰：呜呼！此所以民国成立以来，欲寻朝廷而不得，忠无可忠，良无可良，乃强以"中央"二字承其乏也。

　　欲著其才者，奔赴于中央；欲显其学者，奔赴于中央；欲成其名者，奔赴于中央；欲得其利者，奔赴于中央。济济多士，衮衮群公，方面大吏，拥鼻书生，相与抵掌轩眉，揎拳露臂，以争中央一席之位置。而一般绿鬓少年，所谓民国之候补主人翁者，亦皆负笈担簦，联袂而入速成之法政学校，冀达异日效用于中央之大目的。幼学壮行，嚣嚣如也，此无他故，惟其确认中央为今日之趋向点，能代其曩所衣食父母，不可一日无之朝廷而已矣。

且夫专制时代，朝廷之万能也。儒者半生稽古读书之大希望，不过在朝廷之我用耳。一旦果用，则我之事功、我之名誉、我之幸福、我之不朽，皆将于是取偿焉。等而下之，则颜如玉也、黄金屋也、万钟粟也，何一非朝廷一用之恩我？而至此有加无已也，则视朝廷为神圣，又何足怪乎？然而用者其什一，不用者其什九。以其用者之一，为不用者之九。劝而其九者，亦遂舍去自有之天职，以求彼一者何以适于用之术。唐宋之诗赋、明清之经义，皆是物也。迨终已不得，则忧伤憔悴，困窭以死，殁身之后，必有为作诗文集序，与墓志铭者，述其平生，深叹其遭逢之不偶，未尝为朝廷用之可惜，而归其咎于天命，仍致其神圣于朝廷焉。试检四部之藏书，凡作此等语之文章，联而缀之，将比长于江河，积而垛之，亦竞高于嵩岱矣。

孔子者，非宗教家，而其实际则东方之大教主也。然凡宗教家之教主，其行道也，皆恃其自己之信仰力与传宣力。而孔子则不然，其行道也，恒欲藉他人之朝廷，以为其设施之地，如有用我，期月已可，三年有成，干七十二君，辙环终老，而未尝悔焉，卒之，斧柯莫假，善价难沽，然后乃退而修《书》《诗》《礼》《乐》之说，传诸门徒，以求得行于身后。孟言有王者起，必来取法，纬言素王六经，为汉制作，不离朝廷而有所成功，比于佛之谢绝尘缘，耶云企图天国，皆独立自尊，单纯猛进，不肯依赖外界，以稍杂其宗教之臭味者，不相侔矣。原孔子一生，为历聘的政治家，为投老的教育家，故吾国之儒者，经二千年之天演，亦竟不脱其大教主所垂之模范，以用世为前题，以传世为末路，今古达人，项背相望，咸出于一辙。而如何可用世？端在朝廷之汲引。如何可传世？亟待朝廷之表章。此则儒教与朝廷，相需之殷有如此也。

今夫人之聪明才力，不能不求利用之处；一国之聪明才力，又不能不谋驱而出之于何途。利用在朝廷，驱而出之作官，此吾国之所以日衰也；利用在社会，驱而出之作农、作工、作商，此欧美之所以日兴也。彼欧美富强之原，非在其行政团体也，在于无数格致家、无数制造家。欧美文明之本，非在其行政团体也，在于无数教育家、无数宗教家。之人者，依其个人之地位，小己之义务，尽力于方隅，俯焉日有孳孳，各引其一职以自勉，而实全国富强文明之主动者。非惟其本国也，且震撼及于全世界，而全世界之富强文明，且将借是而振起焉。轮船、铁路、飞艇一旦遍乎地球之面，造人类最大之福利。比于吾国汉唐而后，得意之儒者，会际云龙，契神鱼水，极千载一时之盛遇，而所成就仅此，量功较德，孰与远且巨也？且彼落落数辈，幸而得朝廷之用，久为儒者所艳羡，一者之劝，而殉之以九，遂并吾国民之能为格致家者，能为制造家者，能为教育家者，能为宗教家者，一切聪明才力，悉取而投诸作官之一狭径、一窄门，得失利钝，蝇营狗苟，而反鄙其他为末技、为贱事。误矣！误矣！试一放宽眼界，当觉人生之事业正多，皆可以立我之事功，得我之名誉，造我之幸福，成我之不朽，何必伺候于公卿之间，而侥幸其万一也？

虽然人类之所趋者，快乐而已。如朝廷为快乐之薮、利益之府，取精最多，用物最宏，财贿积焉，权势萃焉。推人类归墟于快乐之本心，自必以此为集中之点。既富既贵，何惮不为？彼恶此而逃之者，必非人情也。是故所谓得君行道，所谓致君泽民，不过门面上之虚语。而要之历数种种之生业，不能不以作官为第一，则苟非自暴自弃之流，谁肯舍其第一，而甘居于人后哉？继今而后，若有一种或多种生业，其所得快乐之数，远出作官之上，则人亦必幡然改向以求，出于彼而不复问津于此。试观诸美，为共和国大总统之年俸，不及其国中富豪一分时之进款也；为共和国大总统之白宫，不及其国中富豪住宅后之余屋也；为共和国大总统之起居食用，不及其国中富豪弃掷蹂躏之残膏零馥也。呜呼！以视东方之朝廷，殿宇苑籞，穷奢极欲，玉食万方，作威作福者，迥乎不同焉。宜夫共和国之国民，皆有薄天子而不为之思想。非其识见之独为高尚，乃其蕲求快乐之趋向，在彼不在此也。共和国与专制国根本之分，其在斯乎？仅改朝廷之名词为中央，夫何足以当之！

欧人之恒言曰，美国之上品人物，不入政界，其浮沉政海者，皆下驷耳。欧人言此，乃深妒美人特有此性习，实为新大陆之光荣也。然究之彼上品人物，所为上品之生活，果若何耶？商人而已，工人而已，农人而已，学校教习而已，报馆记者而已，宗教师而已，法律师而已。咄咄！此美国上品人物之生活，即东方共和国民，作官不成，退而以此自污之生活也。或聪明才力，万不若人，姑以此谋糊口者之生活也。为此者类于其本业，无大志，无远图，无野心，然则美国之上品，适为中国之下品。而中国之上品，反为美国之下品，又何怪其贫富、强弱、文明、野蛮，亦相为反比例也？勋章爵位，东方共和国民之所艳慕，而美人视为土苴，鄙夷而不屑；营业建设，生事发明，西方共和国民之所崇拜，而中国则斥为市井小人之态，乃士君子所不为也。美国教育，务求学生有为商、为工、为农，以及为教习、为记者、为宗教及法律师，一才一艺之应用，而日进于高明。中国教育，其在昔时，则状元、宰相也；其在今日，则受文凭，得学位，旅食京华，飞扬踔轹，翘然一世之雄也。譬诸人身，美国之现状为手足各尽其能，血脉贯于四肢，故元首清闲而无事。中国之现状，人人争为元首，全身血脉壹注于脑，故首若牂羊，手足痿废。噫嘻！头颅偌大，俯仰皆非，吾其如此蘧除戚施何也？

昔顾亭林著论，谓明之亡也，以多生员；今则清之亡也，以多官。多官则求官者亦多，寄生于官者更多。每见农工商贾之家，稍有余蓄者，其子弟之稍聪颖者，一皆使之掷弃夫弓冶箕裘之传，而驰骛于官场，以冀遂其显扬之大愿。不得已则为求官者，亦可喜也；又不得已则为寄生于官者，皆可观也。以至脚靴手版，充于衙庭，车马徒御，溢于闾巷，区区满洲之朝廷，竟以劣不能容，而一朝迸裂矣！民国以还，转移风气，端在今兹。嗟我同胞，以理大物博之中国，何事不可为？尽六尺之地力，齐民足致小康，竭十指之人功，臣朔勿忧饥死，岂非共和国民自立之精神？何必委委蛇蛇，作一邱之貉，而"谁生厉阶，至今为梗"哉？

论游民之种类与其危机

　　游民之足为国家害，不待言矣。虽然，原游民之所自生，实由国家自造之，故游民无可深罪，而罪当在国家。考国家制造游民之法，约有三种：

　　（1）反对教育。教育之宜重，苟为有智识之人类，决不明出反对之言。然苟非明达之国家，无不暗中为之阻力，而窃愿其不兴盛。盖教育人民，使之均有常识，大不为利用政权者之益。故愚民政策，不必专制国而后有，寡头之共和国亦有之。抑知民愈愚，则其能力愈弱，生产力亦愈薄，相率而为游民。一也。

　　（2）堕落实业。一国不能无实业，实业者即人民日用衣食之所需。国愈大则人愈多，人愈多则实业愈繁，无实业将恃何者以供给哉？然以洋洋大国，而实业不能振兴者，则因非惟无以提倡之，保护之，更借苛刻之法律以抑制之，施严酷之税则以剥克之。故大富商不能有于其国，小市贩犹且时时破产，而依赖以生者，即不免为游民。二也。

　　（3）因仍恶俗。社会间之恶俗，国家宜设法以廓清之。如挟邪之地，如赌博之场，如酖酒之肆，岂不应行取缔？然因官僚足迹之所出入，其势力之大，十倍于平民，故取缔只有虚文，而鬼蜮伎俩，初无一毫之忌惮。此种恶习，足使一地方之人民，人格日堕，家道日隳，实业日窳，而铸成无数最卑劣、最污秽不可振拔之游民。三也。

吾人外观世界，内观本国，敢作一决定之断词曰：一国之游民少，则其国存绝迹则兴；一国之游民多，则其国衰；充满则亡。亡国与败家，未有不由于游民者也。请继此而言游民之种类。

论者每咎国家政治之不良，亦知其不良之原因乎？夫身居高位者，志已得矣，欲已遂矣，孰不愿更修饰其名誉，以冀有当于舆论？而无如在其旁者皆游民，其壑未填，其囊未满，则相与诪张为幻，怂恿其首领，以行种种之恶事，而彼则狐假虎威，坐收渔翁之利焉。观今日政界之所谓某派某系，何莫非高等游民，恃以藏身之窟穴，而败坏天下大事者，非其主而实其从。虽然，其结果，不但其主殉之，而且其国家殉之矣。聚无数游民于京畿之中，使其跳踉奔走，倾轧訾訾，各求餍其欲而后已，国之不亡，又何待乎？吁其痛已！

东亚古代之阶级主义，其存留之残影，不若欧洲大陆之甚，然亦有所谓贵族者，或承祖父官僚之余荫，或自身曾为官僚，或以金钱捐得官僚之虚衔。虽革命以来，名义上久随不情之潮流，荡决以去。而百足之虫，死而不僵，亲戚攀援，故旧掖助，则绅界之势力，隐隐为一方之坐镇。其稍活动者奋飞而作官僚，夤缘而得议员，其事至易，在指顾间耳。然而不学不农，不工不商，散居城邑，亦高等游民之类也。且此等城邑间之高等游民，实与京畿中之高等游民，契谊互投，声气相通，遂能垄断地方上一切之事业，而阻遏其进化，鱼肉小民，而脔分其膏血。呜呼！蝇营狗苟，万头钻动，是真东方病夫腐身之蛆也。

旧有之高等游民，官绅尽之矣，而尚有政客界之高等游民，学者界之高等游民，则二十世纪之新产物也。政客主张一种政见，学者附和之，剿取东西洋学说，以游说于贵人之间，随贵人之指使。而政客不患其政见之或乖，学者不患其学说之或穷，欲总统制则总统制可也，欲内阁制则内阁制可也，即欲毁弃共和而帝制，则帝制可也。先事而迎合，当事而捍卫，事后而辨护。彼何知哉？乃为一己之容悦计，为将来之进取计，尽其游民之职而已矣。若夫以政客学者，兼于一人之身，尤足以鼓动一世，使之颠倒是非，淆乱黑白，变易人心之好恶，与人以瞀乱，而后彼得乘间以获利便焉。嗟乎！追溯过去，怅望方来，是类高等游民之成绩，固将令人流涕而太息者也。

至于无权无势，不能与上三者之崇高显赫同日而语，而其腐败性之种子，传布于普通社会间，至多至速，如疮痏遍身，虽一时不为大害，而因此之故，元气亏耗，众毒所聚，终至攻入中心，不可救药者，是所谓中等游民也。中等游民，或幼年失学，或中年失业，大概由于懒惰放荡，闲散既惯，不复思自食其力，而甘作社会之蠹。其中贫富贵贱，善恶邪正，品类至不齐，行为至不一，甚者往往逾越法纪，灭裂伦理，破坏风俗。即不然，亦复暖衣饱食，终日嬉游，靡所事事，其为游民同也。以如是之游民，譬诸朽木粪墙，而欲使其国巍峨大厦，借之以建立，其可得乎？有日见其土崩瓦解耳。夫中等社会，一国之中坚也，欧美民治之精神，以此为源泉。而今乃为游民之所充斥，则陷其国于危险之地位，又何待智者而知其当然哉？

　　若夫下流社会之有游民，世界最文明之国，所不能免。所异者，其数不至若是之多，而又有上流中流之健全分子，以救济而振拔之，苟非自暴自弃，至于毫无天良者，决不致永远堕落。故文明国虽不能无瑕点，而终不能掩其全体之大瑜也。若夫求诸上流，求诸中流，既皆同恶相济之俦。所异者，其位置与体制耳，其于人格上前途之黑暗，则鲁卫也。且或者小民一线之天良，犹将引正义直道，以为在我上者之绳断，而曰彼犹为之，我何独不可？其服用之奢靡，吾艳羡之，必竭力效法焉；其行为之放纵，吾企慕之，而犹惟恐不如焉。胥全国上上下下之人，而一一注入游民之大册籍，其间争夺斗殴，屠杀劫掠，四分五裂，日寻干戈。呜呼！长夜漫漫，天昏地黑，吾知待破晓而一视，始悟江山之改色焉。嗟何及哉！嗟何及哉！

　　然则奈之何而可？曰：惟振兴教育，以崇民德，则游民知所以自尊矣；惟发达实业，以厚民力，则游民知所以自立矣；惟划除恶俗，以闲民邪，则游民知所以自好矣。知自尊，则道义重而不愿为游民矣；知自立，则取求给而不屑为游民焉；知自好，则诱引绝，廉耻生，而不致为游民焉。变全国之游民，皆为自尊、自立、自好之良国民，吾国庶其浡兴欤！请以此仔肩，属诸方今之志士矣。

炼兵卮言

一国之兵队，大抵含有四种主义：其一国防也，其二开疆拓土也，其三工商业发展之先锋也，其四国际契约之后盾也。若夫恃兵队以镇靖内乱，则惟专制国，或以异族为朝廷者之所独有，非所论矣。今分著如下：

第一，防守主义。弱国之当言防守，以拒强国之侵陵，固也。即有强国，亦不能不预筹防守之策。盖国之与国，壤地连接，犬牙相错，其中龃龉之间生，不可得而保也，纵不必以是而遽开战衅。而有一国焉，初无兵队之备虞，则气为之馁，而辞为之啴，对之者益将以强硬之手段，为无忌惮之行动，而无术以正之矣。昔人之说曰："兵，所以止兵也。"换言之，兵者，两国互相威吓之具也。一人持械，一人徒手，则徒手者之负，不待斗而可决。而所谓仁慈，所谓公义，于此时间，固不足当持械者胜利之一映也。惟两人各持一械，而势力平均，则胜负之数，在不可知，因不可知之胜负，乃得以各顾其后，抑怒而罢斗。故保和会之裁判，可施行于两强之相阋，而断非一强一弱之交涉，所得而引用也。挽近军事费之担荷，各国人民，无不日嫌其过重，而于国防问题，固不敢轻议减少者，诚以镇国之必需乎此，而亦既落于国争旋涡中之不得不尔也。

第二，开拓主义。一国之发展也，必求所以普势力于全球，则有两事之当先：一为海外殖民地，一为海外立足口岸。有殖民地，则母国不至于人满，而人民事业，亦得以有尾闾而疏通，且或受其反哺之益。有立足口岸，则航路所达，不至受他国之限止，无论平时战时，均得上煤取水及停泊修理之便利。此各国开拓主义之所以日盛也。在古代历史中，亦有以开拓主义，施之于强国者，其或势成对抗，遂至祸结不解。而近世纪则不然，恒择其弱者而侵轶之，往往不径诉诸兵队。而先运之以外交，顾外交所占之地位，仍不能不倚仗其兵队。故未得前之经营，既得后之防戍，一以兵队为重要点。而兵队之不可缺乏也，此又其一矣。

第三，通商之先锋。帝国主义者，不尽依乎政治也，即工商业之倒灌，亦足以倾覆全世界而有余，则经济的帝国主义是也。然夹辅以实行此主义，而使之无所障碍者，厥惟兵队。畴昔欧洲人通商于天下之法，凡其兵队之所至，即其商务之所至，姑无论矣。降而今日，犹不能无兵队以为保护。例如一国商人，受他国之欺陵，苟其祖国之国力，不足为之讼直，则惟有隐忍吞声而止。故商业之有公道，必在两国国民平等之间。欲求平等，视其国力，欲觇国力，视其兵队。然则兵队固不为商务而设，而实暗持商务之衡矣。不但国外通商也，即国内工商业，何莫不然？例如外人投资，各国所恒有，而弱国人民得之，每易受强国人民之把持，而牵涉动及国家。此无他，国力不能固定其公道，而失其平等之交际耳！可见兵队焉者，实为一国振兴工商业之先务。而或谓工商国以平和为目的，恶言战

老学蜕语

事，夫战事不可有，而兵队不可无。观彼之奔走跳踯，负巨资，挟重货，靡远而弗至者，洵商业家独有之冒险性质，然苟无国旗焉为护符，吾恐将卧不宁席也。昧者乃徒持理论而忘实际，误矣！

第四，立约之后盾。《春秋》耻城下之盟。城下之盟者，兵既败矣，不足以复战，屈首而受盟焉，一任强国之所欲为，非复敌体而已。其实此等立约，不必皆城下也，不必皆在兵败后也。两国在立约之顷，有一国无兵队以为之后盾，欲争执则踌躇而却顾，自念其国力不足以相抗，乃不能不忍受其恫吓，而强认其要求，此与城下之盟，固无异也。夫国际之事，不恃人之不我侮，而恃我之不可侮。我苟有可侮之端，虽恶人之侮，而必不可避。故以空言而争国体，争主权究之国体，万不能全主权，万不能完，即继以痛哭流涕，怨他人之不谅，愤世事之不公，而无可如何。古人有恒言曰："临渊羡鱼，不如退而结网。"诚以拥护此国体，此主权者，其终究之一途，在于兵队而已。

以上所言兵队主义，其于国家相需之亟，无待言矣。而尤要者则兵队之有用与无用也。驱乌合之众，而未尝加之以训练，固不足以言兵。然或岁糜巨万之款项，日日从事于操演，而率领非其人，训练不得其方，虽占兵队之名，却无兵队之实，一旦临事，卒至败衄而不可收拾。自己视之，非不如茶如火❶也；他人视之，仍与无物等。如此而有兵队，不啻无兵队；如此而有兵队，反不如无兵队矣。且挽近各国之兵队，非惟欲其娴习于战阵也，又必欲其忠勇而敢死；非惟欲其忠勇而敢死也，又必欲其活泼而善应变。若是者舍学问不为功，兵队有用

卷
二

---

❶ "如茶如火"，当为"如荼如火"。——编者注

与无用之分，盖未有不以学问为断矣。

还证我中国。自前清之季，官场腐败之毒，深中于军营。再经挫跌，无复敌忾之气。而编制之凌杂，器械之窳敝，平日训练之毫无，更无暇语及其学问矣！然原当日兵队之主义，本专以防家贼为目的，于上文所言之四事，初未梦见也。每闻上人者之自夸，吾国之兵，虽攘外不足，而靖内有余，此其对于设有兵队之观念，固已荒谬。初无与列强颉颃之志，不过为弹压国内小小之暴动，与夫缉捕一二鼠窃狗盗，而策其功耳。夫亦安用讲求编制，讲求器械，讲求种种之训练为哉？至愚鲁而无知识，则利用较易，故学问尤不宜有。凡前清之所谓兵队，讵不如此？

论者谓今日我国之最急者，教育普及也，实业振兴也。铁路之敷设，矿山之开辟，皆不可一日缓者。若夫练兵则置为后图可也。其说信美矣，吾亦不谓中国今日，已至练兵之日也。然而吾敢断言，中国未至练兵之日，而所谓国防问题，如满洲、蒙古、西藏者，万无可以解决之理也。中国未至练兵之日，而所谓立约问题，如领事裁判权者，万无可以收回之机也。推之海外侨民之保护、航路商业之发达，无一不当待至练兵之日，无一不当待至练成有用兵队之日，而决非理论家之美言，所可得而慰藉也。夫以弱国而喜言兵战，挑致他人之来，以自速其亡，且以破世界之平和者，固为期期不可。而不知无兵之亦足以启衅于人，其效力适得平和之反也？往闻某西人之名言，其言曰："吾人不畏中国之强，而畏其弱。强则东亚和平，可以常保，弱则风云起已。中国今日，无论何国之师团，苟欲侵入其境，可以方行无阻，就现在所有之兵队，必无抵抗之力。中国有此状况，即其所以诱起他人觊觎之心，使之勃发而不可遏。譬诸喂肉饿虎之侧，而欲戒之以不噬也难矣。一国既至，他国必不肯落后，亦将接踵以来。东亚从此多事，惟中国之弱，有以使之然也。"诚哉此言！然则中国而未至练兵之日，非东亚之福，抑亦非世界之福矣。

读某国人之报章，其初奋然投袂而起，以为中国之革命，乃授吾国以绝好之机会也，于是大倡瓜分之说。既而翻然自易其辙曰："瓜分中国，非吾国之利也。"于是又大倡保全之说。在某国人之所见，前后异同之，故吾姑不论。顾一国而至于瓜分由人，保全由人：一朝而欲瓜分，则遂可瓜分之；一朝而欲保全，则遂可保全之。瓜分保全，若于其国无预焉者，其故何哉？即某西人所称无抵抗之力而已。嗟夫！世界各国之相维相系，以能进步，犹大铁链各圈之相维相系，以能任重也。铁链之中断，必因其内一圈之不坚牢，而全链为之跳荡。各国之扰乱，必由其中一国之不健全，而世界受其震撼。《诗》不云乎"无拳无勇，职为乱阶"，瓜分乎？保全乎？吾甚愿吾国一洗此不祥之名词，吾亦甚愿为世界一洗此不祥之名辞也。

欧战私议

　　皕诲游杭州，于浙江图书馆得黄微居先生《周季编略》九卷，购归而读之，渊渊以思曰：二千年前之吾国，当衰周之季，何其绝似二千年后今日之欧洲也？是书起周贞王元年，终于周赧王崩后之三十五年，中间二百四十八年之事迹，吾人称之为战国时代。在此时代之际，兵戈相寻，民生受残暴之祸，至深极烈。论世者每叹息痛恨而诋斥之，吾国人经此最甚之苦毒，于是有二大主义之发生：一曰大一统主义，一曰大和平主义。二千年来，吾人民食此二主义之幸福，全国虽有暂时之分裂，而终必合一。同国虽有偶起之斗阋，而旋即平靖。逐能据四百二十余万方里之地，以成一统之大国，合四百五十余兆人民之同心，以成此爱好和平之民族，则中国所以为礼义文化之古国也。

　　由今兹而回溯战国之当日，以区区本部一方隅，而容所谓万乘之雄国凡七。此七雄国者，非惟自王其地而已，更各欲称霸于一时，并吞他国以自益，以致兵连祸结，至于二百数十年而未定。谋臣说客，名将锐师，飞扬驰骛❶，未尝有安闲无事之一日，而人民之肝脑涂地，积尸原野，且将与泰华等高也。自吾人今日视之，则河内外，山左右，江南北，十余行省，初无国界之可言，孰增地而荣，孰丧师而辱，乃必自相屠残至此，岂不为之逌然失笑，而讥其所见之不广耶？

夷考英、俄、德、法、比、奥、匈、意，各国之在欧洲，其国土占据之面积，似亦未能远过吾战国时之一雄也。如英，如奥，如匈，如意，皆仅有十一二万方里；如德，如法，则有二十万余方里；其中比为最小，一万一千余方里；俄为最大，一百九十余万方里，是诸国者，安知异日不大一统若吾国之今日？则一国而止矣。然而今日之欧洲，则此同盟，彼协约，忽分忽合，反复无常。其平日之互相提防，互相妒嫉，互相仇视，互相贼害，既已竭外交家之阴谋，无微而弗至矣。一旦爆发，则又倾国以斗，至一年之久，而犹相持不下，息战无期。嗟彼欧洲人民，果犹有出水火而登衽席之时乎？则回首前尘，亦谥其今日之时代为战国，未为过也。

或者曰，欧洲现在之文明不能与我战国同年而语，是又不然。且夫吾人斥战国为极乱之世，而亦不得不推战国为吾国人才最发达之世。其时各国，以地丑德齐，莫能相尚，乃亟亟于延揽人才，以兴其国，于是人才以磨厉❷而愈生，因需用而愈显。观夫稍有远识之君相，深知非此固无以却敌而保宗也，咸不惜折节下士，卑辞厚币以迎之，风声既布，而天下之人，苟有一技一艺者，罔不有以自见。无门户，无阶级，要求正亟，酬报又丰，是乃人才发达之以所然也。然设使是时，非列强并

---

❶ "骛"，当为"骛"。后文迳改，不再出注。——编者注
❷ "磨厉"，当为"磨励"。书中多处将"厉"误作为"励"，后同。——编者注

峙，竞求雄长，吾恐未必奖厉人才至于如是。人才既无奖励，则消沉埋没，又焉能成一时代之大观哉？汉重经学，则经师踵接；唐重词赋，则诗翁肩摩；宋元重理学，则名儒之项背相望，事同一辙。而世谓是时九流杂出，百家争鸣，为天运之适相际会，殆不然矣。

　　试移目以观欧洲，其文明发展之源，亦无以易吾列强并峙，竞求雄长之一说也。故其国之大者，甲既得海军霸权矣，又不能无意于乙之陆军霸权；乙既得陆军霸权矣，亦不能无意于甲之海军霸权。耽耽虎视，欲各无厌。至其国之小者，虽万不敢作霸权之想，而要不可不增国防，缮守御之备。于是无大无小，无日不处于争夺攻取之间。欲求兵强，先求国富，而富国之本，不外振兴实业，提倡教育。有富强之目的悬于前，遂有实业教育之政策施于后，驱全国人之心思才力，发扬蹈厉之，而人人奋厉之精神，乃直贯夫实业与教育之中，挟其文明以俱著。彼大商业家、大工业家、大发明家、大制作家，不必皆为国际竞争所范围，要未始不为国际竞争所造就。则从而断之曰：欧洲今者之文明，实各国并驱之结果，是与我战国，即有程度之高下，初非所行之异轨也，奚不可哉？

　　且当我战国时，不独人才之获用也，其国家亦善变法以自强。如赵武灵王之用肥义易前代之冠裳，而胡服骑射，以教百姓。秦孝公之用商鞅，改法古循礼之常，而内务耕稼，外明战死之赏罚。其初定谋之际，皆经当时顽固守旧者之阻难，如公子成公子虔辈，或口议，或腹诽，及行之未久，人民又哗然共言其不便，而二君与二臣，深相结合，一意孤行，不为浮言稍挠其定志。卒之武灵竟能收中山林胡之地，以益赵国；而秦并天下之基，说者皆谓其立于孝公，则变法之明效大验，不可得

老学蜕语

而掩也。证诸欧洲，则今者各国之崛兴，亦无一不从因利乘便，力图维新而来。而其所最艳称之有雄才大略者，如俄皇大彼得、德帝弗来特力诸人，究其实亦不过赵武灵、秦孝公之流亚。惜乎吾国后世论史者，逞迂腐之见，拾甘龙、杜挚之余唾，以则古称先为至美，深致其贬斥于秦赵之所为，而商君名高，尤为千古之罪人。由是民气大诎，因循泄沓，非但自强之无可冀幸，甚至瓜分之祸，怵于眉睫，而复古之高论，犹不绝于耳鼓。则观于欧洲之近事，安得不思吾战国先民之坚强卓绝？亦何遽与白种人不相若也？

所可悲者，世变日亟，杀人之器亦日精。我战国时各国，虽以争城争地之故，草菅其人民，而弓矢戈矛之杀人，远不若今日火器之剧，而车骑之战，与今日之飞行机潜水艇，更为不侔。故白起长平之战，坑赵卒四十五万，已为自古未有之惨酷。史载起为范睢所潜，临赐死时，引剑将自刭，曰："我何罪？"良久曰："长平之役，诈坑赵卒数十万人，是宜死。"云云。可知以白起之凶狠，而对于数十万之就坑，犹且内疚神明，为天良之悔艾，作将死之哀鸣。乃今日欧洲，自战衅开后，一年之内，其丧死之数，合计已至数百万。每一次大激战，必有数十万人之伤亡，而闻者已惯，绝不惊骇。推各国之意，方欲造更利之枪，制更巨之炮，炼更猛之火药，以从事于杀敌致果，此其惨酷为何如耶？以我战国时历史所记载战绩较之，斯则未免望尘弗及，无能为役已！

畅海曰：太古人与人相战也，既而聚众人而成部，则部与部相战；联众部而成邑，则邑与邑相战；合众邑而成国，则国与国相战；并众小国而成一大国，则又大国与大国相战。等而上焉，不将众大国再合并而成一洲国，而此洲与彼洲相战，诸洲国再合并而成一地球国，又有他星球与之相战乎？吾愿以中国之大一统，推而放之以至世界之大一统；吾更愿以中国之大和平，推而放之以至世界之大和平，而使全欧之各国，无论其为腊梯诺，其为斯拉夫，其为日耳曼，其为撒克逊，即现在战争不已之终点，为他日携手同行之先声。而斯时之视今日，亦若吾今日之视战国，则兵革永息，民生康乐，何其盛也！然而翘首西望，则正风云惨暗，东攻一要塞，西夺一战壕，无数碧眼健儿，并命于血雨纷飞之下。有欲知我二千年前战国时之痛苦乎？请以此为写照可也。

论国语统一

一国之强弱，视国民团结力之何如。团结力愈坚，则国愈强；愈脆则国愈弱。然则谋所以巩固此团结力，讵非今日之要务哉？盖吾国人散沙之讥，已彰闻于欧美。四万万人为四万万国，肥瘠不相视，痛痒不相关，遂至任人之宰割凌迟，而彼此漠然其不觉。团结力之散亡，非一朝一夕之故矣。今欲使之日趋于团结，徒以爱国之空言，号召鼓动其血气于一时，究于永久之事实上，无丝毫之裨益。夫一国团结之本源，有在于种族者，有在于宗教者，有在于政治者，有在于风俗者，而皆以言语合一为之媒介。故国语之对于国民团结力，实本中之本，源中之源也。

试证诸古时之希腊。希腊者集无数之小国以成，而非独无分崩离析之忧，且竟能称雄于当日者，虽其原因复杂，而希腊语之通行，亦其一端也。更证诸今日之美国。美国之中，民族最杂，欧亚各国人种，靡所不有，而居然融合为一，相与发挥其美利坚合众国之精神，无尔我畛域之见者，则以英文之普及，为其最大之效果也。

不观挽近对待殖民地土人之法乎？夫以殖民地之土人，若何而能使之同化？则（1）输入以宗教；（2）输入以言语是也。而言语之输入，尤较宗教为易。土人既用其言语，则久之而与其殖民情意相通，无扞格之病，彼殖民地之能安然帖伏者，舍此无他术焉。岂惟殖民地然，即英之于印度、于埃及，俄之于波兰，皆曾有禁止其人作本国语，而勒令公用英语、俄语之条，甚至前者德国割取奥尔赛斯鲁伦于法，即于学校中，代法兰西语以日耳曼，诚以言语未统一，则两国之界限，终不能忘也。

埃及自受英管辖以来，一切学校教授，皆用英语，与印度同。自民族的运动盛行而后，一九〇五及一九〇六年顷，于小学校中添入亚拉伯语，英人虽极力反对之，而不能禁遏也。于是有埃及青年党出，力倡开设国会之议，英虽以时期尚早，程度未及，为因循之答辞，而埃及民气之激昂，已迥非畴昔矣。波兰于一八六四年入俄国之属下。一八六八年，俄国即下禁用波语之明文，学校中有以波语教授者，悉驱逐之而代以俄人。然波兰之痛恨是举，腐心切齿，较之灭国而尤甚焉。盖波语禁用，则波兰民族，无复恢复自立之希望矣。迨至欧战事起，俄欲得波兰之欢心，许波兰自治，并解除用波兰语之厉禁，卒之波兰遂成独立国。然则一国欲独立，其关系于国语一事之重要，盖可知已。

且夫民族之贵贱，随其国势之强弱而分，已成当世印定之脑见，推之于言语亦然。弱国之言语，每为强国之人所不齿，而弱国之人，亦往往自轻弃其言语，而喜效舌于强国。何也？彼国之所以弱，即以其不知尊重本国，国且不自尊重，而何有夫言语哉？试观欧美之人，其学远东语者，非万不得已而不肯

老学蜕语

言，其意云何？而远东之人，能作欧美语者，则聒耳不止，欣欣然以为荣，甚至两本国人相遇，以方言之各异，而不操国语以酬答，反借径于异国语。究之言语何分贵贱，本国人不自行用之，庸能得他国人之行用乎？本国人不自宝爱之，庸能得他国人之宝爱乎？

盖言语有国语、土语之别。以本国言之，则一地方独用之语，土语也；全国内公用之语，国语也。国语贵而土语贱。凡为缙绅上流之人，耻以土语为谈吐之资，此人人所知者。以世界言之，有独立国民族之言语，国语也；无独立国民族之言语，土语也。而犹未已，即有独立国矣，其言语之能扩充于他国者，国语也；仅限制于本国者，土语也。由前之例，如法国内之加他伦语，勃兰顿语，比国内之夫拉孟语，奥国内之欺哀希语、洛亚脱语、斯洛维克语，虽流行于一民族间，皆不过为土语之一种，固已。而由后之例，若荷兰、瑞典、丹麦、诺威，以及巴尔干半岛诸国，其言语以国小之故，亦几无国语之价值。荷兰语昔曾通行于一时，迨国势浸衰，言语之力亦微，而其国中反盛行英、法、德语，诺威亦盛行德语。观其近所出版名人伊勃逊之著作，凡有两本，一用诺威文，一用德文，同时发行，而德语者销路甚广，其用本国文者，无人过问焉。有游荷京阿姆斯泰亶者，操德文以与其人言。其人曰："君能知此处之土语否？"盖视其国语为土话，已习焉而不自觉矣，又何待他人之贱之哉！

虽然，二十世纪以来，民族主义之发展，激动吾人之自觉心。自觉维何？即有民族，斯有国，而土地次之。彼犹太人者，亡国之民也，然而犹太民族，以其宗教法律种族之结合，历数千年之分散，而未尝陵夷澌灭，且将来终有恢复犹太之一日。今其人每年必集大会一次，联合欧美旅居之同族，以谋再造犹太国之进行。故犹太有民族，直谓之犹太虽亡而未亡，可也。顾如何使一民族结连，常有巩固之势，则先在其言语之不亡，言语不亡，则民族不亡，民族不亡，而后其国不亡。彼犹太人之在伦敦、纽约、芝加哥者，盛出犹太语之新闻、杂志，以供同族人之研究，不使徇俗而忽忘，其意盖有深焉者矣。

当墨西哥之亡于西班牙也，西班牙人惧其人民之叛乱，乃尽焚墨西哥之文字典籍，而强墨人之习班语、学班学。故论者谓今墨西哥虽已复国，而旧来之民族性，早已消失净尽。盖墨西哥国其名，而西班牙性其实矣。可见墨西哥之言语亡，墨西哥之民族亦随以亡，虽有国其何益乎？顷者欧战之际，全比利时土地，已入德国之掌握，然比国之存在，尚为全世界所公认者，非独因处置未定，亦以见国之系于民族者，固重于土地也。夫欲表著一民族，言语实占最大之部分，则言语问题之注意，岂非主张民族主义者，所当有事哉？

亦尝游于奥斯马加，而一观其民族轧轹之现象乎？奥斯马加者，奥大利与匈牙利双立之国也，而奥斯国（即奥大利）行用日耳曼语（即德文），马加国（即匈牙利）则行买狄阿尔语。故游奥而入马加国一步，则其街名之揭示，商店之招帖，绝无日耳曼文之一字，截然改观焉。虽德人用其非常之苦心，欲输进德文于其国，马加人亦多数通德语者，而在本国绝不用之。对于游历者之问讯，如用德语，则宁以英语为答，或竟掉头不顾，其可异矣。又有同在奥国之蒲海米耶，其民族与奥大利人，为极端之反对，故其平日不用奥之国语日耳曼语，而用其固有之梯哀希语。不但其学校，分以日耳曼语教授、梯哀希语教授为二，甚至市街戏院，亦各自区别。而人民恒舍彼就此，然则民族之界域，有不可消弭者。而一国民族言语之不统一，终必爆裂而离去，于此显之矣。

欧洲自拿破仑后，外交界之公文，必用法文。及德国胜法，俾斯麦挟其不可一世之概，欲以德语代之，曾用德语致公文于俄，而俄国揣知其意，亦即用俄语为覆，一时颇传为笑柄。然法语于外交界之势，从此日替，今则已改各用其本国文矣。方法文盛行之顷，各国之上流社会，亦用之为交际语，今则亦翻然丕变。入某国则见其国中一切标示广告，满于铁道旅馆之旁，皆本国语也。以此国而揭橥他国之语文，大书深刻，高悬遍布，甚至行用民间之钞币、邮票，亦胪列他国语文于面，此则远东诸国有之，而求诸泰西各国之今日，固绝不可见者耳。

进而论之，拥护民族固有之言语，于本国中，犹其狭义也，更当扩充本国之言语，使之推行于他国，普及于世界，是谓言语的帝国主义。抱言语的帝国主义者，以英为最早，德国则较英为迟，而用力亦甚猛，即如德语之输入法国教育界，一日千里，而法人著论，遂有法语危机之说，以相警告，其恐慌概可知矣！至于英语，亦自英、美、坎拿大、印度、澳洲，及其他英国殖民地之外，挟其商务之霸权，已席卷全地球而有余。则以英美人之至他国者，竭力行其扩充国语之政策，不为他人所转移，更有以转移他人，至今遂渐有无人不知英语之概，其势力之伟大，洵他种言语之所莫能比也，而其缘由果安在乎？

返而自省夫吾国则何如？凡为人民当拥护其国语，而吾国人则自隳颓之；凡为人民，当扩张其国语，而吾国人则自吐弃之，何也？各省之人，各自操其方音，而未尝谋所以统一之方，故全国无标准之言语。所稍可为一国表帜者，犹幸文字之相同，成语法之无异，而音调即万有不齐，是吾国国语之基础，既未尝建立焉。然由统一之文字，以求统一之言语，铁道之交通日便，往来之接触日多，则取吾国语而整齐之，以与异国人相见，正为吾人不可辞之责任。然深察国人心理，则若有人焉，操国语以对外人，则旁观者将讥其不慧，局中人亦自愧其无能。独至其对己国所操之国语，支离牵强，人莫能喻，则处之悍然，不以为耻。夫国人至自羞其国语，为不足陈于人前，与自亵其国语，为不足注意，则非惟国语之亡，殆可立待，即民族又何恃以独存？其国又何恃以独立耶？

吾国人民，居全世界四分之一，则是吾国之国语，已于今世各种言语中，占有势力四分之一，虽以英语之盛，亦不能远逾此数也。设吾之国势日强，实业日益发达，则以四分之一已有之势力，普及其余四分之三，初非甚难之事，而惜乎吾人国语之自信力，先未坚固，不求己国之改良，而徒欣羡夫他国之通行。盖见异思迁，乃属野蛮人之特性，而吾国人适不幸有之。然果使全国之中，人人能通异国之言语，即抉去其旧，择一种新言语而行用焉，亦讵不甚善？乃又断断不能徒见本国语之残破零落，作异国语之奴隶，而终付诸天演之淘汰。言语然，民族然，国亦然，此则可为悼痛者也。

是故吾国国语无统一之一日，即吾国民力无团结之一日。内难迭兴，外忧荐至。有志君子，读此而可以幡然以改，奋然以兴矣。

威海王氏《家政改良》书后

威海王君锡畴著有《异居政策》一书，曾蒙寄示，近日又增而辑之，颜其名曰《家政改良》，仍以邮便远道见遗。王君之为此也勤矣，欲发挥其主义，洋洋数万言，不惮烦也，而犹欲舄海为赘数语于篇，一若可助之张目者，爰不辞而书其后，以谂王君。

《家政改良》凡八章：第一章妇事舅姑源流考；第二章论妇姑不相悦之原因；第三章论合居之弊，凡三十篇；第四章论分居与分家迥异；第五章异居政策，此即其别出自为一册者；第六章合居秘诀，用小说诙谐体；第八章杂组，凡十余篇，其中尤重要之一篇，为《丧服自由》，斯事行将为新旧礼教之大争点。全书详征博引，稽古诹今，而行文则取其通俗，不为浮词焉。

舄海幼读古史传，每见有记某氏三世同居，某氏五世同居，等而上之。至于九世同居者，不得不心焉异之，以为彼于同居之世数愈多，论者将愈标为美谭。设使"同居"二字，为凡有家者之公理达道，地义天经，则何不自百世千世，以至于万世，誓令一家子姓，永无离异之日。或订为律令，或蒸为习俗，当无不可，而曷以仅区区九世，已为难能而可贵哉？及考其九世同居之术，则惟以百忍为言，然后知同居之为不近人情事，即此九世，亦为浮慕高名者，由万分之强制而成之，非纯任自然之所得而几也。夫行百忍而后可同居，势必愤积于上，怒蕴于下，兄弟哄阋于墙内，妯娌讪泣于室中，而为之家长者，方捻髭叹息曰："忍之忍之，有我在，汝等必不能分离。以失此义门之名誉也。"噫吁！是乃所谓九世同居，其现象不过如此，而家道之苦，盖无出其右已。

虽然考诸前人之意，莫不以同居为美善。纵身罹其毒害，或目睹其祸难，而其心犹未敢肆然反对者，何也？地球民族，无不由图腾时代，而进于宗法时代，由宗法时代，而进于独立时代。吾国脱图腾时代最早，而入独立时代独迟，至今固犹未知个人独立之为何义也。故有历史以来，几四五千年，常淹滞于宗法时代之中。虽古礼家之宗法，经数十次之兵戈疾疫，与四邻他族之侵入，久已荡析无遗。而推本先圣贤之经典，及累朝御定之法律，其遗意之存留，尚足范围一世之人心。苟有公然蹂躏以破其制限者，必为流俗毁誉所不容，而社会且骇为怪物矣。此异居政策之难行，而家政之不能改良，一也。

更进而言之，同居之制，与中国伦理中之孝悌，有最大之相关。父子同居，而后可行其孝；兄弟同居，而后可行其悌；苟不同居，则凡为孝悌之所有事，且杀其半矣。夫儒家之论孝悌也，推而崇之，至于动天地，通神明，此而可杀其半，则就迂儒之见，将谓人道且或几乎息。故孝弟既为日月不刊，江河万古之大伦理，同居主义，自随之而略无訾议之可加。彼提倡异居者，将使子不事其父母，妇不奉其舅姑，兄弟相远如途人，在他国之伦理学家视之，固以为事理之当然。而中国则必群焉指斥，以为似此不孝不悌，未免为人伦之大变矣。然反是以观，同居者果皆尽其孝悌之义务乎？而又未必也。惟纵使同居之子妇，不必皆孝，同居之兄弟，不必皆悌，而即此同居，尚足留孝弟之一线，贤于异居者已多。于是同居反占主位，而孝弟之实，转为附属。此异居政策之难行，而家政之不能改良，二也。

尤有进者，吾国治法之精微，由家政专制，扩而大之，至于国政专制，家之有长，如国之有君。国君以全国为其产业，以国民为其奴隶，家长以全家为其产业，以妻孥为其奴隶（《孝经·闺门章》明言之）。故家者，国之雏形，而齐家所以能治国，由彼之习为奴隶于家者，自习为奴隶于国也。试观三纲大义，揭父为子纲，夫为妻纲，与君为臣纲，赫然同炳于天壤，明上二纲不具，则下一纲亦不得独完焉。若任令离居而家散，则家长无以齐其家，国君又何以治其国乎？成斯民桀骜之风，长末俗嚣张之习，而专制大政之丝维绳系，且一旦而为快剑所断矣。读《论语》之第二章，其文曰："其为人也孝悌，而好犯上者鲜矣。不好犯上，而好作乱者未之有也。明夫欲免犯上作乱，自责备其人以孝悌始；欲责备其孝悌，自保存家族制度始。"有子之言，昭若发矇。此异居政策之难行，而家政之不能改良，三也。

且夫孝与悌之名，万国教化所同有也，而所以实是名者，则大不相侔，犹万国道德之名同，而所以为道德之实，则有时不翅天渊也。盖世界愈进化，则往往旧传之名词依然，而其内容之实际，不妨早随时世而迁变，以求能支配现在之趋势。故即欧美独立时代之孝悌，以与中国宗法时代之孝悌较，其如冰炭之不相容，亦无足怪。然吾国当兹风潮震荡之日，能长保此宗法时代，永不过去否？就令宗法时代永不过去，而进化程度，瞠乎落于万国之后，其国家，其民族，能与宗法时代俱长保无恙否？故吾国人而苟具自觉心，决宜奋然以起，抛弃其旧知识，疾追万国已至之程途，而与之并驾，蕲求个人独立，父子兄弟，不相责报，不相倚赖，励行异居政策，以改良为简单之家庭。久之久之，而后新道德且成为新伦理，新伦理且成为新孝悌，与万国相见而无惭，即返诸本心而无愧也。呜呼！民国成立，专制之国君，既已推翻，何独于家而难之？有志者事竟成。则王君所为拳拳于此书，冀以一人之言论，变为众人之思想，众人之思想，施诸一国之事实。"予岂好辨？予不得已。"王君诚有心人哉。

皕诲二十年来，对于此问题之主张，大概与王君合，曾于《万国公报》言之，又于《五洲女俗通考》言之，又于《进步杂志》言之，多零星篇章，间道及数语。而王君乃著作不倦，哀然成帙。然言之非艰，行之维艰，闻君在威海，已发起异居会，凡赞成异居而愿实行者，均可入会。余未知其会中情形若何，谅王君更能详记贶余，以资兴起。意者他日南方诸友人中，亦有踵王君而出者乎？

论阳历之适用于农村

孔子答颜渊为邦之问，曰："行夏之时。"夏时者，以斗柄指寅，为岁首之月，即今之阴历是也。夫孔子周人，周以斗柄指子，为岁首之月，与今之阳历相近。而孔子于此，独不从周朔，必言行夏时。说者曰，我国于古为农国，农务以用夏时为便利。试读《逸周书·周月解》云："万物春生夏长，秋收冬藏，天地之正，四时之极，不易之道。夏数得天，百王所同。其在商汤，用师于夏，除民之灾，顺天革命，改正朔变服殊号，一文一质，示不相沿，以建丑之月为正，易民之视。若天时大变，亦一代之事。亦越我周王，致伐于商，改正异械，以垂三统。至于敬授民时，巡狩祭享，犹自夏焉，是谓周月以纪于政。"据以上所言，是周月者不过为纪政之用，而上自朝廷，下至草野，仍自实行其夏时之习惯，故周之正朔为建子，而授时则建寅。孔子"行夏时"一说，亦谓正朔无论为某月，而行用则当为夏时。盖周月夏时本不相悖也。

世界交通，门户大辟，欧美之来者，皆以其本国历法之习惯，与我之习惯争，于是吾人始知夏时之外，尚有此等历法。

然以欧美政治、学术、宗教同化力之强，此种历法，遂能附丽而为维新之一事件，而太阳历之新名词以见。民国成立，首先改用，盖亦将藉此以易全国之民视，如古者改正朔之用意。而或者乃谓阳历不便于农家，欲务农必取阴历，即孔子所云夏时者，则大误矣。

盖农务之授时，不系乎分月，而系乎分节。吾国古时二十四节气之命名，如芒种、谷雨类，大都依乎农事言之，则可知二十四节气者，乃所谓农时也。然依阴历，则某节气之在某月某日，羌无一定，非检历书无以得。今改阳历，则二十四节气，随月而定，即有前后，不出一二日。有此定期，其于农时之便利，不尤胜于阴历乎？

一月	小寒	六日
	大寒	二十日
二月	立春	四日
	雨水	十九日
三月	惊蛰	六日
	春分	二十一日
四月	清明	五日
	谷雨	二十一日
五月	立夏	六日
	小满	二十二日
六月	芒种	六日
	夏至	二十二日
七月	小暑	八日
	大暑	二十四日
八月	立秋	八日
	处暑	二十四日
九月	白露	八日
	秋分	二十四日

十月	寒露	九日
	霜降	二十四日
十一月	立冬	八日
	小雪	二十三日
十二月	大雪	八日
	冬至	二十三日

上列为一九一四年之节气表。以较各年，大概相近，惟间有数节气，或有前后一二日之异，此即闰年与非闰年之相差，以及盈率缩率之不同，仅此区区。以视阴历每年月之节气，永不相同，且相去甚远者，孰为淆杂也？

且夫农家莳种，移植收获之时季，本有一定。今以此时季配之于节气，更以此节气配之于月分，使皆有一定，则一遇某月某节，即可知斯时农田，有若何之作务。如芒种为插秧之期，在六月初旬，则欲不忘插秧之工，记芒种可，记六月初旬，亦无不可，因之六月初旬，有农田插秧之习惯。则今后民间之知天时，必有胜于从前之用阴历者明矣。

至分一年为四时，中西所同也。公历四时，以日躔起算，太阳行于黄道，自冬至线至春分线为冬，谓之 Winter；自春分线至夏至线为春，谓之 Spring；自夏至线至秋分线为夏，谓之 Summer；自秋分线至冬至线为秋，谓之 Autumn。今吾国改用阳历，倘四时仍从其旧，则立春节在冬季之中间，立夏节在春季之中间，立秋在夏，立冬在秋，无一合者矣。

考诸古书，三正迭用之世，其四时亦多异说，有谓改月而不改时者，有谓改月而并改时者。曩时说经家聚讼纷纭之点，尤在《春秋》之首章。孔子之作《春秋》也，开宗明义之一语，曰"元年春王正月"，此王正月，明为周之正朔建子之月，乃建寅之上年十一月也，而上冠以春，可以为周人改月并改时之证。而宋程正叔、胡康侯则以为三正可变，四时不变，建子之月，乃冬而非春，《春秋》所记，孔子以夏时冠周月故耳。于是遂有改月不改时之说。顾考之经传，程胡之言，实不足据。秦蕙田《五礼通考·观象授时》末卷，胪列驳辨，已为极详，兹可不赘。

　　窃谓吾国民间既习用二十四节气，则四时当以立春起算，立春在二月之初，则以二、三、四为春月；立夏在五月之初，则以五、六、七为夏月；立秋在八月之初，则以八、九、十为秋月；立冬在十一月之初，则以十一、十二、正为冬月。如此则揆诸古今，施诸实用，庶无舛缪矣。

中国古代金本位制发微

小 引

暑期休假，与二三友人，每夜纳凉于青庄之草地，闲谈之余，辄及今日金贵银贱问题。一客奋然曰："中国今后非改用金本位，不足以救亡也。"一客夷然曰："中国从古以来，只是铜本位耳。自前清之季，始仿西法铸银元，勉强成立银本位，至于金本位，恐难希望矣。"余笑谓之曰："子谓中国为铜本位。盖自唐宋以后固然。试再上推，则中国原属金本位，历史所载，具有明征，而在秦汉两代，尤为显著。故中国改用金本位，由一方言之，乃为世界经济潮流所压迫，不得不努力更张；自又一方言之，则亦仅得谓之复古而已。子得毋视金本位太高，而数典忘祖，视中国太卑乎？"友人皆愕然不信，余乃发箧陈书，挥汗走笔，而成是篇。

民国庚午七月二十日晒诲识

一、唐虞时代之金币制

欲明中国古代金本位之制，先从唐虞时代说起。《汉书·

食货志》下篇云："凡货，金钱布帛之用，夏殷以前，其详靡记。"是中国古代之币制，汉人已不能言之矣。虽然吾人读《尧典》，明明载有"金作赎刑"之文，马融注之云'金，黄金也'，此可见尧舜时已以黄金为币，故得用为赎罪之物。不然，当日民间，安从取黄金而输之耶？

二、夏商时代之金币制

《禹贡》于荆州、扬州，皆言："贡金三品。"王肃注云："三品金银铜也。"盖此种贡物，俱为铸币之用。故《史记·平准书》云："太史公曰：'虞夏之弊，金为三品，或黄或白或赤。'"司马贞《索隐》云："黄，黄金也；白，白银也；赤，赤铜也。"此在《管子·山权》数篇亦明言之。其言曰："汤以庄山之金铸币，禹以历山之金铸币。"汉桓宽《盐铁论》作："禹以历山之金，汤以严（即庄字，避汉讳）山之铜铸币。"上言金，下言铜，则禹所铸者为黄金之弊，汤所铸者则铜币也。汤非不铸金，禹非不铸铜，盖互言以明之。然则夏商之有金币，于此证之矣。

三、周初金本位制之成立

至于周初，则虞夏之二品币制，似有改变，去银而用珠玉。自此以后，直至秦汉，皆不用银，其故或以当时银之产数太少乎？不可得知矣！《管子·地数篇》云："珠玉为上币，黄金为中币，刀布为下币，文武是也。"又《国蓄篇》《揆度篇》亦略同。此周初之币制也，然珠玉虽为上币，不为本位，而本位则为黄金。《地数篇》记三币之后，即继之云："令疾则黄金重，令徐则黄金轻，先王权度其号令之疾徐，高下其中币，而制上下之用。"《揆度篇》《轻重乙篇》亦皆云："先王高下中币利下上之用。"是三币以中币为主，上币下币辅之。中币之价值高下，随号令之疾徐而定，使与一国之货物相权（详见后《论管子》），则金本位制，于是成立。其制度与其纲要，如《管子》所言，则不但已实行而收其功效，且为理财家之普通学识矣。

四、太公九府圜法之金币制

金币制之定量，始见于太公九府圜法。《汉书·食货志》云："太公立九府圜法，黄金一寸而重一斤，钱圜函方，轻重以铢。布帛广二尺四寸为幅长，四丈为匹。"所谓黄金方寸而重一斤，乃铸成之金币，成一立方寸，而其重一斤也，故《史记·平准书》云："一黄金一斤。"言一黄金，犹云一个黄金币，否则黄金上加一字，甚为不辞矣。故当时黄金每以若干斤计，犹现代银圆之言若干元也。太公之九府，说者不一，颜师古注以"周官太府，玉府、内府、外府、泉府、天府、职内、职金、职币，皆掌财币之官"当之，殊为杂凑。据《史记·越世家》谓楚有三钱之府，则九府乃九种贮币之库。如金、如钱、如刀、如布帛、如龟贝之类而已。谓之圜法者，颜古注"圜谓均而通"盖言九府所贮，平均流通之方法也。然九府虽贮各币，以黄金为最贵，故首著之。《食货志》谓："太公退又行之于齐。"故管子亦言九府，而其轻重之学（犹今言经济学），则专注意于黄金（详见后），惜所著九府书，刘向谓"民间无有"。而今已不传，想其于金本位制，必大有发明也。

五、周公官礼之金币制

《周官》一书，无明言金币之文，惟"职金"一官云：

"掌受王之金罚货罚，而入于司兵。"据郑玄注云："货泉贝也。"未言金亦为币。贾公彦疏云："既言金罚，又曰货罚者，出罚之家，时或无金，即出货以当金直，故两言之。"按贾说非也。周时有两种制币，一为黄金币，略言之曰金，一为泉（即钱）贝，则总名之曰货。此文言金罚货罚，盖重用金罚，轻用货罚耳，非无金而准之以货也。贾氏不知周有金币，而误以为矿产散金，疑不易得，又自汉以来，金已甚少，故有无金出货之曲解耳。

六、周穆王之金币制

周之金币，至穆王时而又有金选，改太公九府圜法之一斤，而为六两，则当时金币之制，似亦有大小轻重，而非一种。如战国时所用，斤金之外，又有镒金，镒为二十两，则又重于斤也。据《周书·吕刑》记穆王罚金之制，自"墨辟疑赦，其罚百锾。"至"大辟疑赦，其罚千锾。"此"锾"字《史记·周本纪》作"率"。司马贞《索隐》云："旧本'率'作'选'。"证以《汉书·萧望之传》云："甫刑（《吕刑》，今文《尚书》作甫刑）之罚，小过赦，薄罪赎，有金选之品。"是"率"之本字当作"选"。今文夏侯欧阳本亦作"率"者，乃其假字，《索隐》所见旧本不误。观萧望之称金选之品，则此金选，乃一种金币之名，伏生《尚书大传》作馔，盖亦选字之讹，误"辵"旁为"食"旁耳。伏生说："馔为六两。"许慎《五经异义》引夏侯欧阳说"古者以六两为一率。"一率即一选，则六两为穆王金选之重量也。选为币名，有可证者。则后来汉武铸"白金三品，其一曰白选"（见《史记·平准书》），盖即取穆王金选以名之，因其银质，故云白耳。《汉书·食货志》作"白撰"亦是假字。至郑玄注《大传》云："死罪出金铁三百七十五斤。"即千馔而以每馔六两计之，此由郑氏依古文《尚书》作"锾"，"锾"亦六两，而非币名，致失去今文家"金选"为"金币"之义耳。须知百选即百个金选，千选便为千个金选，初非散金而当以斤两合折，否则何不径云罚金若千斤两，而必云百选千选哉？且郑氏所谓金铁，乃指铜而言，是时铜亦有已成之币，若钱，若刀。不此之罚，而乃勒令供给生铜至数百斤，不知彼赎罪者于何处搜罗而得之。若生金更为难得，不使用现行金铜之币，而必致难得之物，古代无此法律也。后世因乏铜铸钱而有罚铜之令，乃是虐政。周穆王虽耄荒，决不至此。至既为金选，则是黄金而非金铁，无待辨矣。

七、管子齐国之金币制与其黄金轻重学

太公九府圜法，其黄金之币，方寸重一斤，及退而行之于齐，至管子时代，已历四百年。今读管子书，其所论黄金，则大抵以"镒"计，不以"斤"计，乃二十两，非十六两也。则是齐国金币之重量，盖已改制，而非太公之旧矣。其《乘马篇》云："黄金一镒，百乘一宿之尽也。无金则用其绢，季绢二十三制当一镒。无绢则用其布，经暴布百两当一镒。"又云："黄金百镒为一箧，其货一谷笼为十箧。"读此可见其以黄金币一镒，为一个本位矣。然亦间有言斤者，如《揆度篇》云："吾有伏金千斤。"《轻重·甲》云："得成金万一千余斤。"《轻重·戊》云："子为致生鹿，赐予金百斤，什至而千斤也。"则斤币镒币，似亦两行也。管子为中国古代第一理财家，其所谓"轻重"与现代所谓"经济"之含义无异。而管子之轻重，则以黄金为之中心点。《乘马篇》发明其理云："黄金者，用之量也。辨于黄金之理，则知侈俭；知侈俭则百用节矣。故俭则伤事，侈则伤货。俭则金贱，金贱则事不成，故伤事；侈则金贵，金贵则货贱，故伤货。货尽而后知不足，是不知量也；事已而后知货之有余，是不知节也。不知量不知节，不可谓之有道。"《国蓄篇》云："五谷食米，民之司命也；黄金刀币，民之通施也。故善者执其通施以御其司命，故民力可得而尽也。"此皆管子以黄金之贵贱与货物相权，而驭之以轻重，以成其国富也。然则管子轻重之术，其能利用金本位可知。

八、春秋时代各国之金币制

春秋时代之各国大概多用金币，虽明著于记载者不多，要之"见一斑可以知全豹"也。今读《国语·晋语》载公子夷吾求入国，许赂秦以"黄金四十镒"，韦昭注云："二十两为镒。"是秦晋之用金币也。《春秋公羊·隐五年》传云："百金之鱼公张之。"何休注云："百金犹百万也，古者一金为一斤。若今万钱"所谓一金为一斤者，即谓一金币之量，其重一斤。盖鲁自征服准夷以来，已得产金之地。《鲁颂·泮水篇》云："憬彼淮夷，来献其琛，元龟象齿，大赂南金。"则鲁之有金币宜矣，是鲁用金币也。又读《庄子·逍遥游篇》云："宋人有善为不龟手之药，世世以洴澼絖为事。客闻之，请买其方百金。聚族而谋曰：'我世世为洴澼絖，不过数金，今一朝而鬻技百金。'"陆德明《释文》引李云："金方寸，重一斤，为一金。百金，百斤也。"《庄子》此文，下言吴越之战，是在春秋时代，是其时宋国亦用金币也。又读《史记·越世家》，言范蠡"装黄金千溢（即镒字）置褐器中，载以一牛车，欲行赂于楚。"以释其中子，是当时吴楚之间，亦用金币也。故下文言："楚王乃使使者封三钱之府。"裴骃《集解》引贾逵说云："金币三等，或赤或白或黄，黄为上币。"是楚以三库贮钱，而有上币之金钱也。此皆春秋时代各国之金币制，约略可见者也。

九、战国时代之金币制

自春秋至战国，金本位制之显明，已至极点。传记所载，寻常计数，皆称若干金，不胜枚举矣。惟所谓一金者，为一镒，为一斤，则不能分别，如《战国策·齐一》云："公孙闬使人操十金而往卜于市。"高诱注云："二十两为一金。"此可见当时民间市肆，行使多用金币，惟高诱注为一镒，安知非一斤？又如《秦策一》记苏秦事，上言："黄金百斤尽。"下言："黄金万镒。"高诱亦注云："万镒万金也，二十两为一镒也。"此则一篇之中，有斤有镒，足见战国时代，斤镒两种金币，固并行不悖也。再证以《孟子·梁惠王》篇云："今有璞玉于此，虽万镒必使玉人雕琢之。"又《公孙丑》篇云："于齐，王馈兼金一百而不受；于宋，馈七十镒而受；于薛，馈五十镒而受。"赵岐前注云："二十两为一镒。"后注云："兼金一百，百镒也，古者以一镒为一金。"观《孟子》两言镒，似乎当日用镒者多，用斤者少。

此秦之所以改斤行镒，亦时世使然乎？

十、秦始皇之统一金币制

秦自灭六国以后，铲除封建，实行思想统一。伦理统一，文学统一之大规模政治，其于币制亦然。《汉书·食货志》云："秦并天下，币有二等，黄金镒为名，上币；铜钱质如周钱，文曰半两，重如其文。而珠玉龟贝银锡之属，为器饰宝藏，不为币。"

盖战国时金币，斤镒两种，秦乃去斤而用镒，亦李斯所谓别黑白而定一尊，一改革也。太公九府圜法，其列为币者甚多，有珠玉龟贝银锡之属，故云九府，今则只用以为器饰宝藏，而币则限之以二等，二改革也。班固《志》文于"黄金以镒为名"。下特著"上币"二字，所以证明其二等之中，以黄金本位，不以铜钱为本位也。

十一、汉之金币制

汉有天下，其初年犹沿用秦时金镒之币，颜师古《汉书》注谓"高祖初赐张良金百镒，此尚秦制"是矣。后嫌其重，由二十两之镒币，改为十六两之斤币。据《史记·平准书》云："于是为秦钱重难用，更令民铸钱，一黄金一斤。"盖是时汉币亦二等，一为黄金，一为铜钱。秦金镒重二十两，秦铜钱重半两，皆重而难用。《汉书·食货志》云："更令民铸荚钱，黄金一斤。"荚钱轻于半两，斤金轻于二十两之镒金也。至汉金币之形状，不知如何。《梁书·武陵王纪传》云："黄金一斤为饼，百饼为簉。"与《管子》"百镒为箧"相同。疑古斤金镒金，皆作方饼形，然不可质言矣。又其时金与钱相准之数，则《汉志》又云"黄金重一斤，值钱万"是也。证以《史记·陆贾传》云："贾使越，得橐中装，卖千金。"张守节《正义》云："汉制一金直十贯。"（十，今本误千）又如《王莽传》亦云："故事，聘皇后金二万斤，为钱二万万。"其数皆相合。而颜师古《惠帝纪》："将军四十金。"注云："诸赐金言黄金者，皆与之金，不言黄金者，一斤与万钱。"宋刘攽则谓："言若干斤,则一金万钱,至于赐金若干金,则尽金也。"刘说似较颜说为近,要之一金即是万钱,而称黄金若干斤,则为铸成之金币耳。兹仅以万钱称一金观之,汉之金本位,亦彰彰明著矣。

十二、汉时中国黄金之富裕

行用金本位,必赖金多。此不净之论也。而汉时黄金之富裕,见于记载者,真使人艳羡无已。如《史记·陈丞相世家》云:"汉王乃出黄金四万斤与陈平,恣所为,不问其出入。"又如《文帝纪》云:"太尉周勃赐金五千斤,丞相陈平,灌将军婴,各金二千斤;朱虚侯刘章,襄平侯刘通,东牟侯刘兴,各金千斤。典客揭,赐金千斤。"是文帝得位之赏,一次赐予,已共金一万三千斤矣。又如《汉书·霍光传》云:"赏赐前后黄金七千斤。"《郊祀志》云:"以卫长公主娶栾大,赍金十万斤。"(《史记·封禅书》无十字。)又《食货志》云:"卫青比岁十余万众击胡,斩捕首虏之士,受赐黄金二十余万斤。"其他较小之数,则随举即是。当日用金之豪如此,则金之多可知。不但国家,即私人亦然。如《东方朔传》载馆陶公主与董偃事云:"主因推令散财交土,令中府曰:'董君所发,一日金满百斤,钱满百万,帛满千匹,乃白之。'"(当注意"一日"两字。)又《梁孝王传》云:"孝王未死时,财以巨万计,不可胜数。及死,藏府余金尚四十余万斤,他财物称是。"一个公主,一个亲王,其府中俱有偌大之藏金,一则用之如泥沙,一则积之若邱山,正可两相对照也。直至西汉之末,此物未见缺乏,《王莽传》谓:"莽败后,省中黄金万斤者为一匮,尚有六十匮。黄门钩盾藏府中尚方,处处各有数匮。"推原其故,其所以若是富裕者，盖以其时中国自有产金之地，而又初无漏卮也。

十三、中国古代之金产

昔伯高之告黄帝曰："上有丹沙，下有黄金，此山之见荣也。"（语见《管子》）古人测验金矿之法，必有不传之秘，今已不复可考。古代产金之区，果在何地？亦属茫昧难稽，无庸为之多方附会。其最足征信者，《禹贡》之荆扬"贡金三品"，《鲁颂》之淮夷'大赂南金'，以及《韩非》之'荆南丽水生金'，则皆在东南一隅焉。更证以《管子·国蓄篇》云："金起于汝汉"，《地数篇》则云："金起于汝汉之右洿"，《揆度篇》亦云："黄金起于汝汉水之右衢。"而《地数篇·轻重甲篇》，俱以楚汝汉之出黄金，比齐展渠之出盐。则管子时方在生产可知。今考汝水入淮，汉水入江，则江淮之间，为古代产金之地，自无可疑。且直至汉代，依然开采，故《汉书·地理志》云："豫章出黄金。"又云："豫章郡鄱阳，有黄金采。"颜师古注云："采者，采取黄金之处。"其证也。至《尔雅·释地》释云："西南之美者，有华山之金石焉。"郭璞注云："黄金礝石之属。"窃疑此华山并非西岳（西岳当称西北），其地当在汉中一带，盖汉水金脉之上游。后至北魏时，犹有遗迹。杜佑《通典》载："延昌三年，有司奏汉中旧有金户千余家，常于汉水汰沙金，年终输之。后临淮王彧为梁州刺史奏罢之。"是汉水古有金沙，得此证而益明。其所以奏罢者，或为所得无多，如《汉志》所谓："取之不足以偿费"乎？然即此可见中国古代固亦一产金之国也。

十四、黄金之枯涸与消耗

西汉武帝时代，正黄金最富裕之时。而武帝雄心，犹时嫌其不足，故始皇求仙，但欲得不死之药，而汉武则兼欲得造黄金之方。观栾大之诳武帝谓："臣之师曰黄金可成而河可塞。"则当日黄金虽多，而恐慌之暗潮与河患等，同时方士竞起，均以造黄金方为言。其于淮南王亦然，《汉书·刘向传》云："淮南《枕中鸿宝苑秘书》，书言神仙使鬼物为金之术。更生父德，武帝时治淮南狱，得其书。更生幼而诵读，以为奇献之，言黄金可成。"可见西汉虽多黄金，而岌岌乎忧其不给之现象亦已发生。《王莽传》谓："莽禁列侯以下不得挟黄金，输御府受直。"则更可见黄金之竭蹶，而欲聚之以富一己矣。故东汉以来，日形减少，至其末造。《御览》引《英雄记》云："董卓坞有金二三万斤。"视王莽之六十匮，相去甚远。而《蜀志》谓："昭烈得益州，赐诸葛亮、法正、关羽、张飞，各金五百斤。"则竟为两汉黄金赐予之余波矣。顾炎武《日知录》论黄金消耗之由，谓："宋太宗问学士杜镐曰：'两汉赐予，多用黄金，而后代遂为难得之货，何也？'对曰：'当时佛事未兴，故金价甚贱。'"顾氏因历引三国六朝为佛事消耗黄金之史事以实之。窃谓消耗固属一端，但其事起于三国六朝。而来源之枯涸，则权舆于西汉，至东汉而大显，此亦读史者所可于其亟求造黄金，方意会而得也。于是中国古代之金本位制，其踪影亦遂于以后之历史上，遍觅不得矣。

十五、银币之三起三蹶

黄金自东汉以来，逐渐不振，能起而代之者，宜莫若银，而考诸史实，则大谬不然。银之为物，三代时曾用为币，太史公言，虞夏三币，白者为银。他如太公九府，楚国三府，亦皆银居其一。乃自秦始皇改制，定"银不为币"之文，自此以后，乃三起而三蹶，斯亦奇矣！第一起为汉武帝元狩四年之铸银币三品。《史记·平准书》云："又造银锡为白金，以为天用莫如龙，地用莫如马，人用莫如龟，故白金三品。其一曰重八两，圜之，其文龙，名曰白选，直二千；其二曰重差小，方之，其文马，直五百；其三曰复小，椭之，其文龟，直三百。"然未几以白金价贱，民弗宝用，又盗铸者多，至元鼎二年，即行罢去，历时不及五载。此一起一蹶也。其次为王莽时所铸之银货二品。王莽篡位，大整币制，其各币之中，最重者为金银。银分二品，《汉书·食货志》云："黄金重一斤，直钱万，朱提银八两为一流，直钱一千五百八十，他银一流，直钱千，是谓银货二品。然亦未几莽败，而所谓银货者，亦随之以俱废矣。此再起再蹶也，自此以后，银虽为贵重之一种物品，而历朝未有用以为币者，读《旧唐书·宪宗纪》云，元和三年六月诏曰："天下有银之山，必有铜矿。铜者可资于鼓铸，银者无益于生人。其天下自五岭以北，见采银坑，并宜禁断。"此可以代表当日对于银之心理矣。惟据《通典》与《文献通考》所载，则五岭以南，交广之域，皆以金银交易，故韩愈奏状，谓"五岭买卖一以银"。元稹奏状谓："自岭以南，以金银为货币。"张藉诗有"蛮州市用银"之句，而宪宗之诏，亦限于五岭以北，此殆以其地当时，已与海外通商而然耳。迨至宋金之际，银之势力，又腾跃而上，金国既多用银，于是章宗永安二年，特铸银币。《金史·食货志》云："名曰承安宝货，一两至十两，分五等，每两折钱二贯。"然铸于二年十二月，至五年十二月又罢之，不过为时三年。此银币之三起三蹶也。然银币虽罢，银两之通用如故。至宋之用银两，亦与金同。嗣后历元、明至清，银皆以两计，而通行所谓"元宝"者，实非国家制定之铸品。故必至晚清之季，仿泰西式铸造银圆，始可确指为银本位焉。

十六、唐代及其前后绢本位之特别

向读高彦休《唐阙史》，载皇甫湜为裴度作福先寺碑，凡三千余字，要求每字酬三匹绢。裴依数酬之，辇负相属，洛人聚观，云云。窃谓若如今日，晋公欲于一日中搜罗九千余匹绢，虽大城市恐亦不能供。而皇甫君一旦得此堆积如山之长物，即使亟开设一大绸缎铺，亦非数年不能售罄，似此要求，何其拙也。不知唐人以绢为一种通行之币，市肆用以交易，与钱无异，而且绢为上币，钱为下币，故国赋亦只用米谷绢布。如唐初著名之租调庸法"租出谷，调出绢，庸出镒布"，而钱不与焉。自两税法行，始改用钱，而当时名人皆不以为然，自居易亦反对之。其诗所谓"私家无钱炉，平地无铜山，胡为夏秋税，岁岁输铜钱。"是其证也。盖绢布之可以当币，始于太公圜法。《管子》亦谓："无金则用其绢，无绢则用其布。"乃至汉后，金本位制既替，绢本位制，乃渐起而代之。其初绢钱互争胜负，如《文献通考》载"汉元帝时贡禹上言'罢采珠玉金银铸钱之官，毋复以为币，租税禄赐，皆以布帛及谷，使百姓一意农桑。'议者以为交易待钱，布帛不可尺寸分裂，乃止。"又载"魏黄初二年，罢五铢钱，使百姓以谷帛为市。至明帝世，民间巧伪滋多，竞湿谷以要利，薄绢以为市，乃更立五铢钱。"又载"晋安帝元兴中，桓元辅政，议欲废钱用谷帛，议者以为不可乃止。"此皆钱绢两物互争之迹也。然钱制历朝改易无常，轻重大小，此行彼绌，不若绢帛之固定，故六代以来，虽二者并行，而要其重视绢帛，远胜于钱，甚至后魏

卷二

135

北齐，制定官俸，自"第一品岁八百匹，至从九品二十四匹。"概以绢匹为准。（详载《通典》）其他赎罪赐予，一皆用之，于是绢本位制，遂宣告成立矣。唐之调法，沿袭魏齐，户口之税，例征绵帛，民间买卖，当然通行，政府又从而主持之。《唐会要》载"开元二十二年敕云，货物兼通，将以利用，而布帛为本，钱刀为末，贱本贵末，为弊则深。自今以后，所有交易，先用绢布绫罗丝绵等。"足见当时绢为本位，而钱乃其辅助品，故有此明令之申敕也。此风至两宋而犹未变，不过与银并用，观《宋史》所载，恒称银绢钱若干两匹贯，则可知当时银绢二物，正在相竞之间，逮明代则银两通行，绢匹始废矣。

尾　声

此篇之作，不过欲说明中国古代，早行金本位，而以历史传记，证明其事实与经过，稍佐吾侪二三友人之谈助而已，不敢云于学者之知识，有所增加也。然有梦想一，迁见一。梦想维何？中华本为产金之国，据地质学家言，域内金矿犹多，古法开采，仅在浮面，今日如能利用新法，再为探检而得之，或者更可发见极富之金穴，以供吾人之采用，为全世界第一，此一梦想也。迁见维何？中国既为农国，历代古贤之论议，皆注重米谷绢布，而轻视金银钱刀，如能男耕女织，百工勤事，使本国地力人力之所产出，足以自给而有余，则无所需于舶来之品，而现有之金银，不致日日外流，有若决江河之势，则中国似犹可复其金本位国之原有地位，此一迁见也。至于今日中国，如何亟当改行金本位，自在当局与现代经济学家熟筹之中，不在本篇范围以内。

老学蜕语

卷　三

现代青年之人格

　　"人格"二字，于何托始乎？托始于"人类"二字之发明。盖自此二字发明后，于是有三大主义之揭橥，以为人类之根本，亦即以为人格之基础。

　　一曰平等，二曰自由，三曰博爱。有平等而人类始尊，尊则人格成；有自由而人类始贵，贵则人格立；有博爱而人类始大，大则人格高。苟非然者，不平等而人类有等级，有等级则有奴隶；不自由而人类有羁轭，有羁轭则有牛马；不博爱而人类有畛域，有畛域则有蛮夷。呜呼！人类而至压制作奴隶，困缚若牛马，犷野成蛮夷，将人格之奚存乎？故欲论人格，必以平等自由博爱为前提。而"人类"二字之发明，所以为吾人进化之牡钥也。

　　原吾人类之生，无不得有人格以来，因天之予人，自外具之机能，及内蕴之德性，必使人人各足，至平等也；言语动作，念虑谋画，未尝加以限制，至自由也；见孺子入井而知奔救，闻他人痛苦而生恻隐，至博爱也。以如是本有之天赋，谨而守之，扩而充之，何至有人格缺乏之呼声，发现于今日吾人之前哉？虽然，吾人之各具人格，为不诤之理论，而吾人实现之人格，容有不甚满意之处，未足偿天赋本有之全者，亦为不可讳之事实也。夫人格养成，断非笼统之空言可以敷衍塞责者，请依伦理学之次序，一一征诸实际，为现代青年有志修养人格者告。

第一，对于世界之人格。数百年前，吾国人不知有世界也，仅有天下一名，辞以代表其本国，及四周之边陲而已。海通以来，吾人乃一跃而为世界之人，其量包乎全地。此非惟地理学之有异于古人，实以轮路邮电，日益促进。一国有事故发生，消息朝传，夕已遍于世界各国之晚报。而甚至寻常人生衣食日用之微，无不由世界为之供给，某物出自某地，恒在重洋万里之外，而吾人为世界之人，于以征实矣。既为世界之人，则有对于世界之人格，即如何有助于世界，而令世界不虚生此人是也。从来名人之抱伟大思想者，必于文化学术事业，能有以提挈世界，而使之更进一步。个人虽微，而其关系于世界，譬诸火山爆发于一隅，全球为之波动而易位也。为问现代青年，其亦自命为世界有用之人，将出其道义学问业务，以与世界相见乎？抑局促户牖之下，自了一生于咫天尺地间，而掷去其世界之人之价值乎？是人格问题之所首重者也。

第二，对于国家之人格。对于国家之人格，即国民资格之完成是也。凡为国民之两方面：一曰权利，一曰义务。而所谓人格者，必于义务方面，加以注意，以为权利方面之支配，盖不能尽义务之国民，决不能有克享权利之程度也。吾国最近以来，昌言爱国者夫人而是，号呼奔走于国事者，亦不乏其人。覆专制，肇共和，其成效已昭著矣，然而破坏有余，建设不足者。吾欲爱国，而不先以自爱，人格不立，国家于何托命？遂如筑室于浮沙之上，风雨未至，而已自摇摇欲堕矣。故一国之兴盛，必恃有人格之人物，以为之桢干。而《诗》所称"人之云亡，邦国殄瘁"者，非人亡也，无有人格之人也。吾闻草定宪法之首章曰："中华民国以人民为主体"，夫使主体之人民，皆有人格。吾为中华民国祝万年有道之基。设主体之人民而苟无人格也，则吾不知其所届矣。此非现代青年所当读之而三复者乎？

第三，对于社会之人格。社会之中，必以人格为互相往还之具。同为社会中人，而有不齿于社会者，非其人虽在社会，而以失去人格之故，遂受社会之排斥哉？顾此仅从消极言之也，进而言积极。吾人当以人格之高尚，为改良社会之模范与其导师，则社会服务是也。夫社会之事业至多，而于吾人为最亲且切，人不必日日有世界之事，国家之事，惟社会则未尝一刻离。而邪风恶俗之熏蒸，足以沾染吾人之人格者，社会固无所不有，而救济之责，决非异人任也。每有持厌世观者，自矜其人格之无上，不屑与污浊之社会为伍，空山独往，宁与猿鹤为群，而不知此实暴弃其人格，而自同于飞走耳。吾人之生活不能不待夫社会，是为社会之恩我，社会之蒸进，不能不待夫吾人，是为吾人之报社会。故吾人有品德行谊，而社会之风化以高，吾人有学问知识，而社会之文物以焕。执是以推，对于社会之人格，洵现代青年活动之一大场所也。

第四，对于家庭之人格。吾国伦理家言，于家庭独详。大概家庭中人，约分三类：曰亲之类，曰长之类，曰幼之类。亲以孝，长以悌，幼以慈，人能行是三者，而家庭之人格完矣，顾三者之间，尤重孝弟，而以孝弟为为人之本。此东方大家庭之说也，西方小家庭之说则不然。家庭之成立，在于教养其子女，故尤注意于慈幼饮食教诲，以造成将来之国民，实维家庭是赖。是可知东方重过去，西方重未来，学说之根本不同，不可得而合也。虽然吾人今日固不能脱东方之根性，而亦渐有西方之趋势，则对于家庭终须仰事俯育之兼顾。有子道焉；求无媿其为子；有父道焉，求无愧其为父。此外经济的费用，清洁的卫生，应有尽有，而后融融泄泄，安闲以适家庭之乐，亦足为人生之佳话矣。若家主人之人格有亏，家庭之内，非放纵淫佚，即勃溪诟谇，甚至贫困交逼，病疫相缠，则家道之苦，尤难言状。如此者，于吾国中，盖不胜枚举也。所望现代青年，无再坠入此一重恶障可矣！

第五，对于自己之人格我何人乎？将使我为古今维一之伟人乎？抑使我为无声无臭之庸夫乎？甚且使我为古今维一之恶人乎？是三者，皆在自己之位置何如，于不自知觉中，标一准的于目前，终身奔赴，而未尝或懈者也。顾伟人不敢望，恶人不肯为，往往因循坐误，相率而出于庸夫之一途。故吾人对己问题，苟未解决，其心意间，初无建立人格之思想，视世界之责任，国家之责任，社会及家庭之责任，方谓秦越肥瘠，漠不相关，日惟碌碌焉，随俗委蛇，有以资生而送老焉，私愿足矣。是庸夫也。庸夫无对己之人格，则种种之人格，皆无所附丽矣。故青年之自待，不可过自菲薄，而立志实为对己人格之首要。寰球民族之优劣，以有志与无志分之，至为易见。吾国人之甘为老大病夫，受外人之讥讪而不辞者，其总因不外于无志。吾不知现代青年，曾一自省其自居何等否也。

现代青年，果能养成其人格，足以大有为于世界、于国家、于社会、于家庭之间，而亦清夜扪心，无屋漏衾影之惭乎！则人格之建立，人类之平等自由博爱，将益见其天赋尊贵之完全矣！

老学蜕语

现代青年之责任

何谓现代？明其异于古代也。《语》有之曰："识时务者为俊杰。"吾甚愿现代青年之皆识时务，皆为俊杰，而不愿泯泯棼棼，在二十世纪潮流之中，淘汰而成无用之沙砾，只堪铺路以受人之践踏也。故使青年而生于古代混沌之世界，则不识不知，式饮式食，以生，以长，以老，居然一世过去，初不必有灾害之及身，而况于家于国哉！现代则不然，优胜劣败之竞争，愈演而愈烈，青年投身其间，不进则退。进则存，退则亡；进则健全，退则残废；进则刀砧，退则鱼肉；进则主翁天骄，退则奴隶牛马。虽欲姑安佚以度一生，卒之不可得而偷也，而所以害家凶国者，相因而并至。然则为现代青年计，惟有奋斗而已。奋斗之道奈何？曰首当自知责任，继当自尽其责任。请分述之于下：

一曰伦理上之责任。吾人莫不生育长养于家庭，故家庭为青年第一宜尽责任之地。父母昆季，族党僚友，孝敬和睦，融融泄泄，吾人品性修养之前途，必以此为发轫焉。挽近以来，好骛高远，往往蔑弃当前之伦理，或嫌其陈腐，或薄其琐屑，甚谓凡为伟人，固不妨于此等私德上，稍事脱略者。于是其阃外之雄图，尚未成就；而跅弛不谨之行，为先不齿于门内。尊长恶其嚣陵，同辈斥其傲慢。吾未见以如是之人，而可以有益于社会，有助于国家也。或曰：西方新伦理，不可行于吾国欤？则应之曰：否否！若前文之所言，乃为无伦理，而非新伦理也。西人之争自由，皆对于政治而言。其持躬涉世，未尝不确守绳墨，受伦理之范围，而无敢荡检逾闲者。故爱亲敬长，尊师取友诸大节，初无新旧之殊科，中西之易辙也。凡我年少，慎勿为世俗邪说所误，而不亟亟焉担负伦理之责任。至于初基一失，万事瓦裂，永作下流之归，嗟无及矣！

二曰学识上之责任。由家庭而入学校，学校者青年求学之地也。人而无学，与原人等，即与野蛮禽兽等。学校者即以数千年来，吾先人演进之文化，教授吾后生，使之为今世之人，有以适应乎今世之事物而已。更端言之，青年既入学校，自宜在此文化之仓库中，不惟藉以自淑其身，为将来应用之具，尤宜发挥光大之，使更进一步焉，是真青年莫可卸诿之责任也。顾今日学校之学生，往往于学课上，敷衍了事，求考试之过去，为掩耳盗铃之计。迨至出学以后，所读之书，久已忘却，知识不越于寻常，艺术无殊于庸众，不莘莘如玉，而碌碌如石，凄凉末路，悼叹途穷，而后悔曩昔学校中之光阴虚掷，精力枉抛，以致一生之废弃。青年误我，我误青年，又何益哉？故吾人当学生时代，不能不引古今学问之全部，为一己之仔肩，求备世界之知识道艺，量力所及，不嫌其贪。功课以内无论，即功课以外者，何一非学生所当研究者乎？目营心治，矻矻孳孳，荀卿有云"其为人也居多暇日，其出人也不远矣"，敬告青年，常以此言自省可已。

三曰职业上之责任。出学校而入社会，则必有职业焉。吾人对于职业之目的，大概有二：其第一目的在求生活；其第二目的在求事功。欲求生活，恒能令人勤于其职业，而不敢怠荒；欲求事功，更能令人精于其职业，而俾有进步。二者交相勉，亦交相成也。返观今人之大多数，辄以求生活之一念，廓之至无穷，利己之心太胜，以身发财之希望太高，而于职业本身之发达与否，转非所容心也。例如商人不问营业方法之利弊，而惟知称息；工人不问工作货物之良窳，而但思伪售。呜呼！此即吾国工商业退化，不能与他国竞争之大原由也。故求事功之念，虽不能不居求生活一念之后，而要必与之相伴而进。盖吾人既恃此职业以生，当将此职业之前途，盘旋于脑际，而为之筹划改良发展之种种。迨夫事功既立，则生活不待言，自必更有余裕矣！《语》曰"君子思不出其位"，非限止其出位也，苟能于其本位详思审度，自无暇及于位外。而吾人之视本位事业，每作暂时立足计，其所苦心焦虑者，乃在位外不可必得之一境，东山望见西山好，居廊庙则羡江湖，居江湖又慕廊庙，此吾国人之通病。而责任观念之所以日微也。凡我青年，其亟竖起脊梁，专心一志，以谋现有职业之成功，若瞻望四顾，于此于彼，其一事无成也决矣。

四曰道德上之责任。人之生于世也，饮食云乎哉？居处云乎哉？言语行动，睡眠游戏云乎哉？果仅如是而已，则人特动物之大者耳，又乌足贵乎？故欲明人之贵，贵在于道德。道德者，自然之秩序，人群所赖以立者也。从来道德家言，其立意不同，其持论不同，其信条不同，其仪式不同，而至于根本原理，则无不同者。何也？道德出于良知，良知根于上帝，其源不二也，古之诗人言之矣。所谓"天生蒸民，有物有则。民之秉彝，好是懿德"者，其义固推诸古今中外，而无弗准者也。是故发一言，其合于道德与否，吾人自知之；行一事，其合于道德与否，吾人亦自觉之。非惟自知自觉也，亦且能自审判之，而行其良心上之赏罚焉，即见为善而自欣幸，见为恶而自惩艾，是矣！所可惜者，有二弊焉，为吾人所最难免。始以明知故犯，遂其偏至之恶性，继以假冒为善，掩其未昧之天良。盖吾人至于今日，道德之说，已大明于世，断不致有错认误会之虞，而犹多堕落之辈者，大都为自己之投入，虽有道德在前，不能自克其私，卒至绝裾而去，是明知故犯之属也。既堕落矣，其恶日暴，而羞恶未忘，则文饰其外，以使人不觉，于是不仅遂非，而且怙恶，其堕落乃较前此更深矣，是假冒为善之属也。呜呼！吾知今后，贤豪自命之青年，其必不肯再蹈此恶习欤！

五曰健康上之责任。多疾病而不健康，吾人之无可如何者也。谁不恨疾病？谁不喜健康？但疾病之就我，推之不去；健康之离我，招之不来，意者非人力所得强施乎。不知此实不自担其健康上之责任，自召疾病以妨害之耳。窃谓人生疾病，大半种其根于少年时代。因人当年少之际，不自爱恤，不自检束，不自遏制。以为吾年力富强，血气方盛，即令肆行无忌，此区区者所损不多，纵饮狂啖，甚且肉欲如炽，而胃病、肺病，人生之二大敌，得以乘隙来攻矣。或中毒而夭折，或未老而颓唐，以致其事业无成，赍志以终。每见聪俊时髦，甫在大学毕业，或方留学返国，而身已膺不治之症，其在社会办事之年，远不逮其在学校修业之年，于国于家，两呼负负，清夜扪心亦何以自对乎？夫节饮食，慎嗜欲，多运动，务洁净，卫生之大纲，其粗者不过如是而止，此等责任，固人人能胜任而愉快者。进而言之，抱高尚之志气，怀清明纯粹之思想，守一处和，返真归朴，尤为古养生家所重。盖游思萦绕，扰魂惊梦，亦无数青年丧失健康之缘由也。内外交养，动静互进，而身心健全之效随之矣！

六曰服务上之责任。吾人于职业之外，必有服务焉。服务者，非其职业，而为当自尽之义务。其性质或属于社会，或属于国家，或属于世界，要之皆牺牲吾人之一部分，以实行利他主义者也。人类之进化，以利己为始点，以利他为终点。苟吾人但知利己，不知利他，则智诈愚，强陵弱，众暴寡，争夺相杀，一切惨剧，无不可演，而人类之灭息也，必无幸矣。故中养不中，才养不才，恤孤慈幼，爱老怜贫，实为吾人之天职。既以善其一群，而团体之幸福，即个人亦自不外，淑人而兼以自淑，利他适以完成其利己也。自世人小己之范围太狭，非有利于己者，即悭吝而不愿为，若市道然，事事必求当前之酬报。宁销耗其时间、精力、金钱，于酒食征逐，博弈闲坐之中，至名分以外之辛苦，则画界綦严，不作丝毫之假借。乡邻有斗，于我何干？披发缨冠，孟子谓之惑，是真吾国人一种不祧之学说，而成其第二天性者也。乌乎！国人不知服务之义，所以公益颓废，正谊沦亡。

各人自扫门前雪，莫管他家瓦上霜。自了汉之流极，致外人称我为无人之国，亦视我为无国之人，其可痛孰甚哉？欲雪此耻，舍我青年共出而担服务上之责任，不可矣。

七曰使命上之责任。"惟帝降衷，人则受之，"吾之所受于帝，实帝之所以使命于吾也。故吾衔上帝之使命，以为人于斯世。而不知其使命为何物，暴而弃之，非独辱使命，抑亦失天之生我之初意矣！吾人试俯首自问，我之生也，其有故耶？

其故之所在，即使命之所在，亦即我平生事业之所在也。否则吾之生也，其无故耶？偶然凑泊，而成为人耶？则世界一草一木、一禽一兽、一虫一蚁，其生也，皆可知其生之故，独吾人而反不及草木禽兽虫蚁，转若徜来之物？等于浮沤之聚散耶？由是言之，于穆中之使命，人人各具，惟皇上帝，以平等之赋予，而俾之秉受而奉行焉。试观古来大伟人，其生于世也，决不虚生，后之读史者，必曰于某伟人之生，可以测天心之奚若，识天意之不诬。吾人纵不敢望伟人，而谓天之绝无意于吾，恐吾人亦不自甘也。大以成大，小以成小，而使命上之责任，于是有不容辜负者矣。世之大政治家，彼惟认定自己，于政治上有使命，故竭一生之精力以赴之，而以政治之所成功者，归报于上帝。世之大发明家，彼惟认定自己，于发明上有使命，故竭一生之精力以赴之，而以发明之成功者，归报于上帝。推之种种事业皆然，为问现代青年，汝之使命，汝其自觉之乎？度德量力，慎自择之，则使命其将诏汝欤？

以上所列举责任七端，皆现代青年所当知者，所当尽者。虽然，知之非艰，尽之维艰，因循坐误一也，傲很不服二也，怠荒自弃三也，半途而废四也。故欲尽此七端之责任，必先揭"蘗奋斗"之二字。西谚有之，凡人当有十身，则责任虽多，诚贯以奋斗之精神，分十身以担荷之，固不嫌其重也。桄桄青年，其亦有闻吾言而慨然以兴，毅然以起者乎？皕诲不敏，敬掬一片之热心，为本篇之结尾。

青年之能力

"青年"二字，即能力之表识也。一家育儿长成，母必诏之曰："汝今而后，当有以分若父之责矣。"谓其为青年也。欧洲战争，招集之兵士，必以青年充之，因其强健能胜战斗运输之苦。彼年事高而阅历深者，足以当领袖之任，而负力役之任，则属诸青年。非有所偏，理势当然，彼农工商贾，亦莫不若是。粗重事务，宜于二十以后四十以前之人，过四十则仅有发纵指示之能，而他非所胜任已。古人每抚膺而叹曰："不堪复为世用。"此老大者之所以自伤，而亦少壮之所当努力也。

青年者，富于勇气者也。青年时代，尚未遇失败之端，故其愿望甚奢，谓天下无事不可，成且必以尽美尽善为归宿，似前途均为胜利，无物足以阻止其进取。是以勇气绝伟，虽有至难极险之事，亦等闲视之。西方诗人有言曰："天使所恇惧而不敢履之地，人能夷然坦然而入之。"即谓青年也。彼年长者，老成持重，审慎周详，与之言进取也难矣。

青年者，富于热心者也。大凡热心之人，暖气充溢，物类得之，得以成熟，阴霾当之全行消释。个人事业之振兴，社会国家之发达，恒基于是。而热心之得施于实际，全由精力。青年体魄强健，血液纯净，肌肉活泼，骨骼强韧，其全体之纤维，足以抵抗耗费与疾病，而为热心之源泉，故热心与精力有正比例也。且精力既足，坚忍之力亦生，任重道远，不避艰辛，是以丰功伟业，非青年莫属也。

以上二者，已毕青年之能力乎？犹未也。进而言之，则青年之可贵，尤在能崇奉高超之理想。青年之生活，非限于饮食起居而已也，有理想之生活焉。青年人之世界，非限于熙来攘往而已也，有理想之世界焉。不为尘寰之扰扰者所困，而常有以轶出乎风俗习惯之上，其伟大之人生观念及世界观念，必非狭隘褊鄙之胸襟所能容。而要之青年有是以为之前驱，为其成功与进化之动机也。

虽然青年能力如是，而及其涉世未必能常操必胜之权也。各方势力之反抗其进行者至众，凡可以堕其信德，减其希望，衰其勇气，冷其热心，疲其精力，消其坚忍，汩没其高尚之理想者，无不日肆其浸润之力，多其诱引之方，以与青年为缘。彼抱负不凡之青年，受此种种势力之挟制，默移潜化以致堕落者，天下至可痛之事也。青年之堕落，非起于一朝，亦非一时所能察觉，惟不能抗其逆流而有以制御之，终必归于失败而后已。常见青年育于善良之家庭，受业于善良之学校，好真理，崇德义，尚贞洁。及一旦入世，与颓俗相接，于不知不觉之间，渐变其主义，今日失其些微焉，明日失其些微焉，卒致全降于罪恶。同事之人，又复从旁怂恿之，笑守正为迂陋，以行邪为洒落，卒为罪恶所裹束，如投身陷阱，不能自脱矣。美国尼亚嘎拉之大瀑布，世界之壮观也。一日有三人，划一小舟，泂沿河中，渐行渐与瀑布相近。旁人知其危，大呼止之。三人恃其划船之能力，不顾也。既至湍急之处，三人力不能支，舟随急流，越千寻石壁而下，三人碎身矣。青年之人堕落之途者，曷尝不若是哉？其始自投于罪恶，亦尝欲与真理、德义、贞洁牵强附合，然适见其自相矛盾而已。既而向日恃为判断是非之良知，渐以昏暗，稔习既久，因而自恕，前所力斥之罪恶，今则处之安然矣。

今且勿言世界之大罪恶，足以消磨青年之志气，汨没其高尚之理想也。即人情中之习故蹈常，苟安逸乐一端，实尤为高尚理想最狡黠之大敌。安居乐业，非不美也，然每与冒险进取之精神相左；笃故守旧，非不善也，然每与改良革新之观念相戾。古人常反对开辟新地矣，反对利用机器纺织矣，反对建筑铁道矣，反对平民政治矣；吾人辄笑古人之愚。其实今之人情，固无以远胜于昔也。青年之士，怀奇特之理想，欲有所作为，稍遇挫折，即翻然变计，以为与其立异而取辱，曷若安常而处顺？况又有年事既长，历世既深之人，在旁遏抑之，嗤其年少无知，斥以不安本分，指为空中楼阁，必用种种之势力，使青年之新计划，完全打翻消灭而后已。当北美合众国开国初年，纽约州有一老妇，居乡僻之地，初闻有汽舟试行于黑特森河，老妇跋陟数十里而往观之。见汽舟停泊岸旁，烟自烟囱冉冉而升，示将启碇，老妇大呼曰："不能行！不能行！"无何，舟已出发，向上流而驶，彼又转口呼曰："危哉！无人能止之。惜哉！无人能止之。"世之见人有所为，而好加以沮止者，与此老妇何相若耶！青年之理想行为，固有虚幻不中事理者，在旁观者据理而纠正之，宜也。若固守一己之成见，不容他人之立异，是窒塞青年之思想，阻遏社会之进步，乃人群之蟊贼也。使青年之人，丧其高尚之理想，更无勇往有为之气，降而与患得患失之鄙夫同流合污，虚负此一生矣。

　　然则青年当如何恢复其能力乎？曰：注意于修养之功而已矣！吾人欲体魄之强健者，必使居处衣服饮食，一一适宜，更为各种运动游戏以佐之；欲学问之优异者，必费十余年或数十年之力，从学识优美之名师，选古今名人之著述而研究之。是则世人于身体智能，无不知有修养之必要矣。乃多数青年，于立身处世之本，不思所以修养之，如泛无舵之舟，于大海之中，风涛乍起，转瞬覆没，可不悲夫！愿述修养之方，以为青年告：曰服从道德，曰研求学问，曰黾勉躬行。

青年之志愿

　　自古能大有为于世者，依其能力而成乎？抑依其志愿而成乎？则请正告之曰：志愿者，能力之母也。吾人不患无能力，而患无志愿。

　　同居一学校之中，受同式之教育，而或则奋往孟晋，或则因循敷衍，于是所得于学业者，高下僻驰，不可数计。非二人能力之不相及也，分之于其志愿而已矣。一旦出学校而入社会，或则飞黄腾达，或则驽骀偃蹇，云泥暌隔，相去日远，优胜者之能力，似决非劣败者之所能几。然试一考其生平，乃知其所遇特别之机会，固常与其所存特别之志愿相连，而仅恃区区之能力者，初不足以斡旋其间也。故学问相当，艺术相当，而得意与失意分焉。一有上进之热诚，而一则无之，又焉往而不退步哉？

　　古人有言："自暴者不可与有言也，自弃者不可与有为也。"人类肖貌天地，而独立于万物之上，外而形体，内而品德，其所秉受于上帝者，本无丝毫之缺陷，而留遗憾于人生也。顾芸芸众庶，千殊万别，圣贤豪杰，以暨凡庸，甚而至于奸宄，阶级重迭，莫非人类之所成就者，视其自暴自弃分数之多寡，而为之等差焉，有不自暴弃之志愿，即圣贤豪杰之基础已立；有甘自暴弃之思想，则纵不为奸宄，亦必为凡庸矣。

青年者，希望无穷之时代也。进青年而问之曰："汝有希望乎？"曰："有之。惜吾之才具，未知能达此希望否？"此志馁也。其下者或曰："吾之命运，未知能令我成此希望否？"此志浮也。志馁者易萎缩，志浮者易游移，萎缩与游移，即汝之希望永不能达，永不能成之最大缘由也。青年之希望，无论如何高远，如何伟大，苟鼓一生之精神以趋赴之，任重行远，锲而不舍，将谁得而限止之？要知能限止吾人之志愿者，只吾自己耳！

或者曰："子言志愿诚善矣，而前途多阻难则奈何？"应之曰：有志愿者，畏无阻难，不畏阻难也。阻难之来，益以磨砺吾之才能，振作吾之心志，时时谨慎，在在提防，则吾志愿之卒得成就也，必可如操左券矣。若夫一帆风顺之辈，转致临危险而不觉，譬诸自恃壮强而无病者，其撄病也，必更历于素日多病之人。故世界一大学校，阻难为良教师，不经此良教师之训练者，无以为此大学校之毕业生。阻难愈多，志愿益励。自古大英雄，皆由千锤百炼而来。微论英雄，即区区于工业、商业，与种种社会上，稍占势力与地位者，苟令彼自述其历史，要无不艰苦备尝，而后挣得此若干之前程也。谚云："吃得苦中苦，方为人上人。"又云："不是一番寒彻骨，那得梅花扑鼻香。"观美国拓殖队先锋，与某商肆学童之轶事，可以慨然而思奋也。

当白人之初至美洲也，美洲土人，抗拒甚烈，虽仇杀相踵，而白人拓殖之志愿未尝少衰。于时适值大地震，密细昔比河之沿岸，倾陷数处，经雨之后，已成浅沼，泥沙相间，淤不受步，往来孔途，忽然中断。有拓殖先锋某，忽为土人所追，适至其地。敌来益近，既不克飞渡，又无从绕道，困难极矣。某乃情急智生，剥取林中大树皮两片，先以一片铺泥沙上，移身登之，即以第二片紧接铺于前，又移身登之，复取起第一片，紧接于第二片之前，如是互换，不顷刻间，已达平陆，欣然出险。迫土人驰至，则见泥泞当前，斯人去远，惟有瞠目视之而已。由是以论，吾人不遇困难，脑中潜伏之智慧，不能透顶而出，又安所得不可思议之能力，若某先锋者之所为哉？

纽约某商肆，欲招一供奔走之学童，应募者三十余。主人欲验其能，乃置球于庭，取一球授来者曰："击之，十次中七者，我将用之。"诸童皆不能。主人曰："姑去，明日再来，可也。"至明日，来者仅一人，自请试之，应手得心，无不如志。主人曰："善哉！子何昨拙而今巧也？"答曰："余谋生心切，惟恐失之。昨晚归家，终夜习练，乃克臻此技耳。"主人曰："善，汝有此志愿，世界岂有难事哉？斯真余所欲用之人也。"呜呼！今日用人之人，蹙额而忧曰，某处缺人，某事缺人，吾安所得人而用之？而今日求用之人，则徒知乞怜于推荐，役心于运动，而初无志愿，欲成为用人者所愿用之人。某学童以志愿之坚，而能力遂足以惊人，斯事虽细，可以喻大矣！

请诵大思想家孟子与之言，以壮志愿青年之气，其言曰："舜发于畎亩之中；傅说举于版筑之间；胶鬲举于鱼盐之中；管夷吾举于士；孙叔敖举于海；百里奚举于市。故天将降大任于是人也，必先苦其心志，劳其筋骨，饿其体肤，空乏其身，行拂乱其所为，所以动心忍性，增益其所不能。人恒过，然后能改，因于心，衡于虑，而后作；征于色，发于声，而后喻。

入则无法家弼士，出则无敌国外患者，国恒亡，然后知生于忧患，而死于安乐也。"

更诵美国提倡释放黑奴志士布士敦之言，以坚志愿青年之心。布士敦曰："吾人上达与下流，于吾人志愿之有无中，异其趋势焉。吾人若无志愿，何往而不为下流之归乎？苟其有之，则虽成败利钝，人事不齐，而惟此志愿所在，更不可夺，终必能战胜一切，而奏上达之凯旋也。"夫吾人之才性，与天然界之际会机缘，无时不环立而待，为吾志愿之助。志愿一隳，则是种种助力，皆将浩叹而去之矣。悲夫！悲夫！

青年成功之三要

人孰不愿成功哉？姑无论他人之对于青年，如父兄，如师长，皆日悬一成功之目的，以相期许，即青年之自身，苟非已入下流，甘自暴弃之徒，亦未有不以成功为其最后之希望者。然而盱衡当世，芸芸众生，翩翩群少，失败者多，成功者鲜，究何故耶？毋亦成功之难，如凤毛麟角之间世不一见耶？应之曰：否！否！人无不能成功者，惟在所付之代价何如耳。夫所谓代价者何也？世人恒注意于特别之天才，或特殊之际会，以为惟得天独厚者，乃有成功之可言。不知天才与际会，于成功上固不为无助，而无天才与际会者，遂谓其断不能有成功。此决为吾人有志者所绝对不承认也。且恃天才而骄，倚际会而慢，致堕落丧失其成功之前途者，往往有之。则天才与际会之非即成功，又可了然矣。是故成功之代价，一曰思考，二曰勤奋，三曰健康，而天才与际会，固不与焉。

何言夫思考也？凡人思虑未周，贸然进行，不但贻后日之悔，即眼前亦无以免劈头之打击。古人所以言"人无远虑，必有近忧"也，思考者详细审慎于先，固矣。不宁惟是，亦能于其事业之本末前后，以及细微曲折，悉加以熟研而精炼，处处留心，事事注意，初无卤莽灭裂之弊发生于其间，是非成功之最大基础乎？彼世之每作一事，先之以率略，继之以厌倦，悠忽一生，即茫昧一生，其终无成就也必矣。

何言夫勤奋也？今日之世界，一奋斗之世界，不进则退，进则优胜，退则劣败。而如何斗奋？则莫若以勤奋。勤奋之界说，非惟在其本位上之职务，不可懒惰偷息也，更当于职务以外有牺牲之精神。譬如学生读书，不荒功课，固已甚佳，然从来高大之学问，恒由学生自求，而得诸功课以外。故读书有功课外之勤奋者，其学问必成功。为人有职业外之勤奋者，其事业必成功也。

何言夫健康也？思考须用脑力，勤奋须用体力。苟非有康健以为之干，终至废然而返。盖虽有思考之心，而脑力不足，虽有勤奋之志，而体力不胜，是亦无可奈何者也。故健康一端，实为成功之母。然如何而可得健康？则以人生疾病，非由天意，能卫生则祛疾却病，常与健康之神同居。不能卫生者，则反是。卫生之道无他，慎饮食谨嗜欲，屏妄想与杂念，多行户外运动，如是而已。

以上三者，为成功之代价，当兼营而并进，其一种之代价，虽有羡余，而不能为他种代价缺乏之弥补也。譬若人生之衣食住，衣服纵华美，当食则不足以疗饥；房屋纵巨丽，当衣则不足以御寒。是各有适当之分剂，畸重畸轻，于成功终将失望。例如过于思考者，其实行转致夫踌躇而莫决；过于勤奋者，其操劳未免以逾限而受伤；而保护健康太过，又往往以顽然块然，漠不经心，百事任其丛脞，为爱惜精神，保养身体之秘诀。以此而求成功，不啻南辕而北辙也。

且夫吾人成功之机遇，固无时无地，而不发现于吾人之前也。所可惜者，吾人所付之代价不充分，乃不得不坐视机遇之去我而适人，莫能挽止耳。故同一青年，同此机遇，而一则飞黄腾达，得少许蹑足之地，便从此扶摇而直上；一则蹭蹬不堪，蹉跌之次数，与其年龄以俱积，及至成败分途，而怨天心之不公，恨命途之多舛。夫亦太不自反矣，要知一切事业，皆由自造，而万不能徼幸以得之。古诗有之曰："警诸农夫，是穫是蒇。虽有饥馑，必有丰年。"愿取以为求成功之青年勖也。

　　更进而言之，欲养成思考之心力，勤奋之意志，健康之身体。初无特别之时间与地位也。世人之恒态，闻提撕警觉之说，未尝不佩服，未尝不欢迎，未尝不希望，未尝不艳羡。而辄曰："吾安得时间稍暇，而后为之。"或曰："吾拟于地位稍优之日，而从事焉。"是二语者，真青年之自误。彼其所待之时间，固终生而不可得；所求之地位，亦永无能达之一朝焉。故随时随地，无所不用其思考，无所不用其勤奋，无所不用其保卫健康。其注意之点，在普通之日用上，不在特别之事端上，在眼前之职业上，不在未来之理想上，薄物细故，脱略遗落，而沾沾焉。冀择一时间，挣一地位，以期尽我心之较为值得也。吁其缪矣！

青年忆记力之养成

西哲有言："人生之成功与失败，视其记忆力之强弱以为断。"古今伟人，莫不有非常之记忆力。人人所知者，如拿破仑之认识全营兵士，过目不忘。要之此非既为伟人而后有记忆力，乃有记忆力斯能成为伟人耳。

吾国旧式教育，最注重记忆。《十三经》《廿一史》，务令学生滔滔背诵，只字不遗。古今来著名之博学家，即能多记忆隐僻之古典，纷拏之人名，累累口数，如肉贯串，斯弗愧为博学者矣。所惜者只详于过去之事实，熟于点鬼之簿，而当前之形形色色，则一切弃遗之。此所以吾国人之记忆力虽强，而适以造就一派无用之学问也。

兹所谓记忆力者，非欲知古人，乃欲识今人，非欲考查古社会，乃欲观察现社会也。盖吾人既入现社会，又必广交现社会之人，建设现社会种种之事业，则记忆力之有益，往往足为成功与失败之枢纽，彼西哲之言，良不诬也。

或者曰：自生理方面言之，吾人凡遇一事一物，必于其脑际留一细痕，如泥地然，一轮飞过，即有一辙迹遗留。屡屡经过，则辙迹渐深，循此辙迹，则其事其物必于脑际复现。所谓记忆也。是故常观之事物，留痕于脑际者，终身不忘。又有事属非常，霎时之激刺，至为剧烈者，亦往往终身不忘。顾脑之织质，人各不同，有易于留痕者，有不易于留痕者。即留痕之后，痕之渐灭，亦有难易。难者时日较久，易者模胡于转瞬之间。故记忆力之强弱，关乎天生脑质之大小，与其纤维之粗细，似有一定之比例焉，而人事固无从为力者也。

虽然，脑质之天生佳美者，当然有强大之记忆力，而无以修养之，亦不能收其实效，甚或芜没而不可复用。当世秉聪颖之天资，而自暴自弃，日就于愚鲁者何限？反之脑质平常，而努力于修养之途，遂能杰出冠时者，亦复不少。然则有佳脑质，尤须有善修养，斯诚吾青年不可不奋发而企图者也。

修养之法奈何？请先挈其前提，曰专心，曰注意。相传意大利有著名侦探家，生平于国中贵绅富商，道路咸知者，彼不能举其姓氏，遇上流社会之交际，则口讷讷不能有所言。独全国匪类之举动，无论若何隐秘，莫不如燃犀之毕照，不容其略有遁形。是无他故，彼于其本业特别专心，特别注意，益于非其本业，忽略遗落，伸于彼者绌于此，故判然若两人焉。然而侦探业之成功，则赖有此专心与注意，以养成其一种特殊之记忆力，于此可见矣。

盖记忆力者有范限者也。无论何人，不能于同时取两事记入脑中，亦如目之不能两视而并睹，耳之不能两听而俱聪也。不见科学家乎？其研究之专门，阐发精微，迥非常人所可及，脑力之健全，令人惊骇不置，乃一旦出试验室之门，则行止乖张，蠢若木偶者，比比皆是。古来之大文豪、大诗翁，其文字之练达，一若于人情物理，无不洞若观火，故能言之清切动人。而试引之入交际场中，或亲与之晋接酬酢，则觉其钝拙迂谬，万不如挽近交际家之活泼敏捷，足以邀人赞许也。何也？其所专心注意者，固在彼不在此，则其记忆力之发展亦在彼不在此也。

有某老商家，设肆某所，历四十余年矣。肆中货物繁多，不下千百种，而是人则记忆极熟。某物何价，置于何地，售出若干，现存若干，初不必更稽册籍，而渠之脑府，无殊一清晰之簿录也。人咸讶诧，以为如是人者，脑力无上，直天生之成功家矣。顾试易一肆，肆之性质，复不相同，而是人之长，遂突然以失，碌碌无以与普通之伙友较胜焉。可见记忆力必专注于一范限之中，而后能收其效。世人竟欲于范限之外，强为泛骛，纷扰其心意，使之旁皇而不定，则即有优长之记忆力，终致一事无成而后已，如彼老商家之易肆矣。

青年有志之士，有通病二。一曰贪多，一曰无恒。贪多者，恃其脑力高强，愿为无乎不能、无乎不精之人，而其结果乃无一能，乃无一精；无恒者，例若读书，一卷甫开，辄思他卷之云何，至易以他卷亦然，而两书中所言，皆未之知是也。二者之病，互相纠结，因贪多故无恒，因无恒故愈觉多数之眩我前，而不能不贪。卒之无以超越记忆力之范围，而终身为贪多无恒之役，斫丧其良材，而无可补救。至于晚年，岁月去矣，精力衰矣，五石之瓠，瓠落无容，而始悔少壮驰骛高远，今竟如何，反不如专治一艺一技者，早已享盛名而去也。世界上智固不多，下愚亦殊少，普通皆中材者，能修养则专心注意，小以成大，大以成大，机会均等，终有功绩之可望。不能修养而贪多无恒，失败之神，必踵其后，其为可悯孰甚焉？

欲辅吾人专心注意之利益而驱除吾人贪多无恒之害患，约有三法焉：一曰抉择，二曰秩序，三曰温习。抉择者，一事当前，端绪纷起，其中必有要与非要之分，要者急之，非要者缓之，是谓抉择。有抉择则虽理烦治剧，亦不致陷入重围。困踣而无以整饬矣。秩序者，分门别类，使成系统。甲事统于甲系，乙事统于乙系，则事之终始本末，既已了澈。且部居有定，以次程功，更不致混杂庞淆，而有所差误矣。温习者，随时随地，遇有欲记者牢记之。临睡之际，取而复忆之，习晨再忆之，时时温习，次数以愈多为愈善。或更以小册，摘录大概，则于温习尤便，如是则不致失落遗忘，临事有不克应用之咎矣。世谓拿破仑脑中有各抽屉，用则启之，否则闭焉。其即用此三法以得之者乎？

请诵曾子子思郇卿之言，以终斯篇。曾子立事之言曰："君子，既学之患其不博也；既博之，患其不习也；既习之，患其无知也；既知之，患其不能行也；即能行之，贵其能让也。君子之学，致此五者而已矣。"子思子《中庸》之言曰："博学之，审问之，慎思之，明辨之，笃行之。有弗学，学之弗能弗措焉；有弗问，问之弗知弗措焉；有弗思，思之弗得弗措焉；有弗辨，辨之弗明弗措焉；有弗行，行之弗笃弗措焉。人一能之，己百之，人十能之，己千之。果能斯道矣，虽愚必明，虽柔必强。"

郇卿子《劝学》之言曰："不积跬步，无以至千里；不积小流，无以成江海。骐骥一跃，不能十步；驽马十驾，功在不舍。锲而舍之，朽木不折；锲而不舍，金石可镂。螾无爪牙之利，筋骨之强，上食埃土，下饮黄泉，用心一也。蟹六跪而二螯，非蛇蟺之穴，无可寄托者，用心躁也。"青年其勉乎哉！

青年模仿性之利用

古人恒有遗世独立之说，不过一种思想之表示，不能成为事实，故人之与人，即吾之与他，有最亲最密之关系。挽近言心理学者，多注意于社交方面，以为人者好群之动物也，相生相养，无在可与群相离，因之其本性中含有天然之友谊性。而此天然之友谊性，又具有感受、模仿之两性能，为人类成才之要素。观于吾人自语言容貌、风俗习尚，甚至思想观念，恒多由模仿他人而然。甚至甲国之人，久居乙国，往往为乙国所同化，而不能自脱，此可见模仿性于吾人天禀中所占之势力。若应用之而得宜，则人生一切之美善，不难咸为我有。无论如何精巧胜利，苟为他人之所能，即无我独向隅之憾，但使奋力以进，则成功之左券，已操之于掌，无待外求矣。是则模仿性之利用，为于吾人有最大之关系矣。

模仿性大概可分为二种：一为有意的，一为自然的。

何谓有意的模仿性？即心理学家健姆斯教授（Professor James）所谓人类为观念所引之动作（Idea - motor Action）是也。譬如大宴会中，听人唱歌，十分佳妙，则稍能唱者，于其归时，亦必引吭而效之，期口角之维肖。此阛阓间所常见，即有意的模仿性之流露也。其实吾人一生，自小儿时代之能言语，能饮食，能行走，无不赖此种模仿性而得之。推之初学作文，必熟诵名家之巨制，初学写字，必临摹古人之手迹，皆非有意的模仿性不为功。

何谓自然的模仿性？即麦克度哥尔博士（Mr. McDeugall）之研究，所谓人类同情之感应是也。譬如多人同居一室之内，有一人呵欠，则众人咸感疲倦；有一人叹息，则众人悉觉悲戚，而与其自身无预也。又如行于路中，与疾行者匆促返家，则步伐自急；反之与徐行者徘徊中道，则意态自舒，而其人亦初无容心也。此则为自然的模仿性之发动而已。

吾人既知此两种模仿性，于是有两种问题生焉：一为求学问题，一为择友问题。求学问题者，所以利用有意的模仿性也。择友问题者，所以利用自然的模仿性也。

求学问题。人类苟无模仿性，则"学问"二字，可以置诸不谭。盖所谓学问者，恃模仿性以效法前人，居其最大之部分也。故吾人利用模仿性以求学，其法在多读成功家之历史，及稔知名人之平生。无论书籍报章，当随处留心，或记其事迹，或记其言论，或并觅其小影，张诸坐隅，朝夕注视，有所取法。此皆即模仿性以求学之快捷方式也。进而言之，古代之英雄，固人人所崇拜，然时移世变，仰止徒劳，吾人所易于追企者，尤在近代之成功家，既与吾并世而生，相差不远，而彼之成功，何以独多于我？独先于我？则吾人之急宜自奋，亦步亦趋，而不至瞠乎其后者，赖有此有意的模仿性为之鞭策也。

择友问题。公众办事之所，人品不一，为自然的模仿性，最易发动之机。良习惯与恶影响，交相注射于前，而吾以一身之感受当其冲，依"从善如登从恶如崩"之古语，则从恶之势力，其能挟我以趋入于下流者，固万倍于从善。故对于自然的模仿性，而择友问题，亟当注意焉。得直谅多闻之友，而与之周旋，自有潜移默化之功，反之而日与便辟邪佞处，其危险为何如，概可知矣。故若有一社会，其内容多腐败之人，则虽有人以厚币相招，不如敬谢不敏之为愈，诚恐一旦堕落，而得不偿失也。盖依自然的模仿性之公理言之，吾人之品德，固无磨不磷，涅不缁之事实。如古世圣人之所自命。而人类之善与境遇化合，又晚近哲学家之所公认。法国著名心理学家李邦（M. Gustave Le Bon）之言曰："群众大会间，多人心理上之水平点，必与其中最低劣之一人相等"。则择友之当慎，洵少年涉世者，所不可不兢兢也。

要之求学问题，为模仿性积极之利用；择友问题，为模仿性消极之利用，其实皆一取法问题耳。古人有云，取法乎上，仅得乎中；取法乎中，不免为下。可见吾人于法之始，宜审察夫其人其事之优劣高下，必冀得至美至善者，以为之目的，而后不致为模仿性所自误。须知吾人所欲成之事业，苟能锲而不舍，其初稍感艰难，其继即觉其异常之顺利，是何故欤？模仿性至既熟之后，未有不发生智巧者也。是以欲为巧工，必诣大匠之门下；欲知兵事，宜处名将之幕中。晨夕相共，异端不生，阻力自去，则成功可决矣。美国有某公司，欲其伙友之奋兴，乃奖励一最干练之伙友，为全公司之模范，使各伙友随处效法。未几，各伙友之精神果大振，该公司之营业亦大兴。此即利用模仿性之大成效。可见无论团体与个人，能遵此履行，获益当非浅鲜也。

青年择业问题之商榷

昔汉代儒者，修明经术，而班孟坚独讥之曰："利禄之路使然！"盖吾国自汉以来，所以鼓励其学子者，不过"功名"两字。吾人束发受书，父兄之所策勉，师友之所劝诱，无不以秀才、举人、进士，以及后日之高爵厚禄，为稚幼入学之前提，显亲扬名，荣宗耀祖，一一取给于是焉。然则"做官主义"为青年学子之天定的择业，历二千年而未之有改，则吾国今日之现象，安得不腐败而至于此极也？

欲振兴今日之中国，第一在我可爱之青年，不复以"做官主义"为有志者当存之思想，脑筋中之状元宰相的影子，随过去时代皇帝之噩梦，一例付诸革命潮流，而荡漾以尽。然后能以清明之眼光，认识人生之本分，商榷自己之地位，定将来趋向之方针。与夫所当活动之局部，而择业问题起焉。择业问题者，非若"做官主义"之仅为发达一身，润泽一家起见，必对于世界，对于社会，而有吾一人择业之影响者也。试列其说如下：

对于世界而择业。五洲棣通，一人之身其所以供给之者，往往遍全世界之工商，读斯宾塞《群学肄言》，称"吾人一晨餐之微，而罗列之肴馔，无一不来自各国。"然不必西人之奢泰然也，即俭约之吾人，试一细检，何独不然？当知今日吾人之呼吸，息息与全世界相通，与闭关时代绝异。则慎勿谓青年择业问题，而可以不明全世界之潮流趋向，贸贸然轻投其身于将受淘汰之场所，而等于自杀也。进而言之，则凡择业者，不但当顺从世界，更当推波助澜，于贡献世界，开发世界，有致力之余地。例如制造家，发明家，皆不徒为一己之名誉金钱，而实于世界立伟大之功绩。今后之青年，不可不于择业问题上，人人抱此志向焉。

对于社会而择业。凡有损害社会之业务，虽报酬甚丰，而决去勿就者，此恒人之所知所能也。顾亦有时而未必尽然，利令智昏，习非成是，譬诸明知烟酒为害人之物，而经售烟酒之徒，不必皆毫无常识者，何独忍心以烟酒毒人乎？业务所在，有以驱之。孟子曰："矢人岂不仁于函人哉？矢人惟恐不伤人，函人惟恐伤人，巫匠亦然。故术不可不慎也。"然则伤人与不伤人，一视其所择之术，而己之本心无与焉。以无与本心之事，徒因择业不慎之故。推类至尽。彼卖国之巨奸，杀人之大盗，何莫非由此始端之误，而终之以不可收拾哉？虽然，此犹仅就消极的择业言之也，更言其积极，则吾人俱有服务社会之天职。所择之业，一方面求有益自己，一方面亦求有益于他人。论其类别，若补社会之缺少，救社会之疾苦，致社会之发展，保社会之安宁。有一于此，皆吾青年所当择之业，可以藉达其自靖之热忱，与牺牲之目的者也。

择业之大纲，既述如上矣。择业之方则奈何，请再列举之：

一曰性之所近。孔子以过化存神之圣，而其造就门弟子之学业，必各随其性之所近。盖性所不近，无论何事，固万不能勉强以告成功也。夫人之才性不齐，家有数子者，必可见伯之宁静，仲之跳荡，叔之愚鲁，季之灵敏，而无术以驱之同出于一途，则其将来之成就，自然如栖堂之燕蝠，各具生平而不相谋焉。善乎泰西某美术名家之言曰："学美术者不必问其智能之若何，但问其嗜好与否，果嗜之好之，虽所习之术甚难，无勿成者。"故世有厌弃其旧业，动辄见异思迁，以致终身流荡忘返者，必其最初之业，与其本性相违。世未有为拂性之事，而能持之以久长者也。谨告青年，勿艳羡美职而姑就之，勿蔑视劳工而求去之，须知业无高下贵贱，必以性之所近，为择业之指归。威布斯脱曰："各项职业，靡不常有其杰出之人在。"吾国之谚曰"事在人为"，是皆青年所当取以自励者也。

二曰善能决断。西国相传一笑柄，曰："某妇名博爱者，赴市购布。布商陈列各色，逾三四十种。某妇目眩神迷，既选此种，又欲彼种，自晨至午，踌躇莫决。乃奋然曰：'吾姑携此种归乎。'迨明日，妇复忽迫而至，手持昨布，谓布商曰：'忆昨所见，尚有某种，须更易之。'"嗟乎！愿吾青年之择业，勿如博爱氏之择布也。夫择业之始，不能不徘徊，徘徊者所以为审慎也。迨至既有选定，即不能不加之以决断。如老律师之断狱"南山可移，此案必不可动"。有此决断之力，而后以全副精神，奔赴于此新事业之下，而后有一旦发展之希望焉。古人有言："疑事无功。"拿破仑曰："君欲取挪威，则直取之可矣。"孔子云："遵道而行，半途而废，吾勿能已。"耶稣亦谓："忍耐坚强，至终不变者必得救。"自古圣贤，无不深注重于决断。无决断之心者，其志意必卑怯，其气力必薄弱，其性情必浮懦，将为新世纪之弃物，又奚暇与之言择业哉？

三曰勿失机会。吾国人喜言运命，西国人喜言机会。运命与机会，相似而实大不同。运命者有定者也，诿之于天，不可奈何者也。机会者无定者也，日日遇之，时时遇之，能乘机会而勿失，即成功者之所以成功也。且机会之来，恒为吾人所不觉，故既已失之交臂，而当局尚不自知者，往往而有。譬诸街市电车，行过我侧，一人奋迅跃上，顷刻已达前途，遂得躬逢胜会，大展所长，一人稍一瞻望，而电车已风驰电掣而去，只可踯躅原地，无他表见，然路过电车之机会，则固两人同也。且机会无亲于人，亦无吝于人，吾苟迁延坐视，不吾待也，吾苟急起直追，亦不吾拒也。青年之择业者，当预备机会之未来，而先迎之，勿纵令机会之已去，而后悔之。名人柏雷氏曰："人生之事业，天造地设者，恒居百分之九十九，所需选择者，仅一分耳。"所谓天造地设，即机会是也。无机会吾人固不足以成一事，然坐失九十九之良机会，而雷叹颓息于时运之不齐，命途之多舛，则值莫甚已。

四曰忠于所事。人生事业，其变化原无一定。有少年时所择定之业。至中年以后，时移世易，生自然之变化者；有一时所择定之业，忽有新机会戾止，比较的优胜，而生特别之变化者。然而变化者，其偶然也，无如何者也；不变化者，其常然也，无可逃者也。乃世每有目视偶然不可知之变化，取常然无可逃之职业，而待以暮气，掉以轻心，此大谬之见也。故青年择业，第一所宜服膺勿失之名言曰："忠于所事"。反之，亦即孔子所谓"思不出其位"是也。盖吾人之大弊，身居此而心在彼，常存得陇望蜀之野心，而本当应有之名分，未尝稍

170

尽，潦草塞责，敷衍了事。人或责之，则答曰："此非吾终生之大目的。吾将求吾之目的，而致吾忠焉。"若而人者，吾决其目的终不得达，而一生在不忠不信之中，即小成就亦毫无所有也。须知吾人既择定一业，必视此业为终身的，非暂时的；求达目的的，非偶尔藉足的，矢其忠心，竭力进取，倘或失败，再接再厉，百折不回，不知其他。青年之所以有成功者，其孰不由此哉？

青年以自爱爱国

　　挽近既以"爱国，爱国"号于青年矣。顾爱国果仅托诸空言，而可以毕乃事乎？否则彼青年必如何而后为爱国乎？甲之说曰：青年欲爱国，当先求为官僚。乙之说曰：青年欲爱国，当先求为政客。

　　甲之说，吾国古代之旧思想也。孔席不暖，墨突不黔，栖栖岌岌，何不惮烦？曰惟爱国故。盖古之儒者，欲行其道于国中，必先得其国君之录用，非筮仕为官，不能有所作为。而求仕主义，遂为儒者终身精神所专注，命脉所关系。苟或一生辖轲，则作行述，写墓志者，将深致其悼惜，为其人之不得志悲，即为斯世之不能蒙其行道之福泽痛。由是知爱国必出于官僚，若夫穷则独善其身，食贫于家园之中，固于爱国无预焉。是甲说也。

　　乙之说，今日由欧美输入之新事实也。一国之政治，必操之于两党，党必有纲，又必有其对于现行之政见。而所谓政客者，活动于党系之间，奔走后先，为其党纲尽力，即为其党之实行政见尽力者也。故政界而无政客，将如水母之无虾，不能复活泼矣。观于民国成立，政党肇兴，而全国之政治权，遂落于政客之手。虽屡经摧残挫折，而究之此仆彼起，一纵一横，要无不直接影响于国家，而大局且为之颠簸震撼焉。政客之势力大矣哉！是故吾人欲服务于已国，不得不投降于一党之麾下，而后有致力之地步。是乙说也。

总甲乙两说，官僚欤？政客欤？迹其已往，对于爱国之成绩，果可为我青年爱国之表准欤？吾知论者必亟摇其首，而不欲予以赞成也。惟然而吾乃敢以第三说，为不官僚非政客之青年进，曰：青年欲爱国，必先求如何爱己而已矣！

有闻吾言者，哗而起曰："曩者之官僚政客，其自私自利，不顾公益，不知国家为何物者，皆其爱己之一心误之也。吾人方皇然恐，以为今后青年，其为己之心不除，决无以牺牲而为国，奈何更以爱己为提倡哉？"应之曰："唯唯否否。子所谓私己云，利己云者，非吾所谓爱己云也。私之利之，而不知所以爱之。则其私己利己，适以成其甚不爱己也。以私利而忘己，与以私利而忘国，其事相等，其势相连。己之不爱，国于何有？嗟嗟斯人，惟终身为私利之仆役而已。故己者，国之始基，爱己者爱国之起点也。"

青年乎，汝亦知强壮其身体，为汝爱己之第一端，即为爱国之第一义乎？汝之研究卫生，汝之讲求体操，汝之运动，汝之游戏，汝为自己之健康，而一国国民之健康由之矣。汝为自己之活泼，而一国国民之活泼由之矣。今试与汝横览禹域之中，自上流以至下流，自士夫以及苦力，莫不沉湎于酒色，以斫丧其精神，昏迷于赌博，以困颓其志气，醉梦一生，未老先衰，未衰已死。即不然，而痼疾牵缠，无异残废。其于人生之事业，纵有热心，奈无燃力，曾不须臾，温度骤低，旋即凉冷，无复余烬者，固遍国中而皆是也。以如是病夫之成群，安得不使其国为病国哉？故个人之强弱，一国之强弱也。青年而欲爱国，请自爱其自己之身体始。

其次，则凡爱己者，孰不愿其己为有才能之己，有学识之己乎？己之才能学识，而处于他人之下也，奚独己之耻？抑亦国之耻。以其将使一国之才能学识，而处于他国之下也。夫己之才能学识，处他人下，其人必贫必贱，于天演在淘汰之列。国之才能学识，处他国下，其国亦必贫必贱，于天演亦在淘汰之列。嗟夫青年，即己不足恤，奈何令其国之将受淘汰，而犹不思奋其才能与学识，以与世界竞最后之胜利也！吾国普通社会，其不悦学也，已非一日，屈指四百兆中，不识字者居其太半。其他少年之中，虽曰识字，而不喜求学者，又居其太半焉。流俗相讪，以读书为诟病，愚陋自安，顽固不化。出版界之新书，年不过数册，杂志报章，销数之诎滞，为他国所未有。横目颠颠，惟销磨其岁月，于游荡闲散之中。学校生徒，自不可避之功课外，不肯再费其脑筋，于思考研究间，以致国民之能力日缩，学业日荒，一切艺术，悉呈退步之色。不待国家之灭亡，而个人早无自立之地矣。谨告青年，汝欲爱己，无忘三语曰：幸福以才能致之；才能以学识成之；而才能与学识，一皆以努力得之。

其三，己何人乎？君子乎？小人乎？庸愚乎？英贤乎？此则存乎己之人格已。人格者，非他人所能造就也，造就之权，操诸自己；而评定之权，则操诸他人，尤操诸强邻之觊国者。故一人毁弃人格，于本国人之目中，可分别其为某某，于他国人之目中，则不问谁何，而但指为某国人。是一人者不啻为一国之代表，一人之污点，不啻一国之污点也。反之，则吾为人

老学庵语

格而自爱，无以异于为人格而爱国。然观吾国之人，虽圣贤遗训，昭若日星，而弃之等于弁髦，内则放纵其情欲，外则驰骛于名利，奸伪相寻，变幻无已。颇闻道德堕落之呼声，盈于全国，而此大声疾呼之人，转瞬而旋其面目，自投于不道德之罪网，而受世人之指目。明知故犯，出入靡常，而人心之不可问，即国事亦大可知矣。青年听之，国家者多数有人格之人所撑拄者也。《诗》不云乎："人之云亡，邦国殄瘁，非无人也。"起视其国中，但见多数有权位之人，为撑拄国家之代替。而有人格者，不复可睹，则直可谓之无人，而邦国乃由此而殄瘁矣。然则青年之于人格，为自己之修养计，亦为国家之建立计。人格胜，则权位之势力退而国兴；权位胜，则人格之正义消而国亡。一长一消，一兴一灭，几微之危，千钧一发，未有甚于青年所遇之今日也。曷其奈何不兢兢业业以自爱也？

青年乎？诚欲爱国乎？请毋高谭大睨，指斥国家某事某事，而致其不平，曰他日吾为官僚，吾决不如是。或曰，他日吾为政客，吾决不如是。请姑以平民自居，俛首内省其亲切于吾身者，曰吾为国民，吾何以若是，精力也，学问也，道义也，吾果加人一等欤？抑衰颓犹是，蒙蔽犹是，暴弃犹是欤？悲哉！悲哉！青年无以爱其身，而屑屑焉欲有为于其国也，可不谓之大谬哉！可不谓之大谬哉！

青年宜为创造者与建设者

　　青年乎，汝知今日社会所必需之人才，为能自主张之人才乎？抑待人使令之人才乎？夫创造也，建设也，其事较难，其才猝不易得，无论社会之何方面，皆有需用之必要，饥渴而求之，馨香而祝之。若余子碌碌，因人成事之辈，仅可供驱策以尽奔走之劳，则车载斗量，不可胜数，又何怪社会对之，选择之苛，而接待之薄也。

　　问者曰：吾人何乐而不为创造者与建设者？但以（1）或为天资所限；（2）或为学力所限；（3）或为地位所限。仰企无从，只能退而求为人役耳。则请正告之曰：欲创造建设，不恃天资学力地位，而恃有坚确之志愿，与迈往之精神也。（1）当代之聪明人，不必皆当代之成功家。聪明之误，自古而然。孔子之道，鲁者得之，则天资可无庸也。（2）学力似较天资为要矣，然社会上最要之学力，乃经验与阅历，非学校中之功课也。吾人既日在经验阅历中，奋斗孟晋，若读书不多，则补习之可矣。是学力亦可勿论也。（3）至于地位，何常之有，官僚取人，自以门阀为首，实业社会，则有此积习者较鲜。中外大富翁，以贫贱起家者，十人而八九也。则地位之不足虑，又可知矣。

名人伊莫逊之言曰："凡物有动作，则有能力。无动作则能力不显，虽有能力，亦等于无。此自然界之定律也。"青年乎？汝曾动作乎？汝曾有一次动作，而感受无能力之失败乎？汝一次失败，曾再接再厉，自第二次第三次及以上无数次之动作，而觉失败之分数逐渐减少，进取之能力逐次加增乎？夫能力人人相同，其不同之故，由于练习之曾否而已。会练习英文者，自有写作英文之能力，否则决无生而即通爱皮西帝者也。推诸万事，一一皆然。如何为练习？无厌不倦之动作。不浅尝而自谓饱，不中途而自谓至，庶其可已？

不闻彼游荡失业者之言乎？其言曰："余之本领甚高，非寻常所可及。所恨者某某亲戚之不我援，某某朋友之不我举，余之失业，为彼等之妒私所累也。"嗟嗟！然乎？否乎？询诸其戚友，则固荐牍屡伸，而悉因畏难事而希高俸被斥。夫吾之所谓创造与建设者，非自集股份，自开公司之谓，实谓青年办事，不论何项甚至卑琐细微，皆宜以全副精力赴之。则即此一事中，自有创造建设之内部，可以发展其才力，而绰有余地也。谚有之："三百六十行，行行出状元。"语虽浅俚，意味无穷。惜吾人普通之弊病，眼界太宽，目的太远，于现为之职业，往往轻忽藐视，不甚措意，而浮慕他方面，以为必较胜于此。现职既轻忽，则自觉厌烦，而所为亦无以满用之者之意；眼界既宽大，则受俸愈形其低廉，而怏怏不快，是皆游荡失业之根源。而游荡失业，则又堕落下流之根源，不可不慎之于始也。

考诸现世之成功者，其以少年自集股份，自开公司，而得达目的者，吾未之前闻也。以少不更事之人，而贸贸然抱其大志，将出其学校中所毕业之纸片的理论，轻以尝试之于事实，其为社会所必不许。固可预决，于是跳荡奔走，徒劳无功。然其人已养成一道大莫容之身，欲为较小之迁就而不可得矣！故行远自迩，登高自卑。青年之创造与建设，宜由最小者始，累丝忽以成匹，积铢黍以成石。故伟大者乃一生战斗结果之终点，非青年造因之起端，而胜利者乃若干年期辛苦之酬报，非于短时间内可侥幸而攫取也。善乎名人赫柏德之言曰："金钱与尊荣，乃天为忍耐与勇敢者，进取之奖励品耳。"愿我青年，各以此语书诸绅可也。

青年之优胜捷术

一、优胜捷术之大纲

（1）今日青年所处之世界，其中人事之纷纭蕃变，比较古人，为尤繁尤剧；

（2）今日青年之精力与时间，可以应付纷纭蕃变之人事者，比较古人，未必有加；

（3）为欲满足今日青年对于人事，必须之希望与成功，因（1）（2）两条之原由，不可不寻求捷术；

（4）为欲寻求捷术，今日青年宜有适当之智识与其训练；

（5）科学的智识，即此捷术适当之智识也；科学的办事法，即此捷术适当之训练也；

（6）由科学的智识，得科学的训练，方能于现世界得占优胜，则此捷术者，乃优胜之捷术也；

（7）优胜之捷术，合智识上之脑力，训练上之体力，以得应付人事，最美最善最易最速之方法，而达于一定之标准；

（8）此标准即为今日青年之所希望与其成功。

二、优胜捷术之举例

青年乎，汝果欲优胜乎？汝于现世界，果不甘为劣败之人乎？请读下文之举例。

当一千九百十二年之夏，某学校有运动会之举，某博士前往参观焉。某博士者，研究优胜捷术之大家也。会未启，秩序单已至，见其中一节为潜水游泳。时博士之旁，立一童子，博士问之曰："汝与赛乎？"童子摇首，以"未曾习练，不敢遽然与赛"对。博士曰："汝虽未娴，而如赛后有必胜之望，则将与赛否乎？"童子曰："果能必胜，又何乐而不为者？"博士曰："诺，余将教汝以必胜之道。"童子作怀疑状，屏息以俟。

博士出时计一，谓童子曰："汝能闭息几何时？"曰："不之知。"曰："姑试之。"彼即长嘘一声，闭息至五十六秒。博士谓之曰："汝之闭息，不足一分钟者，仅四秒耳，此为汝之最高限度乎？"曰："然。"博士曰："人有可以闭息至三四分钟者，动物中海狮吸息最长，潜入海中，可以闭息至三十五分钟。与汝同等程度之童子，则常能闭息至二分种。其秘诀所在，即在先行作深呼吸数次，务使周身血液，满布养气，然后屏息，则虽久不见其苦。今请如吾言，再试一次，吾以为汝必能延长至二分钟之久。"博士仍持时计，令彼如法为之，用力甚猛，效果则大佳。博士曰："何如？二分三秒，果如余所言矣！"则进告之曰："汝亦记忆汝之手臂在水中，每分钟作几打击乎？"曰："未尝记之。"曰："试！"即就地演之，则每分钟为十六击。博士曰："今汝闭息时间，可达二分余钟，手臂之打击，则每分钟为十六次。汝须记手臂作第三十二打击之候，即为时二分，汝每次闭息之极度也。持此往赛，毋自馁可

老学蜕语

矣。"童子神志大定，不半小时，夺得锦标以归矣。

以上之事，所以不厌繁琐，缕缕述此者，此即优胜之明例，其中具有优胜之原则者也，请释其故如下：

夫童子之不敢与赛，为其胸中无一定之把握耳。今先示以闭息之法，使其自知有二分时之力量，又示以打击之法，使其自知每分时十六次之动作，则此童子把握在心，不致有临时惴惴之虞。是则童子之胜，不在技术之习练，而收效与若干时之技术习练等，所谓最美最善最易最速之捷术，更有过于此者乎？

三、优胜捷术之原则

就上文举例之一事，以求优胜之原则，可得下述之数种：

（1）吾人欲有所从事，先于所事上，有确切之科学的智识；

（2）以所得确切之智识为根据，而立科学的精密之计划；

（3）遵依原有之计划以从事，中心有主，不稍退怯；

（4）进行之途，不论长短远近，皆为原有计划所包举，无或更改；

（5）意念中有一准确之时计，与其手中所持者，分秒无讹；

（6）能破除相传之积习，纯用科学的为之校正；

（7）有明决之裁判力，服从指导者之教训；

（8）容纳他人之是，而毅然实行之。

以上八则，彼童子既已具备，宜其由劣败之列，一跃而入于优胜矣。虽然，持此术以往，岂惟区区潜水游泳之比赛然哉。吾人一切伟大与重要之事业，其优劣之分，胜败之数，无不可作此童子之潜泳观也。

四、优胜捷术之要素

凡铁路工程师之开凿隧道也，用意无他，亦不过欲得一交通之快捷方式而已。顾当其开凿之际，非有相当之智识，与其习练，则将如愚公移山，徒见其不知自量而已。故智识与习练二者，诚为优胜之要素，而欲得智识与习练，必从科学的，尤为要素之要素也。设居今日电气工程之时代，而尚利用巨斧利锤，以为凿山通道之举，其为优胜几何？不待智者而知其为滑稽也。故以科学追求最美最善最易最速之方法，科学进步，美善易速之方法亦进步。于是吾人可即进步之程度，定优胜之分数焉。

五、科学者原理之发明也

优胜之原则，必以优胜之原理发明之，而发明原理，端赖夫科学，有科学而原理显，原理显，而优胜之券握于掌中矣！

方电学之始，不知经几许科学家，若干岁月之研究，而后得有电流之说。今则小学生费半小时之讲解，半小时之试验，而已了解无余，何也？为已有电学历史上所发明之原理，为之捷径也。故飞行家勒爱脱兄弟，于其初习飞行之始，亦不知经若干岁月之研究，若干次数之试演。迨飞行之原理，即已发明，以其所心得者，转教他人，不数星期，即能扶摇而上，逍遥于天空，而尽勒氏兄弟之技矣。故原理为捷径之母，即美善易速之母，亦不啻优胜之母也。

故不论何项学问，经多少之研究，而后得分解其原理，积多少之原理，而后成为某种之科学。于是智识与习练，皆得美善易速之径路，其效率之奇异。譬汽车之与牛马，电灯之与油烛，同一运货，同一照夜，要其相差之故，无他缘由，即其科学程度之不侔而已矣！

六、何谓标准

标准者，维一之美善易速，而无其二之方法是也。苟有其他方法可以较胜者，则标准点即移较胜之方法上，而仍不失其为维一。且此维一之标准，必兼美善易速而完全之，否则不得名为标准。例如吾今日欲步行二十四英里，倘每小时仅能前进二英里，具从容之美善，而失之太迟；倘每十秒钟跑行一百码，速则速矣，后将不继，亦未得为尽善之策，此皆非行路之标准也。迨实验之后，于此二者之间，得一酌中之数，如每小时行三英里至五英里，则于事最适，则可知四英里者，实其标准也。

推而言之，治理家务者，于每日需用若干，必量入以为出。如日费一圆则不足，二圆则太多，惟一圆五角，既不浮縻，亦不竭蹶，屡经试验，恰如其分。则一圆五角者，即为一家需用之标准也。又如吾人读书，若在办事室中行之，则以事务猬集，分心太甚，如在卧室中行之，则以设备不宜，参考綦难，欲求既无尘事之缠绕，又多参考之便利，于藏书楼为最适。则藏书楼者，即为读书处之标准也，要之美善易速，实为标准之指归，而标准必由时间材料设备精力价值空闲等事，遵最新科学之方法，从阅历或专家考查而得之，用以得有合理之最大效果者也是为标准之极则。

七、实行为成功之根基

上文所言，不过指示青年优胜之方法，及如何应用耳。苟徒知方法，而未能实行，则空谈名理，若画饼之不能充饥，亦有何益哉？学外国语者，知其文法，而不加熟练于日用之间，则与不知无异。学音乐者，知有音符，而不能唱以宣之于口，弹以挥之于手，则与盲于乐理者等。故青年之优胜捷术，必应用于吾人日常工作，平素行为，而后优胜乃真优胜，捷术乃真捷术，真知灼见，亲切有味，否则纸上谈兵，适以偾事，是吾国人三千年来之恶习惯。今日青年，不可不力戒者也。

老学蜕语

青年当注意体育

一、体育与人类之天年

科学家以动物之寿算,推人类之天年。或云当二百岁,或云当一百二十岁,虽其数不同,要之均在期颐以上。然则吾人未及百岁,中道而殂者,皆不尽其天年,而不可谓之非夭者也。夫死亡由于疾病,疾病由于不摄生,人无天然有疾病者,即有之,亦出于遗传,而为乃祖乃父不摄生之所致。世界文化愈进,卫生之学亦愈发明,卫生之事业,亦愈周详,则人类之死亡率,亦愈减少。由个人言之,吾人苟于摄生十分注意,则其生命之保全,必较可恃,纵不能免最后之一死,而所谓最后者,则其离天年之限,固已不甚相远矣。人情谁不愿生,谁不愿多寿,而独于摄生顾忽视焉。实则并非忽视,知之未明澈,行之不习惯而已。是故提倡体育,导引其好动之天性,予以游戏之快乐,使人人于不知觉中,得收健身之效果,身体健全,病源自绝,而更讲求公众卫生以为之辅,则人类之天年,庶几其得尽矣乎。

陌诲曰:余自仲叔二子夭亡后,颇留意于青年人之死亡,入我耳者无不关心，而觉当世不幸如我仲叔二子。甫入少壮之时代，即已与世而长辞者，不可胜数也，推原其故，病菌传染，疫疠流行，固为社会缺乏公众卫生事业之咎。而身体柔弱，气血萎靡，无以抵抗病菌之侵入，于个人卫生上，亦不得辞其罪，盖饮食起居同，而或病或不病，病之征象同，而或死或不死，论者每诿之为天命，而不知皆其自身之强弱为之耳。天常予人以健全之体魄，强奋之精神，久长之年纪，快乐之韶光，而人反弃而去之，以入于困厄颠沛之境，病欤死欤，莫能自脱，年已老迈，犹或可言。青年若此，讵不可悲。以此知体育者青年重生之父母，人类再造之恩人也。

二、体育与青年之志愿

人类皆有好大骛远向上之性，其所以安小就，图近功，卑之无甚高论者，大都因其志愿力之薄弱也。志愿为无形的，必以力副之，而后可以形诸事实。力出于身体，身体不济，则力不充，苟且因循，懒惰畏怯，其根本实缘体力之有亏，其弊害遂中于德性，而青年之终身，于是乎定矣。西人诋我国民，谓为"东方病夫"。病夫者无气力，无志愿，苟安目前，无宏远之计划，即使一旦振作，而缺乏恒久与强毅之能力，不克维持以达终极。谚所云"五分钟热心"者，此非吾人道德上问题，而实吾人体质上问题也。每尝验诸中西人，同居一室办事，或同在一堂会议，而时间稍久，西人方兴高采烈，而中人则已厌倦思卧。两人之忠于所事同也，脑力之不足以耐烦，体力之不足以支剧，而两人之工作与所成就，乃不相侔矣。是故青年而不亟求体育之进步，欲上二十世纪之舞台，于各国人中望出一头地，譬诸却行而欲追及前人也。

杜甫之咏诸葛亮云："出师未捷身先死，长使英雄泪满襟。"夫以孔明之才，抱远大之志愿，而仅五十四岁而卒，千古伤之。据《魏氏春秋》云："亮夙兴夜寐，罚二十以上，皆亲览焉，所啖食不及数升，司马懿以'食少事多'，遂逆料其不久。"是诸葛亮于报国之道，诚无愧于鞠躬尽瘁矣。而于保身之道犹不能无所亏欠也，庸讵知身既死，国将何赖，与其赍志以终，固不如留其身以徐图志愿之发展，克底于完成也。举一诸葛亮，以类推古今来有志未成之青年，同此例者何限，断非为其天年所限，而由于其体育之不中程，纵有经天纬地之志愿，盖棺则已，倏焉无余，其为惨酷何如也。有志之士，可以鉴矣。

三、体育与青年之学问

　　青年不可不勤求学问，固已，然欲求学问，必先注意于体育。每见劬学之士，厌弃体育，或视为无足轻重，终日静坐读书，而不知静坐不运动，为胃病之源。用脑力过多，用体力太少，为痨瘵诸病之因，是以年未逾壮，学问虽能轶人，而身体则异常衰弱矣。吾诚不解积此学问于多病之身，不堪为国家用，不堪为社会用，甚至不堪为己用，亦复奚益也。余友某君留学归来，思想极高，而身体之弱，亦无其比。每欲以其所得，由著作以贡献于世，而执笔一度，则发怔忡之病一次，遂不复敢用心。未几，无所表见而亡。向使此君分其一半学问之工夫，从事体育，必不至此，而小以成小，大以成大，犹有些微之成就，以不虚世界之曾有是人，岂非彼善于此乎。

　　谢君洪赍，近世之学者也，其天资之明敏，学问之充裕，思想之超轶，读胡君贻谷所编《庐隐先生传》，当自得之。所可惜者，其幼时读书至勤，喜静不喜动，以致身体衰弱，未及中年，即染肺疾。及其觉悟卫生之要，四出求治，卧于美国盾佛尔林中者，一年有余，归而居庐山，居西湖之旁，思得空气治疗之益，而已无及矣。君尝谓余："胸中所欲著之书甚多。而时日限之。"溘然长逝，年仅四十四耳。庄子不云乎："吾生也有涯，而知也无涯，以有涯逐无涯，殆已。"抑知无涯之知不可穷，有涯之生愈以促，是更可悲也。

吾非谓青年但当强壮其无学之身，如豢豕之只求肥腯而已足也，吾以为青年之体育，当与其智育并进，而不宜有偏。且体育愈进步，身体壮盛，精神亦愈强旺，则其研究学问也，自更优胜于常人，其间亦有互助之义焉。再进而言之，从前之言学问者，多指纸片而言，纸片之学问，非埋头十年，伏案功深，不能告成功。求此种学问者，往往于体育有碍。新世纪之学问，不在纸片之中，而在天壤之间，非陈古之死学问，而为现世之活学问，虽未能完全脱离纸片，而费于纸片之工作，约可节省其大半。然则以活泼之体育，补助活泼之学问。吾愿青年，慎勿谓"吾欲用功，无暇运动"以自误也。

四、体育与青年之道德

最新之体育，恒与德育有关系。于运动场中，提倡君子的风度，使当奋斗与竞争之际，得有正直公义之心习，为将来入世之资。盖世界亦一运动场，吾人建立事业，一方面当努力孟晋，一方面当仍以道德为指归。是正由体育之训练有素，而后能动中肯綮也，是故体育教师，对于比赛运动，狃得胜之名誉，欲以诈伪权术，舞弊而诡得之，此其犯运动之法律罪犹小，而暴殄青年之道德心。教猱升木，长恶遂非，罪尤大也。

然则以德育之观念，定体育之宗旨，有造就青年之责者，不可不慎之于此矣。

更端言之，青年有内外二大仇敌，与其道德相搏击，而无术以相胜者，嗜好之引诱是也。就其外部而言，莫如赌博。挽近以来，如麻雀，如扑克。全国自上流社会，以至中流下流，几无不沉迷于此。甚至此风亦侵入学校之内，受其引诱者，或暗地以偷作，或变相以掩饰。于是堕落青年之志操，废掷青年之光阴，恶习蔓延，不可收拾矣。友人某君之子，素行醇笃，肄业某校，为学友所牵，竟染赌博之嗜好，典质既尽，胠同舍生之箧，事泄被斥，无颜返家，投江而死。凡若此者，殆非一人也。再就其内部而言，莫如色欲。青年当春情发动之期，色欲之引诱，无论所见所闻，总不能免。对于其血气之满盈，而鼓荡为一种强烈之激刺，稍不自制，即易发生种种弊害，颠倒魂梦，渗漏精液，渐至神经衰弱，筋骨虚损，年未弱冠，而疾病缠绵，已有不能支持之势，大概由于此种"少年斫丧"为之也。每有人读《青春之危机》一书，自承其曾受此害，而求若何补救之方。虽然玉已碎矣，尚欲求其瓦全，此必不可得之数也。

卷

三

夫人情不能无嗜好，嗜好而得正，即足以拒绝其他之邪者。故青年欲不为上述二端所引诱，可以游戏与运动为其嗜好上交换之条件。昔人有言："中学之学生，当以烦重之功课压之，令其终日忙碌，则无暇余之时间，空闲之思想，以受不道德之引诱矣。"窃谓此说似是而实非，倘学生之心力脑力，不能忍受此重压之功课，必至宣告疲乏，而为其生理上之大害，远不如提倡体育，以游戏遂其好佚乐之本性，以运动畅其方发育之生机，而青年之受保全者大矣。

结论

要之三育者本鼎足而立者也，乃社会普通之心理，恒偏重德智，一若体育不过为彼二育之附属品而已，即在学校体操一科，缀于课程表之末，时间独少，体操教员，较诸他科教员，较吝其优待，游戏运动，未尝视为正当之教科，此真今日教育上之大误点也。施教育者，其谬见既如此，受教育者，自更无心从事。卒至弱我青年，弱我社会，弱我国家。《易》曰："鼎折足，覆公𫗧疎悚。"非其现象欤，亟起维持，大呼体育万岁，是在吾党之青年。

老学蜕语

少年发展时代之课程

　　皕海晨餐既毕，九时入办事室，十二时而返，午膳休息，二时又入办事室，五时而返，计每日办事时间，为六小时。论者谓此为欧美人工作之通例也，顾设以吾人之一生，借喻于一日，则人生可称为办事年期者，大约自二十五岁以至六十岁，凡三十六年。盖自七岁至二十四岁，凡十八年，为修养年期，比诸晨餐及午膳时间，其时敦品励学，以预备办事之能力，不遽能办事也。故民国之国民资格，亦定限以二十五岁为始，自二十五岁以至四十二岁，凡十八年，可比诸上午之办事时间，以六年当一小时，以一年当十分时，自四十三岁至六十岁。凡十八年，比诸下午之办事时间，其所当亦同。至于六十一岁以后，则桑榆暮景，以颐养为主，虽吾人未死之年，初无息肩之一日，然究不能确定为办事年期者。譬诸人于晚间，或补完其当日未竟之功，或筹划其后日应为之事，要之只可为一日之余波耳。

　　由是以推，人生办事年期，仅有三十六年，何其短短也。而古今来大圣贤、大豪杰，无不在此短短之三十六年间，成经天纬地之大事业，遂得福利及于一世，名声垂于千古。更转眼而观世界庸庸者流，同过此三十六年之光阴，而泯焉没焉，忽忽与草木同腐。虽其生时所享受，饮食服御，不必视圣贤豪杰而有贬，或且傲然而出乎其上，然而不能不谓此三十六年为虚度。为辜负者，则以彼于办事年期，固未尝克尽厥职也。夫此三十六年，其先十八年，属于上午者，可谓之办事的发展年期，后十八年，属于下午者，可谓之办事的成熟年期，苟不发展，无以成熟。昔人所谓一年之计在于春，一日之计在于寅，诚深知上午之朝气，尤为人生事业之根本也，兹仿日课之法，举其分年之课程于下：

第一课，发展年期之上，二十五岁至三十岁，比上午九时至十时。此年期既出家庭与学校，而初入社会，将以十余年来所修养者，致之于实事，有二种重要之课程：（1）择业之正当；（2）外诱之拒绝是也。分论如次：

择业之正当。少年入世之初步，每有急于得一生业，而误趋于岐途者，此种生业，或与其人心志不相宜，学问不相应，或其业务自身不优良，无以随时势而有进步。然既经营之，每致异日欲改而无从，且一业必有一社会，其社会之力，如大冶炉然。善能变化原质，而范成其同类之形状，往往佳子弟一落其中，若进鲍鱼之肆，久而不闻其臭，遂至陷溺而不可返者，正不可胜数也。故为父兄师长者，于子弟之择业，亟宜留意。而尤愿青年，坚持其主义，放大其眼光，以自谋其终身尽瘁之一事业，必以正当为准，毋稍迁就，而遗误于将来也。

外诱之拒绝。人生最易受外诱之日，即为少年时代，而二十五岁以前，大都方在学校或家庭之内，外诱之来，尚不甚烈。至为自主之人，则列身社会间，日与外诱相接，而危险之境地生矣，吸烟也，饮酒也，赌博也，娼妓也，无时不可为，无人不可为。损友之狎至于前，其始以人情之难却，偶然耳，无伤也，不知一度再度之后，渐入魔道，非惟不能自脱，抑且不愿自脱矣！当世多少青年，因此而堕落，其于大都会大商埠尤甚，旧日之官僚与缙绅，现代之政客与议员，其所以终日沉酣于外诱之中，而浸至误国殃民者，未尝以外诱拒绝，为其首先之日课而已。

第二课，发展年期之中，三十一岁至三十六岁，比上午十时至十一时。此年期为人生壮盛之期，于社会上已渐有经历，可以奋发有为矣。有二种最重要之课程：（1）家室之整理；（2）经济之储蓄是也。分论如次：

家室之整理。吾人成婚之年，有早有晚，早婚固非，然至三十岁，则固无不有家室矣。正惟如是，至三十岁，而家室之累，乃不能不自觉其甚重，其时不独有妻，并有子女，饮食教诲，仔肩无可卸诿。且家庭教育，为造就国民之基础，则为一家计，即以为一国计，而误我一家，直无异于误国。每见世人对于家室之腐败，不知整理，于清洁高尚，去之甚远。例如夫妇之间，勃溪诟谇；子女之中，斗殴喧闹，甚或聚博以图消遣，纵饮以寻欢笑，吝小费而幼稚不学，掷巨金而婢妾盈前，于是家室为丛恶之府矣。故如何整理家室，为斯时之一大课程也。

经济之储蓄。金钱非吾人所宜注重也。然苟因不经济之故，而至于困乏，则亦矫枉而失于正。人生三十岁以后，销耗最大，同此一人一家，奢俭之别，而金钱之浪掷与节省，相去天壤。素封之辈，享祖父之余福，兹不暇论。若普通自立之人，有入欵方有出欵，而入欵有限，出欵无限，则终不免当前之竭蹶。世徒咎入歀之少而求增多，然增多之后，而出歀与为无穷，恒至加窘焉。古人量入为出。吾友谢君洪赉则犹谓为未善，据其所力行，则限入歀之半为出歀，余则储蓄之，以备不虞。皕诲深佩其意，以为人人所当效法也，盖吾人无储蓄之资，或有逋欠之债，则一身之自由丧失，将弃掷其企图之伟大事业，俯首而为金钱之牛马。故经济之储蓄者，非贪也，非吝也。乃所以完全其不贪不吝之德性，而不为金钱所束缚也。

第三课，发展年期之下，三十七岁至四十二岁，比上午十一时至十二时。此年期为发展将终，而趋于成熟之途，一生之大枢纽。在此数年间，成功乎，败绩乎。孔子曰："四十五十而无闻焉。"斯亦不足畏也已。有二种最重要之课程：（1）任事之奋勇；（2）立德之坚凝是也。分论如次：

任事之奋勇。迂缓也，迁延也，因循苟且也，优柔畏懦也，以上诸名词，求诸吾国人之办事能力上，无一不擅长，而且成为第二之天性矣。其在少年，犹稍有卞急之徒，已为旧社会所深斥，曰躁曰妄。迨中年以后，则人人悉磨练而为谨敦老成，涵养既到，意气俱平，虽欲鼓之而不进，惟敷衍以塞其尸位素餐之责而已。不然，试思吾国今日，正当吾前之事业几何，有可作为之机会几何。政治界有之，教育界有之，实业界有之，然而当局者泄泄沓沓，未尝一告奋勇，故吾国依然寂静如前日也。呜呼！值此奋斗之世界，而吾国人独修饰其委蛇之态度，国事家事，无不以之而丛脞，奈之何其不戒哉！

立德之坚凝。立德问题，贯彻于吾人一生之始终，非至此年期而始言立德也。然少年之时，大都心骛于学问知识，及建功立业之一方面，不免视道德为稍后，此或血气使然欤。中年而后，阅历世途，倦而知返，其时外缘刊落，客气消除，于是觉立德之要，不惟口说，而在心知，不惟面从，而在躬行，将少年时游移之见解，至是而坚决，浮动之基础，至是而凝定焉，反之则人生为恶。当少年之时应多悔改之机缘，而怙恶不悛，无可挽救者，亦恒在此时代。盖吾人一生，譬若抛物线，此年期即其顶点也，善与恶皆将造乎其极，一成而不变矣。屈原之作《离骚》云：老冉冉其将至兮，恐修名之不立。《古乐府》云：少壮不努力，老大徒伤悲。古人痛自策励之语，其皆作于斯时乎。

晡晦今者，下午四时三十分矣，钟将鸣矣，漏垂尽矣。回忆四十二岁以前，所应自督之日课，如上文所列，初无充分之成绩，故成熟无期，至于如此，所当引为大戒者也。遂揭其所自艾者，为吾党告。

中学学生之锻炼

欲施社会之教育者，莫重于中流人士，欲施学校之教育者，莫重于中学学生。中流人士，易受教育之感化，不似上流之傲狠与骄蹇，亦不至如下流之愚陋与卑污，而又居社会之大多数。故挽近所谓"社会"二字，无异"中流"二字之代表也。中学学生，其足以代表学校，正复相同。夫小学学生，年尚幼稚，其神识蒙昧，其精力薄弱，是乃教育之初期，骤与以锻炼，决不能胜任，且适以摧折之。若大学之学生，年已达成人时代，其夙昔之所经过，久已习惯早成，坚牢强固，有不可动移之概。虽欲锻炼，亦且无从，是乃教育之终期也。故凡良教育之建立，必以中学学生为基础，管教育之中期，过去之误谬，不难于此补救，而不致更遗误谬于将来。且其年龄与地位，又适足担荷严格之锻炼而有余。从事教育者，其毋忽焉。

今请以中学学生之锻炼法，约二十事，分述于下：

（1）早起。学生在学校，其起身自有一定之时刻。所谓早起者，乃于定时之外，更能加以绝早，且成为惯例也。能绝早起身，其夜眠也，必不过迟，且亦断无不寐之证矣。夫早起之人必勤，宴起之人必惰。勤惰者，个人贫富强弱之源，即一国贫富强弱之源也。

（2）冷水浴或冷水摩擦。此为卫生之一种，即可于早起后行之。余友有年六十余，冬日天未明即起，以冷水摩擦头面及上身，自云已成习惯，非此不快，然其身体实强健无比，不知伤风为何物。以彼老人，尚能如此，中学学生，何惮不为。

（3）静坐与深呼吸。静坐者收摄精神，脱离胶扰之谓也。于早起后，有静坐一时间，无论养生家、宗教家，无不认为有益。于静坐之前后，行深呼吸若干次。深呼吸亦曰腹式呼吸，即古人之调息法也。要之，静坐调息，健身体，清心脑。凌晨行之，可以为一日读书办事之基础，其益无穷。

（4）耐长久之读书与听讲。少年遇事，不耐长久，且久即生厌，而欲去休，此虽天性，然亦非良习惯也。大凡吾人之不经劳，不耐苦，热心旋灰，半途辄废，其病根即种于此。耐久长之读书与听讲，所以增其忍耐力，而不使之流于轻浮躁妄也。

（5）课外之自程。学生于学校功课外，必须有课外课者，一以课堂上之讲授，恒取简单，欲详细研究，更宜加以若干种书之调查与补助，在于课外也。二则非学校中科目所有，而学生以余力攻求其所好，是亦一课外也。无课外自程之学生，定非好学者，其将来学问上之成就，决无可观。

（6）躬亲扫除与整理。吾国蓄奴之习惯，养成学生骄惰之风，以躬亲细务为耻。此种见解，实与真理相反。盖人非残废，何至当前之扫除与整理，而犹必求人，若事事需人为之，不啻以残废自居，其可耻不尤甚乎？中学校之扫除整理各事，宜责成之于学生，亦今日教育上之一大改良也。

（7）书函必勤。中学学生之年纪，渐入社交开始时代，书函之勤作，为社交之关键，亦兼能使之习练文学，且所作书函，必令字画工整，折迭娟洁，发展其审美之精神。至家书一类，不惟感情，兼关伦理，尤不可忽也。

（8）必作日记。日记者乃吾人行己能力之成绩，可以藉之而自考者也。有日记者，必能自治，且于学业上，必有进步。凡怠荒放弃之人，其从无一纸之日记，可断言也。日记文字，不必求工，能工更佳，否则但令如草稿式足矣，然要以无间断为主。

（9）常运动。运动中各技，皆有益于身体之锻炼，而尤以泅水骑马等术，为将来建设事业，担任艰巨之助，于中学学生爱好运动之时代预备之，亦一善也。

（10）常旅行。远足旅行与登高旅行，皆为习劳苦，增见闻，豁胸襟之维一要端。且旅行必有团体，可以于此得与人共患难，同欢乐之精神。此中学学生旅行中之教训，亦即一生跋陟世途之教训也。

（11）常徒步。徒步为天然体操之一种，久为人所公认。而此所谓常徒步者，又有习勤与崇俭两义存焉。夫出必舆马，招摇过市，此必为有高世心之志士，所绝端反对者，矧费财而更适以自弱其足乎。故中学学生无论赴学校，或至何处，以徒步往来，为其本分。若幼时即怀高车驷马之虚荣心，则其异日之不堪，可想见矣。

（12）不误时刻。学生误上课之时刻，则学校例当加以惩罚，此无待言者也。此所谓不误时刻，乃指不论何事，既有定时，当养成一如期之习惯。太早则虚糜自己之光阴，太迟则有累他人之延伫，务令不先不后，适当其可，为最合也。吾国人于此，太不讲求，或且以失期为自由，而不觉其可耻者。所望以后学生，勿蹈此恶习而已。

（13）能冒风雨。风雨不足以阻已定之事序，以养成其勇往直前，百折不回之气概。如远地赴学，不因风雨而折回，体操甫半，不以风雨而中止。盖欲达一目的，虽险阻艰难，备以尝我，或天气之改易，或人事之变更，而一意孤行，皆所弗计，是即能冒风雨之精神也。帝舜以此而为哲王，讷尔逊以此而成名将，中学学生，可以知所效法矣。

（14）节约饮食。放恣饮食，有二害焉：一费金钱，二费身体。无异于纳资以购疾也。节约饮食，有二善焉：一省财；二省病。盖饮食为疾病之根源，古今人已有定论，而酿成则在少年时代，即中学学生时代也。其时胃力甚强，消化较易，遂放纵而饕餮无餍，不知后半世之痛苦，普通所患之胃病，悉由此而得也。胃病一成，各病随之，衰耗之象立见，壮盛之乐，不可复追矣。然少年而欲其节约饮食，其事极难，勉强之功，殆勿可以已乎。

（15）俭薄衣着。古人童子不衣裘帛，非为崇俭黜华，亦以童子之体质，不宜用过于轻暖之裘帛，而使之日流于荏弱也。故中学学生，衣著当俭，以布衣为最善。更当适时而稍趋于薄，则其肌肤以耐冷而坚固，若浓厚深温之衣服，以加于少年之身，实制造之而使成废人耳！有志者毋为所误可也。

（16）窒嗜欲。中学学生，正当青春期，为嗜欲之极危险时代，何以窒之。一绝外诱，如勿交邪僻之友，勿观污秽之书，不见可欲，使心不乱，皆是也。一镇内心，如常悬严格以自律，深研名理以自乐，平居勿多暇晷，睡眠勿瞀游思，皆是也。

（17）绝烟酒。吸烟饮酒，有碍卫生，人人所知，而酗酒尤有关于道德。故中学生对于此二物，宜绝对的戒拒，勿谓少吸少饮，无伤于事。殊不知少吸即多吸之媒介，少饮即多饮之滥觞也。每见自幼即染烟酒癖者，其身体之发育，必不健全，学业亦决无成就，故亟当预为避免，万不可轻于尝试也。

（18）习肆应。学生只善读书，而不练习其办事之才能，则所读为死书，而所造就者，皆为书呆矣。故中学学生，必使于肆应上，大为注意，务令人情世故，一一通达，以至周旋礼节，对答辞令，皆能从容镇静，应付有余，无羞涩之态，亦不过于浮滑，异日方为有用之人。是今日学校教育之最要，亦其最缺之点也。

（19）实行社会服务。人生以能服务于人为天职。一国人民，不知服务之义，其国必亡，其种必灭。故世界者即互相服务之世界也，知利己而不知利人，则世界亦无以形成矣。中学学生，宜以此等思想灌输于其心中，而使之常抱为人服务之观念，随时随地实行之。近而同学，远而社会之公益事件，且使知服务不能不有所牺牲，能克己以益人，斯为真服务也。苟吾全国学生，皆能以其勇毅之精神，为社会服务之训练，则吾国之振兴气象，有不可限量者矣。

（20）一日一善主义。一日一善者，谓一日至少须行一善，非谓一日只可行一善也。此主义能迫人奋迅之进步，而鞭挞其惰懒与萎缩。上文所列中学学生之当锻炼各事，如用一日一善主义，厉行无间，贯积累累，继长增高，则一日一善，十日而兼十善，百日而能百善，则合中学学生修业之时间，不可有千善以上乎，吁其盛矣！

家庭生活之女子教育

　　吾国女学，在初萌时代，其教育之风尚，大半来自西洋，专趋于美艺的一派，弹琴唱歌演剧，靡不视为学校中教授之要目。盖以西洋之女子，席富饶之余荫，本无甚家庭生活之可言，而所学之美艺，藉以酬应宴会，以博交际场之名誉。此种风俗，是善是恶，吾人不必为异族下何断语。今移而植诸吾国，试问吾国之程度，视西洋贫富何如，则其结果之不能优良，固不待今日证诸事实而始睹也。

　　是故自美艺的女子教育兴，而吾国民生经济问题日绌。以彼女子者，自幼习见西洋女子之服装华丽，起居优适，使用钱财，如泥沙之不足惜。除非生于巨室，嫁得伟人，方能稍慰其欲望，而无忧供给之不继，否则还视其父母丈夫对彼之应付，沾沾焉吝及分毫，不胜拘束。于是一方面存鄙夷己国之心，一方面存藐视其父母丈夫一家之见。虽然，己之服用，又万不能稍示贫寒之态度，以受校中教习与同学之轻侮，乃横征暴敛其父母丈夫之所有，以供挥霍。久之而其父母丈夫，相与习惯，亦稍稍学而化焉。此舶来之品，所以易见销售于市场。而民生经济问题，则储蓄一空，曩以数世之积俭成家者，因一旦之侈奢，付诸无何有之乡矣！试游吾国各内地，街衢犹是，闾里犹是，人家之门墙犹是，庭户犹是，而惟女学生之一身及其四旁，则西洋气概点缀照人，一见便自不同。斯固为我国输入文明之功臣乎，而无如所输入者，乃其消费文明，使用文明之一部，而非其创造文明，生毓文明之一部也。吁！文明乎，乃贫困灭亡之根本而已。

三十年来，著者之提倡女子教育，恐犹在人记忆之中，以为女子者与男子有同等之天赋，无如吾国抑没湮塞。二千余年，其才性遂不能完全发达，故今日振兴女学，将来女子之成就，必不见劣于男子，则我国人重男轻女之风，庶可少返。而国民之半数，亦不致失其人格，愚鲁者为牛马，优秀者为花鸟，而万劫不复。盖著者抱此大希望，已非一日，亦会投身其间者，十有三载。虽然，天下事始之所期者，至终究而每出于所期之外，此自古以来，最无可如何之一事也。故提倡女学，目的在造成有用之女子，而卒至所造成者，无补于国家，无益于社会，且转为家庭之累，牛马之徒，依然牛马惟变一般东方之花鸟，而为西洋之花鸟，支道林所谓见一群白项鸟，唤哑哑声者，则恫乎提倡者之羞也。

夫吾国古代以严格看待其女子，如《易经》有"无攸遂在中馈"之爻，《诗经》有"无非无议唯酒食是仪"之词，见于《礼记》者，《曲礼》《内则》诸篇，尤不一而足。商纣以妇言是用而亡国，雍纠以谋及妇人而丧家，其于女子也，非惟牛马之，花鸟之，而且豺虎之，蛇蝎之，此固著者之所痛心疾首，不惜反对者也，惟矫枉而过于直。今女子忘其家庭自有之生活，而竞趋于美艺的，骄泰放纵，高视阔步，则过犹不及矣！每闻父老间叹息之声，谓女子一入学堂，便沾习气，不如其毋入者，彼非不愿其女之有学问也，诚以既有学问，则性情改变，转不能有畴昔克勤克俭之风，使家庭享其平安耳。故在古时严格之本意，专为道德问题，保守女子之贞洁。而今日追思古时严格之未可厚非者，非从道德上之理论而来，实以生活问题，而欲保守其家庭之行为，盖女子教育而不立基于家庭行为之上，是吾国女学界之大不幸也。

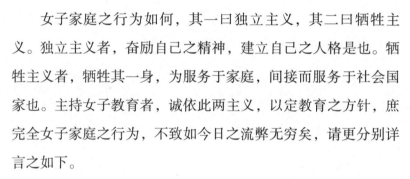

　　女子家庭之行为如何，其一曰独立主义，其二曰牺牲主义。独立主义者，奋励自己之精神，建立自己之人格是也。牺牲主义者，牺牲其一身，为服务于家庭，间接而服务于社会国家也。主持女子教育者，诚依此两主义，以定教育之方针，庶完全女子家庭之行为，不致如今日之流弊无穷矣，请更分别详言之如下。

　　独立主义者，所以提挈女子之地位，使不致依赖性成也。寻常女子，每自视为无用之物，而惟以倚赖为长，人得而牛马之者，因彼之自待，亦为牛马也。人得而花鸟之者，因彼之自待，亦为花鸟也。西洋学风之来，凡为女子者，翘然异矣，而此种根性，丝毫未动，多才多艺，更令加之娇惰而已。故方女子入学之始，最初之一念曰：学成之后，冀能自食其力，毋致受不幸家庭之颠簸，其意甚善。及学成出学，毕业受凭，最终之一念，则大相刺谬，曰吾将得第一流人才而偶之，其极下之一格，则必须有若干岁入额，或犹足供养我之所必需者乎，有此思想，则其人格可以知，而累年教育之效，亦可以睹矣。夫人不从耐苦耐劳起，不能成独立，志士之不忘者沟壑也，非堂高数仞，榱题数尺也。汪信民云：咬得菜根，百事可做。是故独立主义，必使之能刻厉忍耐，一反其世俗虚荣之旧观念，尊重品格之高洁，而以倚赖为大耻。则女子之地位，或可较增于今日乎。

牺牲主义者，所以发展女子之能力，使不致误用其才也。夫女子独立，易趋于离远家庭，放弃义务一流，而不知女子一生之交涉，不外乎与父与夫与子之间，是三人者，即女子之所当牺牲，而亦即以显其独立者也。吾国与印度，古时之三从律，似专为夺女子之独立而设，然谓女子能脱父夫及子之关系，则亦未然。盖女子与父母之亲爱，过于男子。西国年老父母，恒有不与子同居，恃其女以侍奉者，则女子之所当牺牲者一。然而父母不能虐待其女，使为非其所志之事，则女子在父母前独立也。夫妇和睦，人情之常，赞助其职务，安慰其辛劳，同甘同苦，而整理家事，以使其夫无内顾之忧，妇之职也，则女子所当牺牲者二。然男女平等，权利相侔，不须行媚以取怜，无待恃娇而固宠，则女子在丈夫前独立也。儿童之于家庭，尤为女子之专责。美国某哲学家，论人类之幼稚，其在家庭之时间最长，异于动物。故人类母子之情谊亦最深，有儿童而后有家庭，有家庭而后有社会国家。故儿童必以家庭之存在，感谢其母，而其母亦宜以社会国家之存在，感谢儿童云云。据此以言，则儿童者，女子之所当牺牲者三也。有慈善之母，有和顺之子女，一堂之上，融融泄泄，世界虽大，无若此乐者，女子之独立，斯其终点乎。

准以上之论，则家庭生活之女子教育，自必以练习女子之家庭才能，何以侍奉其父母，何以辅佐其丈夫，何以训导其儿童，为教育之目的。由此目的而定之，则普通之常识，既不可无。学校中之各科目，如历史、地理、理科、算法等，其必完具，自无待论。至女子特别之长技，亦不可少，则烹饪、裁缝、书札、簿记之有实用者，在必当精通之列。音乐、刺绣、图画之美艺，苟有余暇，随其性之所近，不限旁及，等而上之。国家之进步，社会之改良，家室之振起，暨夫人群之联合，亲友之周旋。凡人生之所以处世者，何一不备于女子家庭日用之中，何一不当养成于主持女子教育者之手，但务使学校之功课，即为家庭之预备。而尤要者，则学校生活须较家庭生活，无甚悬殊，勿令入学校则为锦绣之天地，入家庭则为蓬筚之天地；入学校则为自由之世界，入家庭则为桎梏之世界。转瞬之间，相去霄壤，而使习惯于学校者，一至家庭，则有事事皆不如人意之慨念，诚如是也。则继今而后，将见风尚一变，以有家庭生活之女子为贵，辛苦勤劳，各务其职，而人格乃愈尊；以无家庭生活之女子为贱，惰懒不事，虽起居安适，衣服丽都，才技优美，而人之视之，不过与世之名伶贵宠相等。乌呼！兴言及此，吾国女子教育之颓风，庶几可挽哉？

农工商之职业教育

　　吾国古来之教育，可分为两种：一曰圣贤主义之教育，一曰官僚主义之教育。圣贤教育，以经训为重要点；官僚教育，以试艺为重要点。而教育家之正论，则以合此二主义为一，尤属最大之希望。故经训与试艺恒相并，而求官僚之皆为圣贤，是我国教育之目的也。国有官僚为圣贤，则国治，若官僚非圣贤，圣贤不官僚，则皆谓之乱世。世之治乱无他，直圣贤官僚两种人之分合而己。惜乎圣贤之命运常乖，每不能厕位于官僚之间，而官僚之始投身于圣贤之门者，终且背而去之。于是一部廿一史之兴亡得失，与夫文人之所悼叹，诗家之所咏歌，无非圣贤与官僚之升沉转变，是又吾国教育之结果也。

　　夫我国古时之贵族阶级，至秦后而己革。然所革者其外形耳，内部之精神，犹存在而无恙，则以教育之所承用者，仍为贵族教育之遗法也。试检六经四子，未闻有职业教育之发现，其重大方针，不过大学明德新民两语，为教育原理之指南，亦为永远无改之定向。所谓格致诚正，所谓修齐治平，于教育条目，诚觉井然不紊。而亦思为农为工为商之细民，初何尝人人有家（古者大夫方有家）。国天下，而当求齐之治之平之之术乎，可见此种教育，本专为贵族而设，养成坐而论道之人。以圣贤之学，为官僚之预备，并不欲普及于农工商也。后世虽无贵族之名，而系统门第之遗传，尚存于士类，教育遂为士类之所占有，则以由汉以来之文教，属于儒家一统，圣贤主义，与官僚主义，积因生果，而积果又生之因也。

　　若夫吾国之非贵族，而为农工商者。自古若何教育之乎？吾请正告之曰：农工商者，我国士类之余渣也，教育之殭块也。盖人苟可为圣贤，谁不愿圣贤其子弟；苟可为官僚，谁不愿官僚其儿孙。然不圣贤而为常人，不官僚而为平民，则或因家贫族贱，无受教育之余地，或以资劣性愚，无受教育之天资。经教育之淘汰，惟存此余渣之不可溶，殭块之不可消者，推而纳诸农工商之中，使为安分受治之人，而对于已受圣贤教育，官僚教育之治人者，负服劳贡献之责任，其在国家亦不甚爱惜，草菅之可也，牛马之可也。盖如是乃显圣贤教育之可尊，官僚教育之可贵，于以风示一世，而人人令为圣贤；拔擢一世，而人人使为官僚，是我国教育之特长也。

　　数十年前，经训试艺之科举时代，忽为泰西新学制所打破。识时务者，相与兴学校，以冀追踪于欧美。然当日定学制者，尚少通达泰西教育之人，大抵抄袭日本之成规，意谓彼即采自泰西者，草草以订为课目，历史地理，理科算术，固粲然具列，无乎不备。究之此种学校之所造就，推其原意，不过恶夫圣贤官僚两主义之过嫌空疏，或太觉陈旧，务增加其新学问，新知识，为两主义之补助品，于两主义之根本，初无变易也。是时所宣布最大之教育宗旨，乃"中学为体，西学为用"八字，至今留为教育家之金科玉律。观于读经问题之存废，争

卷

三

207

持不决，可以见圣贤主义之不可变，而文凭奖励，比照吏秩，竟为学者出身之谋，则官僚主义之未尝改也。

呜呼！吾国苟长此两主义，盘据于教育者与受教育者之心中，则吾国教育，决无进步可言。非惟无进步也？继今而后，或竟能教育普及，必至农失其为农，工失其为工，商失其为商，而惟有此无数圣贤自命。官僚自命者，周情孔思，大袖宽袍，以从容跄济于东亚大陆之上，支撑五帝三皇之大同盛治，巍乎成功，焕乎文章，于斯时也。国粹保存，必深慰吾人好古之盛心，而道德高迈，亦必不至有大教陵夷之痛，然如是之期望，果合于今日电气飞艇世界之趋势否？环伺其旁者，果能假我以须暇之机会，坐待其成否？苟非闭关一万年，果能独立于生存竞争，经济界天演公例之外否？制挺以挞秦楚之兵，不知可移用于欧美否？愿当世有知识，有思想者，为我下一明了之解决也。

然则奈之何而可，曰：请毋望人人为圣贤，而望人人为常人；请毋望人人为官僚，而望人人为平民。学校之所教授，必以合乎常人平民为目的，而注重于常人平民之职业教育。若农若工若商，而农如何能为农，工如何能为工，商如何能为商，则为学生一生存立所关系，必于学校研究之，历练之，不使如今之学校肄业累年。父母所出之学费甚巨，学生所用之学力甚多，国家地方所济给之津贴，亦复不少。而学生出校后，乃荡无所事，既不屑于为农工商，又不能为圣贤官僚，迫而求食，重被社会之拒绝，以为不如未受教育者之易于遣使，至是乃求为常人平民而不可得。嗟乎！悲哉，此岂非吾国有子弟，有儿孙者，所同抱之隐忧哉。

嗟乎！吾人诚知一国教育之不可无，然以近年广兴学校教

老学蜕语

育之成绩论，则与其有今日之学校，毋宁有前此之家塾。而为学生者，与其今日之学校毕业，毋宁前此在店肆中之学业满年，何也。前此之家塾，尚使学生读书，能记能写能作，而今日之学校，则读而不记不写不作。吾见学生在校七八年，已十五六岁，神气昂然，而胸无点墨，满纸涂鸦，虚字不通者比比也。前此店肆中学业满年，则本肆之内，必收受其人，即其人亦必略知本业之关要，在同业之他肆，亦易得噉饭处。若学校毕业之人，则仅对于数册死书，或者犹能讲诵，自此以外，世态人情，概不通晓。然其简傲态度，则久已培成，小就不屑，而道大莫容，一生之前途，于是尽矣！稍能转变者，则重复履行其学业之法，然后再有生计，而追念十年辛苦，已悉掷之于空虚，为圣贤而无此大德，为官僚而无此幸福，何如幼即安其为常人平民之愈乎。

何谓常人平民之教育？曰职业教育是也。虽然，今世提倡职业教育者多矣，而卒归无效者。则以欲行职业教育之法，又有三主义，必当注重焉。（1）宜教学生以为人需求之学，勿教以倚赖求人之学。（2）宜发达学生自用之才，不必发达其待人录用之才。（3）宜授学生以可一人独为之业，勿授以需众人共为之业。是三者，意虽分立，义相互动，盖我人既有职业上之真学问，即有可以自用之真才具，而无事于求人；即不求人，然其学问才具，无论为何项。诚为此项职业上所不可少之人，则欲为此琐事业者，既有所需，自不得不来求，是亦自用。而非待人录用，以凡待人录用者，其权操诸人，使彼不得不用，其权操诸我也。今学校所授课，未尝与外界之需要相支配，学生所能者不为人所求，人所需求者，则为彼所不能，经十余年之辛勤，而仍无一长之可取，无可如何。急待人之录用，碌碌干求，枉寻直尺，令社会民性中，因此而自立之风，日以堕落。

庸非教育之误人乎，至今日我国之人，于农工商，尚无团体之可言，需众人共为之业，鲜能成就者。每见有人留学而归，或工或农或商，有专门人才之望，宜若可以自用，而为人所求矣。而吾国并未先有大公司、大工厂、大农田，待之以施展其能，创设则无财力，招股则无信用，奔走穷途，投闲置散，卒至尽弃所学，而惟有藉此头衔，以就他途，上者为官僚之翻译，下者为洋行之买办。盖不知几何人矣，倘所学者可一人独为，则虽一种技艺，其胜利转甚。普通医生无论，甚如牙科一门，亦且自由设所，为不求人而自用之人。此种职业，纵以圣贤之胸襟，官僚之眼光视之，渺乎小矣，而不知彼固循人生食力之公理，而无所愧于天地者也。

此三主义之职业教育，如何实行？曰：请于市场之旁，多设商业学校；于有工场之旁，多设工业学校；于乡村之旁，多设农业学校。其学校中注意之一科，即为农工商之实习，使学生以入市肆为店伙，入工场为厂工，入田野为耕农，即为学校功课之一种。而学校则于农工商间，聘其有资望著名誉之能者，为之教练。其他学校应有之科目，应有之教授，非惟不废，且皆顺此目的而附助之。则学生毕业后，普通智识既备，而于所操之本业，又历练纯熟。既免如从前学业者，除业务外毫无所知；又免如从前学校毕业者，终为流荡无本业之人。将见农工商之人才，必能辈出，而其事业，较今日为发达无疑也。若彼商店、工厂、农场，有此种学生以助之营业，每家收受若干人，晨午夜三次轮换，可以省去本来学业之学徒，即有之亦令概入学校。如是，则数年之后，我国实业界，无不受教育之人矣，此实行职业教育之大略也。

嗟夫！吾国之人，何以必出于官僚之一途哉。诚以国中营业，无较官僚为更优者，更易者。而一般学校，又日日制造此种有圣贤教育之人，不能农，不能工，不能商，则舍官僚亦无以谋生也。倘使异日农工商之营业尤优，胜于官僚则人谁肯轻去其本业，而投身于宦海之风波中耶？如是则人之心理，皆将由醉心虚荣之极，返而改趋实利，农工商日多，而官僚日少，我国之无穷幸福。其在斯乎？其在斯乎？

卷 四

原学三篇

一、凭借

学之一字，究作何解，曰学焉者。取古人之所经历，而凭借之以为我用也。

详之曰，自太古以至今日，人类在世界之事业，经历一代，必有一代之进步。故今日之现状，乃从数千年之经历而来。人生当幼稚之时，与野蛮人类同，必有若干年之模仿效法，探索研求，以默识与熟习。夫已往所经历之成绩，为之凭借，而后其身心之运用，能与今日现状相支配，否则仍不免于野蛮，此学之原理也。

吾人生于古人之后，而地位实在古人之上，古人所有，吾人无不可学，而有焉一理之发明，经无数古人之研究而定，而吾人领之则甚易。一器之创造，经无数古人之改易而定，吾人仿之则不难。故吾人之天职，在于古人已将所有供给吾人，以为吾人之凭借，吾人将以何者供给后人，以为后人之凭借耳。故学焉者，即所以囊括古人之具，亦即以更上一层，为留遗后人之具也。

　　世之论学也异于是，其意曰：学在于多识多闻，以效法古人而已。古人或圣或贤，吾人不能及焉，惟恃学以求似其万一，盖古人已登峰造极，吾人不过徘徊于末级，作高山之仰耳。此种思想，大抵由宗教与文学而发生。盖宗教家之教主，大都属于感生，其聪明天纵，非凡庸所可同日语。如孔子生知，日月不逾之类，其含义较复杂，今姑不具论。试以文学言，人常谓格致诸学，皆古不如今，而文学则今不如古。读上古之著作，即断句零章，单辞只义，其深渊奥懿，典丽乔皇，恒足以范围万世，振铄千古，决非后人所能企及焉。其实此说亦谬，吾人处于今日，不能为古人之文，犹古人在于古世，不能为今人之文，非不如也，乃时世不同，事理之简单繁赜有殊，思想之取径遂各别也。

　　李沧溟之学周秦，人嫌其伪，归震川之学唐宋，则人不嫌者。沧溟在明代，其时世与周秦不侔，故其文虽已方驾周秦，而人不之许，以明代究非周泰也。若震川于唐宋，则时世较近，自然相合矣。去其时世之见，就文论文，谓震川无惭欧曾，而沧溟必不如《左国》者，非笃论也。古人之文，在作者当时，于陈陈相因中，别开一境界，固非易事，亦如发明一新理创造一新器然。但此境界既开，谓后人不复能摹而拟之者，是谓新理既发明，而非后人之所能领略；新器既创造，而非后人之所能仿制也。有是理乎，而世俗竞持其说，此所以适成其为退化也。既有韩柳，而吾学之，无弗如韩柳者；既有李杜，而吾学之，无弗如李杜者。所要者，吾在今日，宜合韩柳、李杜与一切古人而冶之，以达吾今日之极点。若韩柳、李杜之在当时耳。善乎翁覃溪与刘石庵之论书法也，覃溪之书多见古

老学蜕语

帖，临摹逼肖；石庵之书，直摅己得，一意孤行。覃溪谓人曰："石庵之书，有一笔是古人否？"石庵曰："试问覃溪，有一笔是自己否？"窃谓笔下无古人，则不成书，故必须学笔下有古人；无自己，则不足为书，故必由学而进焉。夫自己者，即所谓继往而开来者也。

昔之方术家，有所发明，有所创造，往往自矜独得，秘不示人，故作迷谬之辞以掩之，神奇之说以乱之，不使为后人之凭借。如秦道古之数书《九章》，朱世杰之《四元玉鉴》，取立法布算之根，隐而不宣，但记其得数，以为夸炫。故立天元一术，直至借根方西来而始显，而一人手障天下目者，已二百年矣。诸如此类，不可枚举。吾国于发明制造之事，所以无进步者，皆以此耳。若夫今日，则中等学生，其算学之程度，将视秦朱所珍秘者，而过之矣。则学之为用大，而所凭借者高也。

黄梨洲之序《明儒学案》曰："有明理学，前代之所不及，牛毛茧丝，无不辨晰，真能发先儒之所未发。"云云。梨洲此言，甚勇而决，然明人讲学之所以益精者，有宋元诸儒，以为之凭借，而又值其时讲学之风盛也。汉学亦然，明季诸君，其所诣最粗，及康雍则稍进，至乾嘉而集大成，亦由凭借数世之所积，而又值一时之风尚，道咸以降，风气之盛不及前，顾亦有一得之获，突过前人者，则以凭借愈厚而已。西方科学进而益上者，其理亦如此。

或曰："孟子不云乎，'守先王之道，以待后之学者'，子之论学，其即此意欤？"应之曰："此与凭借之说，相似而实不同。孟子之说，譬若百钧之钟，先王铸为定范，而传之于吾，吾保守之以待后学，求勿朽坏，求毋失坠，而无以加于百钧也。凭借之说，譬若无穷级数之梯，后级必高于前级，而古人、今人、后人层累以上，日日进行。"盖世界进行无穷，吾人之学进行亦无穷，且惟吾人之学进行无穷，故世界之进行亦无穷。

侁侁学子，桄桄人师，其对于学术之主张，盍取二千年之惯习，而一易其方向乎？请视鄙言。

二、三误

中国之所以不振者，于学术上有三误焉：一误于汉人之经义；再误于唐人之辞赋；三误于宋人之性理。而满清一代，为承接此三者之下流，若众水之汇，而泄以尾闾也。故儒林文苑中人，颇能奄有历代之长，即八股一物，亦为合经义、辞赋、性理三者而成之变相。终清之世，名家辈出，步武前明，当斯时也。虽有聪颖特达之才，无不埋头于其间，竭毕生之钻仰，汩没而不能出。专制君主，更扬其沸而利用之，作其堵而阴防之，为熄邪说，为拒异端，为闭旁门而塞左道，于是三千年之学术史，竟莫能脱离经义、辞赋、性理三者之窠臼，以直至满清之亡。故自此方面观之，愈兴愈盛，自彼方面观之，只觉其愈陷愈深，而沦胥随之已。

眊海谭谭以思，汉唐宋明，至于今日，以东亚大陆，钟灵毓秀之区，圣贤踵接，何渠不若欧美？然格致之说，聚讼者千夫，纷纷于《大学》一章之训解，而培庚笛卡之新义，不能发生也。政治之说，攘臂者百辈，皇皇于唐虞三代之制度，而洛克卢骚❶之名，论未闻阐究也。言天道则阴阳五行之书压架，虽有歌白氏，而不能插足矣。言人道则性情善恶之编充栋，虽

❶ "卢骚"，今译为"卢梭"。——编者注

有康德氏，无可容喙矣。方且辨儒佛于秒忽之间，析朱陆于豪芒之际，牛毛茧丝，累世穷年。举吾先民之弘秀俊异者，尽其心思才力，时日光阴，悉掷于如斯故纸堆中，而犹自以为声明文物，为天下甲，盛德大业，端在于是。吁！可悲也。

今何时乎，酣沉之古梦已醒矣。所未褪者，宿醒之状态耳。顾迥忆世界新学说之输入，早者不四五十年，若算学理科等书，皆始译于有清道光之季，咸丰之初是也。至于民权自由之篇，天演进化之论，则近在二三十年，甫为吾国人所寓目。然而其发展之现势，能推翻有国以来专制君主之全局，确立共和民国于泰东者，谁为原动力？非因思想革命，而始有此成效大验耶。继今而后，以从前研究经义、辞赋、性理之功能，转而为世界新学说之发明，与欧美学者，同骑二十周之马，而快着一鞭，其奔轶绝尘，又有限量哉？是在我后生少年矣！

三、保粹

客有读余学术"三误"之说，怫然而起曰："子非向持国粹保存之说者乎，则如经义、如辞赋、如性理，岂不为三千年之国粹？今乃悉指为误国，一一排而去之，何其不留余地也！迩者学校之中，方将人持旁行邪上之一册，弁髦国学，以为不值一顾，不谓子亦推波而助之澜。吾恐数十年而后，国学之种子绝矣！"应之曰："子之言是也，而实否否。"

且夫学术之可以有益于国，有益于人者，谓之国粹。反乎此则非国粹也。国粹当保存，非国粹当排斥，不待言矣！故彼经义、辞赋、性理三者，不可不分别其如何为国粹，如何为非国粹，必非国粹之误认去，而国粹始成立。微君之诘问，吾亦欲申吾之前说，以告于学者也，请更进而言之，可乎？

大凡一国之学术，必有过去的，必有现在的。过去的著之于学术史，现在的定之为学术书，而学术书之变为学术史，近或数年，远或数十年，新旧代谢，则学术之所以有进步也。今吾国之学术书，取三千年前之旧物，在学术史上，尊为太古时代者。而一字一句，剿袭摹仿，不敢有丝毫之怀疑。而后免离经畔道之呵，则区区方寸间，既为旧思想所拘束，所蟠据，焉有新思想之更能萌生哉。是即以学术史为学术书之谬也。然则经义、辞赋、性理，置诸学术史中，国粹也，无可訾也。若置诸学术书中，则非国粹而不可不排斥矣。

世界之文明，积累而益上。吾人今日之所为，必有昨日以为之基；则吾人今世之所为，亦必有前世古人以为之基，固属不诤之论也。然而今世之必高于前世，亦犹今日之必加于昨日也。譬若学生读书，自当日进一课，而后其学可成。苟今日所读，仍如昨日；明日所读，又如今日。将青年开卷，白首依然，天下有此读书法乎？顾或舍去昨日，即读今日，舍去今日，即读明日，则又躐等而失序，终且无功。故谓为国粹者，即以今日而返视昨日之课，必先熟诵，必先详记，且又加之以温习参证，何也？皆所以为今日之将更有新课计也，倘今日不许有新发展，即以昨日之国粹，为永远之成绩与光荣。斯国粹而适成为障碍物，不足以称国粹矣。

要之国粹焉者，因过渡而有者也。缩三千年古人所经之阶级，依学术史之支配，而介绍之于后人，以更上一层为其目的者也。不见夫栽树者乎，培壅本根，罔或伤害，乃剪其旧枝条，接以新枝条，则佳卉名果，进种可期焉。余所恶者，苦守旧枝条，而不知变耳。或乃并其本根而芟薙之，恐虽有新枝条，非复为此树所有矣！斯则余国粹保存之义也。

太古三《易》发微

伏羲氏之《易》曰消息，神农氏之《易》曰终始，黄帝氏之《易》曰归藏。

何谓伏羲氏之《易》曰消息也？《易·击辞》曰：古者庖牺氏之王天下也，仰则观象于天，俯则观法于地，观鸟兽之文，与地之宜，近取诸身，远取诸物，于是始作八卦，以通神明之德，以类万物之情。读此可见吾国太古哲学之发源，莫先于伏羲，而伏羲之哲学，尽之于八卦，其所以言八卦者，则曰消息。孔颖达《左传正义》引《易》曰："伏羲作十言之教曰：'乾坤震巽坎离艮兑消息'，此易纬之文，以明伏羲八卦之原理也。"盖伏羲之《易》首乾，乾者天行也，万物以天行消，以天行息，息极而消，消极复息。故孔子于《剥之象》曰："君子以消息盈虚，天行也。"又于《丰之象》曰："日中则昃，月盈则食，天道盈虚，与时消息，是其证矣。"夫宇宙品汇，如此其繁赜，固必有物焉，以为之根，太古人民，早抱此思想。而伏羲氏仰观俯察，遂举天地雷风水火山泽之八者，灿然陈列其现象，而深探其变化之原，以"消息"二字包举之。又归其故于天行，天行于何见，在昼夜四时，一盈一虚之循环，则孔子剥象丰象之所阐也。然则伏羲在太古时代，而"消息"二字之发明，其所以通神明德，类万物情者。比于希腊诸贤，论化生万物之原，德黎以水，亚诺支曼德以无极，亚诺支尼绵以空气，额拉吉来图以火者，其包举囊括，不可同日语矣！

何谓神农氏之易？曰终始也。孔颖达《周易正义序》例曰："郑玄之徒，以为神农重卦。"司马贞补《史记·三皇本纪》曰："神农重八卦为六十四。"皆谓重卦出于神农，盖神农重卦而有《连山易》。"连山"者，易名。因以为神农之号，孔序例引《世谱》等书，亦谓神农一曰连山氏。而杜子春注《周官》，以"连山"属伏羲，误矣！然"连山"之易，非因神农本起烈山亦曰厉山而称，"连"与"厉""烈"虽一声之转，而"连山"则自有其本义也。惟郑玄注《周官》，谓连山似山出纳云气，连绵不绝。盖"连山"乃神农氏终始哲学之理，其义犹存于《说卦》。今试读《说卦》一篇，自帝出乎震以下，宋罗苹引干宝说，谓皆"连山"之文。其文曰："帝出乎震，齐乎巽，相见乎离，致役乎坤，说言乎兑，战乎乾，劳乎坎，成言乎艮。万物出乎震，震东方也。齐乎巽，巽东南也。齐也者言万物之絜齐也。离也者明也，万物皆相见，南方之卦也。"圣人南面而听天下，向明而治，盖取诸此也。坤也者，地也，万物皆致养焉，故曰致役乎坤。兑，正秋也，万物之所说也，故曰说言乎兑。战乎乾。乾，西北之卦也，言阴阳相薄也。坎者，水也，正北方之卦也，劳卦也，万物之所归也，故曰劳乎坎。艮，东北之卦也，万物之所成终而成始也，故曰成言乎艮。神也者，妙万物而为言者也。动万物者莫疾乎雷，挠万物者莫疾乎风，燥万物者莫熯乎火，说万物者莫说乎泽，润万物者莫润乎水，终万物始万物者莫盛乎艮。故水火相

老学蜕语

逮，雷风不相悖，山泽通气，然后能变化，既成万物也。是知《连山易》首艮，以艮始，以艮终，一则曰万物之所成终而成始，再则曰终万物始万物者，莫盛乎艮。明神农推究万物之原理，以为始于山，终于山，言终始者，犹伏羲氏之言消息也。顾伏羲氏天行消息以昼夜，四时为根据，而连山终始之义，则在时令，以八卦配之。震，春分也；巽，立夏也；离，夏至也；坤，立秋也；兑，秋分也；乾，立冬也；坎，冬至也；艮则为立春。唐李鼎祚引崔憬义同此，盖神农为耕稼之初祖，授时者，耕稼之第一要事，而时令尤重八节也。八节即八卦也，立春为首，反置末者，取艮之终始相连，是曰"连山"也。故夏《易》用"连山"而建寅正，与殷"易"用《归藏》而建丑正，《周易》准乎天行而建子正，取义相同，故《连山》亦曰夏时。《礼运》称孔子曰："吾欲观夏道，得夏时；吾欲观殷道，得坤乾。"郑玄以坤乾为《归藏》，则夏时即"连山"，可无疑也。《淮南》言明堂之制，肇于神农，有盖而无四方（即旁字），亦当本于"连山"。曰圣人南面而听天下，向明而治，即释明堂之义。曰东北西南，皆明堂之方位也。且春生，夏长，秋收，冬藏，为时令之终始，而神农法之以明堂，月省时考，岁终献功（《淮南·主术》文）。终且更始（《礼记·月令》文），耕稼时代之真精神，具于"终始"二字矣。孔子告颜渊曰："行夏之时，亦以中国为农国，宜法神农耳。"至秦汉际，"明堂""月令"之说，未尝推其本于"连山"，则沿流而失其源者也。

何谓黄帝氏之"易"？曰"归藏"也？《世谱》言黄帝一曰"归藏氏"。杜子春注《周官》亦曰："归藏"，黄帝《易》，"归藏"者，坤乾也。《说卦》之言"归藏"曰："天地定位，山泽通气，雷风相薄，水火不相射，八卦相错，数往者顺，知来者逆，是故"易"，逆数也。雷以动之，风以散之，雨以润之，日以暄之，艮以止之，兑以说之，乾以君之，坤以藏之，是"归藏"之"易"为逆数。其顺序则震巽坎离艮兑乾坤，逆之而首坤次乾。"故亦曰坤乾与伏羲神农之"易"，迥然不同也。绎《归藏》之义，谓万物皆出于坤，而《归藏》于坤，故坤为化生万物之原，道家所谓玄牝也。玄牝之说，盖即出于《归藏》。今读老子书曰："谷神不死，是谓玄牝。玄牝之门，是谓天地根，绵绵若存，用之不勤。"《列子》引之，指为黄帝之书，明此数语，即《归藏》遗文。谷神者，坤也，万物之母也。谓之谷者，取虚受之意，万物之所从出入，必由于坤，故称玄牝之门，为天地根。其曰为天地根，则与他"易"坤仅为地为土之说不侔。老子之道，玄牝之道也。退婴守雌而贵有容，归藏义也。其言曰："有物混成，先天地生，寂兮寥兮，独立不改，周行而不殆，以为天下母。吾不知其名，字之曰道。"混成之物，不知其名。谷神也，无名天地之始也。字之曰道，玄牝也，有名万物之母也。《史记》谓老子周守藏室之史，"守藏"之"藏"，其即"归藏"乎？此后世黄老之所以称也。

合而言之，伏羲、神农、黄帝之"易"，皆以天然为观念，于万物蕃变之中，而欲推见其根源，曰消息，曰终始，曰归藏，各驰骛于宇宙之广远，所谓冒天下之道，而开物成务者也。至唐虞时代，则取此种高旷之思想，而一返之于修己治人，伦理学之大发明，遂为千古儒家立其极。《中庸》言仲尼祖述尧舜，孟子论道统自尧舜而来，而三易所涵高深之哲学，儒家演绎之功，转不如道家矣。

古代神鬼教发微

　　吾国神鬼教之最盛时代，莫如殷商，虽书阙有间，而其时勃兴之现象，与其显著于思想者，观《国语》观射父之对楚昭王，可以知之矣。其言曰：少皞之衰也，九黎乱德，民人杂揉，不可方物。夫人作享，家为巫史，烝享无度，民神同位，（中略）颛顼受之，乃命南正重司天以属神，命火正黎司地以属民，使复旧常，无相侵渎，是谓绝天地通。其后三苗复九黎之德，尧复育重黎之后不忘旧者，使复典之，以至于夏商，云云。则神鬼教发源于九黎，而复炽于三苗，经颛顼帝尧之再惩，至商而遗孽复炽，遂竟以神鬼为国是。《礼记·表记篇》云：夏道尊命，事鬼敬神而远之，近人而忠焉。（下略）殷人尊神，率民以事神，先鬼而后礼，（下略）周人尊礼尚施，事鬼敬神而远之，近人而忠焉。（下略）观此则夏周皆远鬼神而近人，商则反之。《郑玄注》云：远鬼神近人，谓外宗庙，内朝廷；先鬼后礼，谓内宗庙，外朝廷。盖内朝廷者，人治也；内宗庙者，鬼治也。故郑又注下文：其民之敝，荡而不静，胜而无耻云，以本伏于鬼神虚无之事，令其心放荡无所定，困于刑罚，苟胜免而无耻也。《孔氏正义》云：忄串也习也，是商时之政刑，一依神鬼以敷施之。读《盘庚》一篇，迁都大事，乃不言地理形势之险易，国计民生之利害，而惟是先王先后，乃祖乃父，降祥降罚之诰，则当日人民之迷缪于神鬼，而不知有他，可见矣。夏之季世，孔甲好事鬼神，当时以为无道，商之末造。武乙僇辱天神，当时亦以为无道，舆论之变迁如此，甚至格人元龟，罔敢知吉，祖伊验商之所以丧，朕梦协卜，袭于休祥。（《周语》所引非伪文古）武王明周之所以克，则国之兴衰，兵之胜败，无不数有前定，一听命于巫史卜祝之间。近日殷墟出土之甲骨文字，专纪当日贞卜之事，凡祭祀田猎，征伐出往，以及雷风晴雨，无一不占。商都殷墟，仅一百数十年，而此种甲骨，地底剥蚀之余，其数犹达十余万片，片或纪两三事不等，均计之每日占卜，必在数次以上，岂不大可惊乎。周之初年，此风未改，周公东征管蔡，大诰多邦，宜有一番崇论宏议，以明保卫王国，大义灭亲，痛哭流涕，不得已之苦衷，而亦不过谓宁王遗我大宝龟，乃取予得吉卜一语，反复申明。盖徇一时人心之趋向，不能不如是立言也，此神鬼教之最盛时代也。吾国自有神鬼教，迷缪之根性，流传之远，直至三千年后而未已，其最大者三端，抉之如下：

一曰国者为神鬼而立者也。古人立国之故，以祀祭天地山川祖宗为第一义，其兴灭存亡之感，常不在土地人民，而在社稷宗庙。故孔子言颛臾之不当伐，因其封为东蒙主，臧文仲闻六蓼之亡，而曰皋陶庭坚不祀忽诸。又如葛伯不祀，则汤征之。武王数纣之罪曰："昏弃厥肆祀弗答，明夫无神鬼，则可以无国也。"而以"社稷"二字，为国家之代名辞，又古书之恒言矣。

老学蜕语

226

二曰家者为神鬼而有者也。记曰："君子将营宫室、宗庙为先，厩库为次，居室为后。凡家造，祭器为先，牺赋为次，养器为后，则君子所以有家者，立庙奉祭而已，而宗法之义，敬宗收族，一行之于宗庙，且在古义。卿大夫名曰有家，家即卿大夫之采地，采地亦有田以祭之谓也。孟子之对周霄，以士之失位，比诸侯之失国家，而其重皆在于祭。诸侯失国家，则不能祭，故国家当保守，重在祭，不在国家也。士失位无田，亦不能祭，故必求仕，重在祭，不在得位之后。"如何行其志也，观于此，可以识古人有国有家之主义矣！

三曰人者为神鬼而生存者也。古人毕生事业，其宗旨不在显己，而在扬亲，又自视其身，为祖宗父母之遗体。故修省之功不敢忽，邪僻之行不敢为。至若婚嫁之制，燕贻之谋，亦因祖先血统之可延，宗庙烝尝之有属而已，故曰无念尔祖，聿修厥德。又曰："不孝有三，无后为大。"是举凡功业道德，子孙嗣绩，生人之所有，一一归之于鬼神，而平日一步一趋，一话一言，又若无不有鬼神为之阴相，于是人之思想，乃束缚至极矣。

合上三端，神鬼教之大略可睹矣！既以大而家国之祸福，小而一己之機祥，皆鬼神之所有事。则欲阐其机，非借术数不可，如蓍筮龟卜梦兆皆是。此种术数，初无哲理之可言，而流传久远，至今未已。历世虽有怀疑之人，徒以神鬼教之根本未除，不能有摧陷廓清之功，可哀也已。

原史祝

太古文化，大都皆出于史祝二官。史之所掌者，重经验，以人事为主位，故多依于实际，而为伦理家、政治家、文艺家之导师。祝之所掌者，重祷祈，以鬼神为主位，故多依于空际，而为祀祭家、巫觋家、占卜家之初祖。此史祝二官不同之点也，当神话时代，其开辟之传闻，以祝官之势力为大。盖因初民历史之思想，尚甚薄弱，记载之器具，亦复不备，口耳相嬗，恒有一种荒唐之说，糅合人神而成之。世界民族，殆无不然，洎文字既兴，而史官出焉。于纪言纪动间，深有得夫兴亡治忽之道，应揆以人事之得失，而觉初民之传闻异辞，悉举而属诸神道者，乃参以经验，而若有不概于其心，于是史官之所世守，渐与祝官不相合。虽未能无所采取，而亦不能不有所别择。观司马迁作《五帝本纪》赞曰："学者多称五帝尚矣，然《尚书》独载尧以来，而百家言黄帝，其文不雅驯。荐绅先生难言之，孔子所传宰予问五帝德及帝系姓，儒者或不传，由司马氏斯说推之。"可见史家之律令，不得以无征不信之言，羼入记载之中，《尚书》之断自唐尧，不复远及黄炎，即其家法，而五帝且不欲详，则邈远之开辟谭，更无待言矣！此则又史与祝分离之要端也。

埃及犹太，西亚文明权舆之日，有祝而无史，当日之祭师长，除祀祭祷祈专职之外，实兼握其民族所有掌故法律之全。故西方之宗教家，早成于东方。希腊罗马之哲学巨子，似属史氏之支流余裔，而陈义过高，不合于一般平民之心理，终不能与宗教之潮流相敌。加以其时哲学之态度，取共和的、消极的、宗教之态度，取专制的、积极的，帝王利用，适宜生存，则宗教家之盛于欧洲，与儒家之盛于中国，同一理由也。

于时我国，史官之传，与祝官之传。当春秋之际，一为宗教家，一为非宗教家，有双方对峙之观，而激战最剧。盖史官以后起而求破坏，不得不尔也。考诸《左氏春秋》，莫著于庄公三十二年史嚚之说，嚚之言曰："吾闻之，国将兴听于民，将亡听于神，神聪正直而壹者也。"依人而行，是其意以神道悉归诸人事，不翅夺祝家之全垒，拔赵帜以立汉帜矣。后来儒家言神，最精之理，不能出此数语之外。然左氏书中，如此类者，亦不一而足。庄公六年，载随季梁之言曰："夫民，神之主也。是以圣王先成民而后致力于神。"昭公十八年载郑子产之言曰："天道远，人道迩。"此皆所谓先正明清之言，实史官之大义也。

九流之学，以老子为最先，班固《汉书·艺文志》谓道家者流，盖出于古之史官。历记成败存亡祸福古今之道，然后知秉要执本，清虚以自守，卑弱以自持，此人君南面之术也。可见老子固史官之嫡嗣，而积其经验，以摧陷从来，神权之干涉政治。俾返诸无为自治，清净自正者。盖上古以国听神，以祀祷为国政之重要，甚至神名鬼名，泯棼宄杂，其不清净实甚，老子出根本于史官之旧义，独运其清虚灵妙之思想，摆脱一切，洗涤一切。曰"道可道，非常道，名可名，非常名"；曰"谷神不死，是谓玄牝，玄牝之门，是谓天地根；曰有物混成，先天地生，寂兮寥兮，独立不改，周行而不殆，可以为天下母"。吾不知其名，字之曰道，此无异将太古开辟谭之庞杂芜秽，而一律取消之。亦不啻将祝家对于如临如格之神灵胐飨，而一律取消之矣，其谓无为清净盖如是。故《道德经》之在当日，固无异于《天演学》《进化论》之出于今日，为宗教界之迎头大击打也。

以老子为犹龙，而极意承认其改革主义者，莫若儒家孔子者，固老子之弟子也。原孔子生平之视神道，虽不若老子之廓落无所有，而颂言以攻宗教者则甚多，征诸《论语》，反对祭祀，则曰"非其鬼而祭之谄"也，曰"吾不与祭，如不祭"。反对祈祷，则曰"获罪于天，无所祷也"，曰"丘之祷久矣"。反对神怪，则曰"子不语怪力乱神"。反对事鬼神，则曰"未能事人，焉能事鬼"。反对知生死，则曰"未知生，焉知死"。其所持最大之宗旨，不外乎"务民之义，敬鬼神而远之"二语，与左氏《史嚚》之言相符合，而所谓知我惟天之天，遂悬空高旷，渐入于不可思议之域，而非初民迷信之物矣。故儒家言祖宗，而不喜言鬼，言天而不喜言神，虽不甚彻底，要已为祝氏之反动，而史家之一脉，则谓为老氏薪传，亦无不可也。

若夫墨子，则固宗教家之由于祝官者。《汉书·艺文志》云："墨家者流，盖出于清庙之守。茅屋采椽，是以尚俭；养三老五更，是以兼爱；选士大射，是以上贤；宗祀严父，是以右鬼；顺四时而行，是以非命；以孝视天下，是以上同。"推本墨家之说，以为皆守清庙者所有事，甚得墨氏之真，可见其渊源在祝而不在史。而淮南子《要略训》，谓"墨子学儒者之业，受孔子之术，以为其礼烦扰而不悦，厚葬靡财而贫民，服伤生而害事。故背周道而用夏政，似墨从儒家而变，殊失其本矣。夫儒墨之辨，其说各趋于两极端。"《明鬼篇》云"古圣王治天下也，必先鬼神而后人"，与随季梁先成民说正相反。又云"古者圣王为政，必以鬼神为其务"，与《论语》务民义说正相反。而墨氏重言祝，尝曰："虞夏商周三代之圣王，必择国之父兄慈孝贞良者，以为祝宗。"故儒墨之相违，实一出于史，一出于祝之故。

呜呼！世有不愿以伦理家、政治家、文艺家之号奉孔子，而必强以宗教家之号奉孔子者。庸知宗教固孔子所反对，而儒家即为宗教革命之所建立者乎。读余此篇，可以恍然悟矣。

儒家言天说

　　自来言天道者，有导源说与截源说之分。导源说者，推究天道，至于不可思议以上，如宗教家是也。截源说者，推究天道，仅在不可思议以下，而以上则置诸不论，如哲学家是也。

　　导源说详于天，截源说详于人；导源说治人以天，截源说治天以人；导源说以天国为究竟，截源说以人伦为究竟；导源说之标准曰上帝，截源说之标准曰圣人。

　　由是可以知吾国之儒家矣，儒家者取用截源说，而非导源说也。证诸《论语》，一则曰子罕言命，再则曰子不语神。子贡之叹辞曰：夫子之言性与天道，不可得闻，皆截源说之意趣。故其后儒家者流，必谓道之大源出于天，而试问天何以为道源之所自出，则未能置答也。《中庸》者，儒家传道之第一书也。首以天命之谓性，终以上天之载无声无臭，盖划向上一层，概以天字苞之，而于宗教家所谓创造。所谓主宰，与一切无上甚深，或诪张为幻之说，均从屏弃焉。此儒家之历史，所以独为清洁，而无不雅驯也。

　　孔子删书，断自唐虞，不欲上溯于九头五龙，恶其怪诞，而失截源说之严格。且唐虞者，儒家之远祖，截源说之发生时代也。盖尧舜当九黎三苗，泯棼胥逳之后，特以倡明人事、政治与人事、伦理，为绝地天通之要务。而皋陶谟天工人代一语，尤足固定儒家，为人天际之立极点。故孔子缵其传，生平言天，必以清明纯粹当于人心，平实近易切于人事者为正则。且亦仅至天而止，于洪荒之所自始，宙合之所以成，略不论列，凡上古蛮野时代之神话。他国皆著于最古之典籍者，独不克留遗于吾儒家六经之间，则截源说之所为也。

卷
四

　　读《庄子·知北游》篇，愈可见儒家之于天地原始，为截源说也。其言云："冉有问于仲尼曰：'未有天地可知邪？'仲尼曰：'可，古犹今也。'冉求失问而退。明日复见，曰：'昔者吾问未有天地可知乎？夫子曰：可，古犹今也。昔者吾昭然，今日吾昧然，敢问何谓也？'仲尼曰：'昔之昭然也，神者先受之；今之昧然也，且又为不神者求耶。无古无今，无始无终，未有子孙，而有孙子，可乎？'冉求未对，仲尼曰：'已矣！未应矣，不以生生死，不以死死生，死生有待邪，皆有所一体，有先天地生者物邪，物物者非物，物出不得先物也，犹其有物也，犹其有物也无已。圣人之爱人也，终无已者，亦乃取于是者也。'"此段论理之精，虽最近哲学家，无以逾之。其谓古犹今者，以明神话之不足凭。其谓神者先受之，为不神者求，以明未有天地之原初。可以意会，而一落言诠，即不免于疑怪也。至云不以生生死，所谓生者生生也，不以死死生，所谓生物不死也，死生无待，不依所体为死生也。物物非物，造物不自造也，物出不先物，先物乃非物也，以物出之无已，著圣人爱人之无已，圣人之心，与先物同也。然先物果何物？不能无子而有孙，岂能无先物而有物哉。然而不欲置一词焉，则截源说果如是也。

孔子之言鬼神，亦截源说之鬼神也。《礼记·祭义》篇云："宰我曰：'吾闻鬼神之名，不知其所谓。'子曰：'气也者，神之盛也；魄也者，鬼之盛也；合鬼与神，教之至也。众生必死，死必归土，此之谓鬼。骨肉毙于下阴为野土，其气发扬于上为昭明，焄蒿凄怆，此百物之精也。神之著也，因物之精，制为之极，·明命鬼神，以为黔首则。百众以畏，万民以服。圣人以是为未足也，筑为宗室，设为宫桃，以别亲疏远迩，教民反古复始，不忘其所由生也。众之服以此，故听且速也。'"此孔子发明鬼神教之大义，以神为气之伸，以鬼为魄之归，与殷商以来之神鬼教，神谋鬼谋者大异，是儒家之有鬼论，实等于无鬼论也。所注重者，教民反古复始，不忘所由生，则一引渡而属诸人事矣。

又可证诸《礼记·中庸》篇："子曰：'鬼神之为德，其盛矣乎，视之而弗见，听之而弗闻，体物而不可遗，使天下之人，斋明盛服，以承祭祀，洋洋乎如在其上，如在其左右。'"《诗》曰："神之格思，不可度思，矧可射思，夫微之显，诚之不可掩如此夫。"夫鬼神教之傲起，本以鬼神为视而可见，听而可闻者耳。今以嘻出之鬼神，忽改而为沕穆之鬼神，如在其上，如在左右，从形质的，而变为精神的，思想渐入于高尚，大殊于原始鬼神教，乃截源说之优点，亦儒家之优点也。观于《左氏春秋》所载，神鬼教之怪谈，与当时人之迷信，鲁慎郑灶，逐流扬波，则儒家之用截源说，正所以为旧教之革命而已。若夫非其鬼而祭之谓谄，获罪于天无所祷，则又掊击一般之淫祀，词气严正，为挽救颓弊之风俗计，亦云至矣。

其次，孔子之言死生，亦截源说之死生也。《论语·先

进》篇："季路问事鬼神。子曰:'未能事人,焉能事鬼?'
'敢问死。'曰:'未知生,焉知死?'"盖孔子之意,以事人者
事鬼,以知生者知死也。《说苑·辨物》篇:"子贡问孔子:
'死人有知无知也?'孔子曰:'吾欲言死者有知也,恐孝子顺
孙,妨生以送死也;欲言无知,恐不孝子孙,弃不葬祀也,赐
欲知死人有知无知也,死徐自知之,犹未晚也。'"夫死之有
知无知,必俟死而后知之,则人生世间,尽其人事,而一切天
堂地狱之说,俱非儒家之所赞成矣!《列子·天瑞》篇:"子
贡倦于学,告仲尼曰:'愿有所息。'仲尼曰:'生无所息。'
子贡曰:'然则赐息无所乎?'仲尼曰:'有焉耳,望其圹,睪
如也,宰如也,坟如也,鬲如也,则知所息矣。'子贡曰:'大
哉死乎,君子息焉,小人伏焉。'仲尼曰:'赐,汝知之矣。'"
亦以人尽瘁世间之事,为其义务,至死而休,初无死后之余
望,即此息肩,已为其最大之权利也。

即以上所言,儒家截源说之于天道问题,可略得其大概
矣。要之截源说与导源说之优劣,吾不能武断,而验诸古今民
族之脑性,常涵一种神秘之趣味,自惊疑而自恐吓之,自制造
而自崇拜之,自附会而自传述之。其故由于天道之奥邃,既非
若物理之易见,而人之能力,又至微眇薄弱而不足恃,祸福之
不前知,死生之不自主,而截源说乃持人事勤劬,为吾生现世
之责任,既斥前因,亦弃后果,何等直捷简当,此儒家哲学所
以为高尚,而吾国民族所以不致多陷于宗教之迷信也。

儒家本无开辟说,即《易》之一书,所言皆在天地定位
以后,故自汉而还,儒家之言开辟者。皆出于经外别传之纬
书,而道家亦袭用之。《列子·天瑞》篇:"夫有形生于无形,
则天地安从生,故曰有太易,有太初,有太始,有太素,太易

未见气也，太初者气之始也；太始者形之始也；太素者质之始也，气形质具而未相离，故曰浑沦。浑沦者言万物相浑沦而未相离也，视之不见，听之不闻，循之不得，故曰易也。易无形埒，轻清者上为天，浊重者下为地，冲和气者为人，故天地含精，万物化生。"此本易纬乾凿度之说也。《淮南子·天文》篇亦云："天地未形，冯冯翼翼，洞洞灟灟，故曰太昭，道始于虚廓，虚廓生宇宙，宇宙生气，气有涯垠，清阳者薄靡而为天，重浊者凝滞而为地，清妙之合专易，重浊之凝竭难，故天先成而地后定。"又《精神》篇云："古未有天地之始，惟像无形，窈窈冥冥，芒芠漠闵，澒蒙鸿洞，莫知其门，有二神混生，经天营地，孔乎莫知其所终极，滔乎莫知其所止息，于是乃别为阴阳，离为八极，刚柔相成，万物乃形，烦气为虫，精气为人。"此种开辟说，为汉后儒家道家所公用，直至陈抟周敦颐之太极图，亦不外是。于是吾人所以知天者，虽略有加乎截源说之上，要之纯粹为哲学思想，非宗教所得而混也。

古帝感生发微

我国当神话时代，有最奇之一说，与古圣王开物成务，前民利用之本原，实相关系者。则自伏羲而后，一朝之始祖，皆感生而无父是也。

古人之意，以为王者受天明命，为百神之主，其降生之初，必非出于寻常之人类，故能聪明天亶，首出庶物，而非众庶所得与争，即其子姓，亦惟神明之裔，奕世滋大，乃能常为贵族，以表著于万民之上，苟非由于感生，则人类平等，天道公义，焉得独享崇高，且传诸世世乎，此感生无父之说，所由来也。

况我国太古之世，有苗黎两族，与之共处中土，尤不能不自尊以抑彼，以著优劣胜败之例，故称己曰百姓，称彼曰苗民，曰黎民，未已也。又推己之祖先，以为出于天帝之胤胄，乃帝天之所福佑，当永为主人于中原，而余族则位置不同，等威殊异，仅可自安于奴仆之本分，为细民之服务。盖阶级主义之发源，莫不如是。比于婆罗门人，自谓生于梵天之口，而其他则不过自臂自股自足，其意亦无异也。

若夫宗教与政治之分科，非初民脑中所有物，故为一群之长者，自必兼执身心之两权，以管领其部下。惟身之制裁易，而心之感化难，非有神奇之事迹，怪异之行为，不足以慑其志而使之畏，动其情而使之欣，平其气而使之柔，此自古宗教，必依神秘以自立，皆与感生无父之说，有同样之传闻，而神权政治所以易行于初民也。

感生之记载，大概著于《纬书》，沈约注《竹书纪年》及《宋史·符瑞志》载之尤详，其言某母某受某种感动而生某，自五帝以及唐虞三代之始祖，无不皆然。虽有父而不系于其父，后世读之，鲜不疑其事之诬妄者，然而不足异也。孔子删《诗》，于周颂之厥初生民，时惟姜嫄，商颂之天命玄鸟，降而生商，列在三百篇中，未尝加以废斥，则仲尼固承认其为非诞言也。盖二颂之文，为清庙明堂之乐歌，煌煌一代典礼，于是乎在，决不以荒唐无稽之语，厕列其间，明矣。

由今思之，古之大君，谓之天子。"天子"二字，吾人既已耳熟，而未尝以为奇矣。究其名义之立，则惟感生之始祖当之，后王则袭其位，承用其号而已。故许慎《说姓字之原》曰："姓，女所生也，从女从生，古之神圣人，母感天而生，故称天子。"《春秋传》曰："天子因生以赐姓，是也。惟始祖之为真天子，故其所禅之天位，永归其子孙，自天命已移之外，他人无得而觊觎。汤武之举，谓之革命，即顺天而改其命，仍出于天意也。"

天子感生无父，则仅祖庙之祭祀，不足以称孝享矣！于是有大禘焉。记不云乎，礼不王不禘，王者禘其祖之所自出，以其祖配之。是知禘礼者，乃祭所感之天帝，而配以受生之人帝，其礼视他种祭祀为最尊惟天子得有之，与南郊圜丘等，故鲁国郊祎，孔子以为非礼，又言知其说之于天下，如示诸其掌。盖感生之义，精微奥妙，古之神道设教，而天下服者，此其大源也。明乎此而治天下，则政教统一之柄在握，示掌之喻，殆谓此矣。

历代之始祖，既皆感生，于是有五行迭代之说起，五德终始。亦自夏后氏始创五行以来，一最大之学理也。盖昊天上帝，苞含万有，其分而为五行。则有苍帝灵威仰，赤帝赤熛怒，黄帝含枢纽，白帝白招拒，黑帝汁光纪，此所谓太微五帝之精也。（郑玄《礼记大传注》：王者之先祖，皆感大微五帝之精以生）伏羲感生于灵威仰，是为以木德王，循是以推。神农以火，黄帝以土，少昊以金，颛顼以水，帝喾复以木。尧以火，舜以土，禹以金，商以水，周以木，继周而有天下者必为火，赤帝子之勃兴，盖古说之未泯也。

上古政教两权之分离，自孔子始。孔子躬神圣之资，而不得天子之位，周流天下，斧柯莫假，于是知夫天之意，将以天子之名，自先王而移于先师矣。故"素王"二字之出现，遂显古今莫大之变局，盖孔子亦感生无父者也。《春秋演孔图》以孔子母梦黑帝而生孔子，故称玄圣，谓汁光纪之感生也。此与《家语》尼山之祷，《史记》野合之文，连类以观，要岂尽属无稽哉？

惟孔子为感生，故能为儒教之主，亦惟孔子感生而不为天子。故古来帝王以血统相传者，至孔子而成师儒之道统，以门徒比嗣续，去历古贵族之阶级，而一平等之以教化。《春秋》讥世卿，《论语》曰有教无类，此孔子所以承天意而特立之要义也。孔子以前以教权隶属帝王，而帝王为主体。孔子以后以帝王服从教权，而师儒为主体。观《孝经援神契》云："丘为

239

制法主，黑绿不代苍黄。"其意孔子感生于黑帝，不能代周家之苍木，乃天特生以为制法之主而已。然则孔子之事业，不又可悉纳于感生之中乎？

匪直孔子也，至于老子为道家之元祖，先孔子而倡宗教革命者，其有母无父，见于唐以前人之记载，可证者亦甚多。司马贞《史记索隐》有两记，一引葛玄云："老子李氏女所生，因母姓也。"又一说云："生而指李树，因以为姓。"按葛玄为葛洪之从祖父，当三国吴时，抱朴之学，皆出于玄，其语当有所本。据其说，周末女统久革，而老子独从母姓，则为无父明矣。又一说之指李为姓，据《神仙传》云："生而能言，指李树曰：'以此为我姓'。"文义较足，而考诸罗泌《路史》发挥。又引唐人三说一云："生于李树下而以为姓。"又云："世乱食苦李而得姓。"三云："饿饵木子而姓之。"夫姓从父得，人生之常，何于老子独多异论？虽诸说不同，要足以见老子之无父，为不可诬者也。若其感生之事，张守节《史记正义》，所引《玄妙内篇》及《上元经》，则言老子感生，固与他神话无二也。

后世圣贤豪杰之挺生，试一读其行述，无不有神异之钟毓，或上动夫天文，或下应夫地理，或中兆于人梦，征诸家传，著于国史，昭昭然其不可掩者。大都由于感生之习惯而来，至满清始祖，朱果降生之说，则又知彼族神话之一种，与吾族古神话，亦相近似。此等传说，根于野蛮之迷信，固无可讳言，顾挽近科学之言人种，所据者地底之遗蜕，不能自言者。一任科学家之安排，而我人竟遵从之，何独忘荒古记载，即地上之遗蜕，能自言之文字，不可安排者，而必尽加以抹杀，何其悍也。

耶稣之降世也，诞育于室女，为上帝独生之子，见于《马太路加之福音书》。则知犹太民族，固亦有感生之理想，与吾国之古说无异。惟耶稣不愿为犹太王，以恢复犹太古国，独于罗马政权之下，昌明天国之道，推暨于异邦异族人中，亦若孔子之以师统平等主义，改革王统贵族之阶级然。于是犹太之民，共磔之于十字架，特标"犹太人之王"五字，为其死刑之宣告。而究之所谓基督，所谓弥赛亚，仍属犹太古礼，王者受膏之名号，实即以孔子为素王之意。由是以言，虽宗教之性质不同，而自感生之一点观之，不可谓非东西同揆之明证也。

要而言之，神话荒唐，自不若理性之严正。吾人居今论古，必以人事可知者为限，其他神秘，无妨持极端之不语怪主义，悉以伪妄屏之。盖天人之际之观点不同，固无由相合也。又况自宋而后，太极动静说，理气成人说，所谓造化之真宰，与邃古有主体之帝天说，相僢驰而更远乎。然《论语》凤鸟河图之叹，与夫《春秋》之获麟绝笔，是否近于符瑞家言，可见后儒持论之严，其绝地天通之学识，过于圣人。则中国所以有伦理哲学之演进，而不复能成立宗教也。

案感生之说，古人不以为怪异，玄鸟生民，既著于经。而司马迁作《史记》，于《高祖本纪》则亦云："父曰太公，母曰刘媪。其先刘媪尝息大泽之陂，梦与神遇，是时雷电晦冥，太公往视，则见蛟龙于其上，已而有身，遂产高祖。"夫司马以良史之才，纪其本朝之始祖，宜如何出以恭恪严正之笔，而乃为此言。观其《五帝本纪》赞云：文不雅驯，荐绅先生难言之。可见精感赤龙（班固《泗水亭赞语》）之事，固非不雅驯而难言者矣。汉之今文家，其于说经也，皆深信感生之说。至刘歆治《左氏春秋》，创反对派之古文家言，则驳斥感生；

许慎作《五经异义》，引诗齐鲁韩；《春秋公羊》，说圣人皆无父，感天而生，此今文家言也。左氏说圣人皆有父，此古文家言也。许之异义，以唐虞五族五庙，为有父之证，以申古文，而于说文姓字下，又著感生之义，以申今文。足见叔重之依违两可，羌无定谊矣。郑玄驳异义，以感生即得无父，有父则不感生，两说皆为偏见。取刘媪之事为证，又证以蒲卢之气，妪煦桑虫，成为己子，况乎天气。因人之精，就而神之，岂不使子为圣贤。是康成谓感生者，所感者天，成之于人，调停今古文两家，而实则皆失其真。盖今文言无父，非无父也，所生不由其父，顾母以为夫者，子不得不以为父耳。要之先汉学者笃信纬书，于感生一端，初无异论。许郑之徒，对此问题，随波逐流，靡所主张，至自汉而后，则无论言经学，言史学，于此种神话，不加以挥斥者遂鲜矣。

过去时代之宗教观

上

宗教思想者，人类与万物相异之一点也。在此世界之中，由往古以至今日，其为人类，无论野蛮，无论文明，莫不有宗教思想，以自别于草木、昆虫、鸟兽。虽宗教思想之发生，常不免于缪误，而即其缪误之宗教，亦正足以证其思想之必有。且宗教缪误，则其伦理、政治、风俗、礼仪之属，一一随之缪误，又可见宗教思想，实为人类种种思想之主。降而挽近，有无神论之学说出，以摧折宗教思想为目的，而要其摧折之思想，仍因其有宗教思想，转变而来。于是可断之曰：有宗教思想者，乃人之所以为人也。

进而言之，则宗教思想，何以必具于人类。试观芸芸万物，若者为植，若者为动，若者根生，若者体析，若者卵化，若者飞，若者走，若者潜，若者趺行而喙息，自然界之形形色色，既各有天赋之才能，亦各有天与之制限。而吾人类中立于其间，独得才能尤富，制限尤宽，则必有最宠最惠于人类者，非万物之所得而共，乃克以翘然之秀颖，表见于离离稂莠之中，则灵明是也。夫灵明者，宗教思想之所自出也。

更进而言之，灵明果何物耶？彼万物莫不有其知觉，知觉亦灵明之类耶？依进化论者之说，人类由万物而演进，似万物之灵明，劣于人类，谓之知觉。人类之知觉，优于万物，谓之灵明。则灵明与知觉，诚为有优劣而无异同耶。应之曰：否否！知觉者才能之一部，人类与万物同具，与其官骸之同具等也。灵明者非才能之一部，人类所独具，超于官骸之上，而不为官骸所支配者也。如谓世界有始，灵明即其始；如谓万物有源，灵明即其源；如谓人类有本，灵明即其本。盖灵明非他，世界万物人类之源之本之始，无以名之，名之曰上帝是也。

人类既独秉上帝之灵明，故运其智慧，亦有组织世界，造作万物之能力，而非若草木、昆虫、鸟兽，仅生活于一定范围之内矣。顾人类之灵明，与上帝之灵明，原无二体，则由灵明而生之思想。最初之第一念，及最终之末一念，不能不含有报本返始之意。而此报本返始思想之成立，则字之曰：宗教。由是换言之，当无不可曰宗教思想者，出于上帝也。

宗教思想，虽出于上帝，而人类既落于有形体物之间，即不能无本体之昧，为有形体物同具之一种性质所蔽亏。前古圣贤，靡不返己而自觉，称之曰：人欲曰鬼魔，要之皆指此而已。故野蛮之人类，其所作为，无异于小儿之号咷跳掷，皆纯为血肉所动，而去草木、昆虫、鸟兽之级未远。所谓灵明者，不过箧中之剑，帷中之镫，纵有光芒，亦无以自照其迷途矣。

虽然，小儿在现社会间，为现社会所熏陶。所遇之社会文明，则其思想骤进于文明，所遇之社会野蛮，则其思想仍即于野蛮，其熏陶也习而惯，其真见真闻，自为现行之解释，相禅于不自知，地何以震，明何以蚀，山何以崩，川何以竭，举一

老学蜕语

切非常奇异之端，咸有流俗之信仰，以相慰藉于其心。而缅怀人类之初，则此种解释与信仰，既尚未成，加以大禽、大兽、大草、大木，长风之所撼荡，霖雨之所漂流；世间可诧可怪可惊可骇之故，常若在吾人耳目之前，足以与其生命相逼迫。而人类用其测知，以定各种之解释，遂生各种之信仰，则杂糅的宗教，由是起矣。

今取各国历史，而考其神话时代之一段，则莫不有论及洪荒之由来，创造之开始，大神之名号，邃初之遗迹，与夫威灵之如何烜赫，势力之如何雄伟，其形容旨趣，随民族智愚之程度，以为高下纯杂之分，而流传之久暂，或中途迁变，或永久常存。则又随后来进化之浅深，以生若干部分之沿革，要之此种神话之根柢，则固结于各国民族之心中，同一无稽，而彼此不能相易，各是其是各非其非，至于今而未已。盖历史之遗传，非一朝一夕之由矣。

人生天地间，自一方面思之，所接触者皆实质也。自又一方面思之，则所谓实质者，无不孕育于空虚。自一方面思之，所觌遇者皆现在也，自又一方面思之，则所谓现在者，无不蝉联于已往。宗教者空虚而不可接触者也。宗教之传说，已往而不复觌遇者也，而能接触之物，可觌遇之事，皆不能不涵有宗教之意味，以为之解释，以成其信仰，其解释现成，其信仰无作，而人始安然于天地间，而不数数有方寸之扰乱。例如谓日蚀之故由于龙，谓地震之故由于鳌，自龙鳌之学说兴，而日蚀地震之疑团破。又如事父之法当尽孝，事君之法当尽忠，自忠孝之名辞出，而事父事君之义务定。此二者之在今日，一归于物理，一统于伦理，本非宗教范围，而古人则皆以为宗教之不可须臾离而已。

245

如斯糅杂之宗教，既普行于各国，所可异者，不论其为拜物，拜鬼，拜多神，而莫不知有上帝，当为其所拜之一位，且其拜之也。非但物魅人鬼莫能拟，且亦为多神中之最高者，此足以见人之灵明，其测知固不能无缪误，而一线之曙光，初未尝尽昧其本来。故世界之大主宰，恒巍然位于其种种崇拜品之上，虽有犷悍不驯之民族，于此而无敢或亵焉，是则天诱之衷，为不可诬也。

后世科学日精，于物理上之解释，迥非昔比，乃欲本其研究物理之法，以研究世界之所以然。物种之所由来，天演之理既阐，而无神论遂继兴，世人久苦于往古神话之荒唐，骤闻新奇可喜之说，遂一意欢迎之，要其实则科学之在今日，尚属幼稚时代之初步，未为登峰造极之诣。故一时之理想，逾时而即变改，原不得谓之定论，而即如无神论者之意，亦不过谓世界悉由于天演，为问何以有此天演，则归诸不可思议。夫不可思议，非即上帝之本质乎。然则天演云者，直可名之曰科学的创造论，以代往古之神话而已，于上帝之存在，仍然毫末之增损也。

复次，则有抱极端社会主义者，对于现在社会大不平等之悲观，愤悱怨尤之不已，激而归其咎于宗教。谓宗教中之上帝，为一切专制之源，而政法上之专制，恒倚之为护符。乃借科学无神论，以树宗教之敌，不知世界宗教之组织，本出于人为，随其民俗国体而殊别。儒教唐虞以来之五伦，至秦汉后则变而为三纲矣，基督教在罗马宗则专制，在复元宗则言平等矣。是乃政治界之利用使之然，初非宗教之本真如是也，为政治之不平而怼宗教，为宗教之不良而掊上帝，其亦未免于迁怒矣。

今者得以上两家，而无神论之焰大扬，狂瞽者流，乐其说之放纵诞妄也。取畴昔畏惧虔敬之思想，一概弃置，自便其无所不为之私图。以无忌惮心，行无忌惮事，吾恐社会未蒙其幸福，而先受其实祸矣。夫宗教之支派，纵极卑陋，仅至迷信而止耳。或者犹以迷信一端，为由野蛮以进文明之必要。其在今日，于中下社会，尚为有益。若既不迷信，又无智信，不啻自取其彝秉之灵明而暧昧之，吾人苟非病狂丧心，必将清夜抚膺，而自觉其天良之不许也。

由斯以谭，过去时代，因人之灵明，而有宗教，因人之灵明，即上帝之灵明。而宗教必有上帝，虽上帝之称号，万有不同，而皆可以"上帝"二字括之，虽宗教之形式，万有不同，而皆可以"宗教"二字包之，以此而曰有宗教思想，乃人之所以为人，不其信然乎。

下

为地球上之人类，无论文明，无论野蛮，无论文明至何极点，无论野蛮至何极点，皆不能不知有上帝之存在。虽其名称符号，万有不同，而由其灵明自觉之心则一，已如上篇所述矣。所尤奇者，则人类所自觉之上帝，恒不为其形状之奚似，而为其性质之如何。夫上帝既不可以耳目官体，与之为接构，其形状尚在茫昧之中，而独其性质，吾人反能知之最真，认之最切。合五洲殊言语，异嗜欲之人类，而表同情于此一案，岂非不可解之事实乎？有欲解之者，则宗教于是滥觞矣！

人类自觉上帝之性质奈何，其一曰：上帝者能仁之上帝也；其二曰：上帝者好善之上帝也；其三曰：上帝者行义之上帝也。遍翻世界古今载记，为神话，为哲学，为宗教。有语及上帝，不言其能仁，而谓为作暴者乎？无有也；有语及上帝，不谓其好善，而谓为怙恶者乎？无有也；有语及上帝，不言其行义，而谓为济私者乎？无有也。是吾人取人类极高之理想，意像上帝，而得上帝之性质，适如吾理想之所至。诚以此种理想，其源本出于上帝，则可见上帝之性质，果必当如是，而以吾不完全之人类，而求效法乎完全之上帝，亦不过即此理想而实践之，此则宗教之又进一步也。

　　巴比伦、迦拉底、埃及、波斯、希腊、罗马，古皆多神教。然其于上帝也无异辞，其于上帝之能仁好善行义也无异辞。中国所传最古之书，亦云天地之大德曰生；又云天道福善而祸淫；又云：皇天无亲，惟德是辅。固以能仁好善行义，认为上帝唯一之奥旨。而所谓降衷，所谓秉彝，则又以人类有能仁好善行义之恒性，其根本即出于上帝之畀赋。而伊古以来，或对天而致问，或对天而呼冤，或对天而讼直，三闾漆园龙门之徒，惟其以上帝为能仁好善行义之主干，而乃有此种种之疑愤耳。自非然者，果视天而梦梦，亦安用此喋喋耶？

　　且夫人类之在于斯世，至不可恃也。生命不可恃，福禄不可恃，平安尤不可恃，故自可恃者言之，以其灵于万物之故，一切惊天动地之大事业，薄日月，震星辰，撼山岳，引江河，何一非人类所优为，而自不可恃言之。则即其一身毫毛之微，亦尚不能自主，况其大于此者乎。谋事在人，成事在天，此诚纵有圣贤豪杰，将同一扼腕太息，而无可如何者。然而人类日行其所无事，未尝以此自馁焉，究其所恃者安在，恃为之主宰者，能仁好善行义，必有以慰我无爽而已矣。故有上帝之性质，而后有人类之信条，固无古无今，无东无西，靡不推而放之而准者也。

虽然，遍观世界各宗教，皆知上帝矣。皆知上帝之性质，为能仁好善行义矣，有此对于上帝合一之观念，则宗教所主张，宜其同出于一途，而何以纷拿舛错，僢驰而不可理也。推原其故，厥有五端：甲为对于上帝，博而不专；乙为对于上帝，尊而不亲；丙为对于上帝，远而不近；丁为对于上帝，私而不公；戊为对于上帝，质实而不虚灵。

何谓对于上帝博而不专也？夫为多神教者，虽不敢侪上帝于多神之列，而不能以己拜上帝故，废其多神之崇拜，彼其崇拜之心，以为对于上帝固应尔，而他神亦不可乏阙，则其终视上帝与多神未免等侪也，惟其如是。而多神者且愈演愈多，以至于不可究诘，孰为当崇拜，孰为不当崇拜，其人既不能依其是非之天良，为之别择，则仅有一例待视，概加以崇拜之为较安。印度菩萨偶像，至数十万尊，为全世界所奇怪，其实崇拜多神之习惯，必至于此，无足异也。不仅多而已，其间亦有凶暴恣雎，阴私邪恶之神。人各即其心脑之所形，而为之状态，一人倡之，百千万人，传习其说而和之，流行日久。遂谓真有凶暴恣雎，足令人见之而生怖，或阴私邪恶，能遂奸人之请愿，如所塑者，而上帝之能仁好善行义，转不若彼之一可畏而一可媚也。一国之人，至于以凶暴恣雎，阴私邪恶，为神之性质，而成其信条，则其国之现象，亦大可知矣。

何谓对于上帝尊而不亲也？东方之古语曰：王者父天母地，故谓之天子。此不独东方然也。俄国前皇御制小学课本之首章云：予拜上帝，尔等当拜予，是上帝为天子一人之所得拜，人民品格卑劣，无事上帝之地位。故无事上帝之义务，亦如东方制定祀典，自诸侯以下，即不得祭天也。夫专制国民之习性，确认人类有自然阶级之不可僭越，其事乃由天定之，非人之所能为。故皇帝之尊严，深宫端拱，非其股肱心膂，享大位，受大禄者，孰得而亲之。皇帝犹然，则夫天帝之尊，尤为皇帝所严事者，自顾藐焉，又焉敢妄希馨香之直达哉？故吾人生前之督察，与死后之审判，皆有较小而贱者，为之主，初不至于冒上帝之宸严，而欲呼吁以达九重，真恐以额叩关，而适逢阍者之怒也。夫上帝与我同在之想念，既不能发于多神教者之心中，而天地间之森罗，若悉为我人制命之原，上帝愈尊，我人愈卑；上帝愈贵，我人愈贱，以是立教，又安能陶铸其国人，为强毅伟大之民族哉。

何谓对于上帝远而不近也？盖天道悠远，世人每致其疑辞，其故由于以祸福知天，即感应之诚否，验上帝之诚否，一有不仇，则曰是荒杳不可稽也。夫信赏必罚，仅一有司之事耳。吾人所认为上帝之天职，果仅此信赏必罚而已乎，抑此固不足以认上帝乎。顾畴昔神话时代之见解，素以信赏必罚，为上帝威权之证据，既各国所从同，而不知上帝之真实。初不以此而显，且祸福论之劝惩，恒不在君子，而在小人；不在明智，而在愚鲁，以彼偏而不全之说，一经考验，即罅漏百出也。吾人立身，自有人类应尽之责任，原非有为而为之，不为后患而始惕，不因前诱而始奋，凡思想较高之理论家，无不同然。要此为善不为恶之责任论，从何而来？自属付畀于上帝，至于善或不福，恶或不祸。大概依于时势或境遇之偶然，必欲以赏罚为解释，一若司法之官，坐堂皇而谳之，高听而卑言，甚或冤诬，而不得平反焉。宜其自视之陋，自待之薄，而去上帝愈远也。

何谓对于上帝私而不公也？古来以一民族、一国境、一阶级、一宗派，私有上帝者，不可偻指，推想其意，大抵不欲以己之所崇拜者，公之于他人。换言之，亦拒绝他人之所崇拜者，而断以为不同于己，存此私而不公之心，于是有民族之战斗，有国境之侵暴，有阶级之冲突，有宗派之攻讦，均以异其上帝之故，为己之所承认者效忠，而殄灭其所不承认者，虽明知凶暴过甚，而无伤于人道，因能仁好善行义之上帝，其慈爱公恕之大恩。固将施之于吾党，而非异邦异教人所得而平分。正如国际法之公理，为强国所引用，非弱小者所得援例而均沾也。夫以怙冒天下之上帝，而人反用其己私，区分畛域，彼此尔我，以生种种龃龉之现象，肇一切流血之衅端。试检中外历史，其中战祸，几无一不由此而开者，流毒岂堪设想哉。故非上帝唯一，而人类不能有平等，非上帝大同，而人类不能有博爱，非上帝普及，而人类不能有自由，非上帝各具，而人类不能有独立，顾执此意以求诸古世，则不可得矣。

何谓对于上帝质实而不虚灵也？筑坛壝，立庙貌，圭璋以依之，牺牲以荐之，黍稷以陈之，酒醴以享之，笙簧以侑之，夫如是而谓之事上帝。盖备物致祭，本系古人祀鬼神之通则，而以为得上帝之居歆，亦不外是也。则其视上帝，亦不过穹而苍者之神灵可知。然考诸吾国，自春秋以还，已渐知神道渊妙，不在其献祭之形式，而视其感格之精神，腥闻与馨香，一鉴于斯人行事之如何。儒家者流出，而有天道、天德、天命诸名词，此等高尚之思潮，益复发达，顾不能革旧教馈食之颇者，拘墟乎古先之经典，束缚于当王之礼制，未敢讼言也。岂惟孔孟，若老氏之言天以玄，若墨氏之言天以志，其于对越之思，皆有舍去质实而趋重虚灵之微意。惜乎西汉方士起而大乱，东汉像教来而益紊，而上帝之真，乃不复存于吾人之心中。至宋元以来，理气之说日盛，其上流人物，则高谭太极阴阳，纷纭聚讼，若自造幻影，以乱其眼识。而下焉者，则呕呕焉为木雕泥塑之膜拜。虚灵与质实，将交失之，而一国政治、风俗、学术、思想之泯棼，胥随之矣。

总上五端，则知人类自有史以来，所以知上帝者，不过如是，是皆过去时代之宗教观也。吾述之以俟来者。

古世乐教发微

　　儒者好言礼乐，更盛称其功能，礼则易知，而乐何物哉？说者谓古有《乐经》，今已亡佚，乐遂为幽昧不可知之物，如神龙之夭矫，只能悬诸想象之间，欲问其术，而非常秘奥。其实不然。乐之全部，歌与舞而已。歌有声，舞有容，声容相合，是之谓乐。

　　考诸《左氏春秋》，季札观周乐于鲁，其言十五国风，小雅、大雅及颂，皆歌之属也。其言象箾南钥，《大武》《韶濩》《大夏》《韶箾》，皆舞之属也。是观乐者，观歌舞也。考诸《小戴礼·乐记》，全篇重言乐歌。而《宾牟贾》一章，则详言乐舞。是论乐者，论歌舞也。所惜者歌之律吕，虽三分损益，隔八相生之陈旧古法，犹有取而加以研究者。故《乐书》《乐录》颇充栋，然分寸辨析，至今聚讼未决，至舞之仪态，则释奠先师，稍存硕果外，知之者盖益鲜矣。元人余载有《韶舞九成图补》，详载舞之缀兆采章，未见通行于世，于是古歌舞之法亡，而古乐亡矣。

　　虽然，乐教之意，未尝亡也。今各学校之以唱歌体操，列于科目之中，虽仿泰西之成法，实即古世之乐教也。何以言之，唱歌者声歌也，体操者容舞也。"乐教"二字，岂有神奇，亦不过若是，不见内则乎。其言教子之法，曰"十有三年学乐，诵诗舞勺，成童舞象"，此明幼时之乐教，诵诗为一事，舞勺或舞象为又一事，故上文以"学乐"二字冠之，学乐为学歌学舞，乃其证据之最明确者也。

体操可以当舞乎？曰：乌乎不可。《传记》载舞之起源，谓"上古阴康氏见其人民，多患重腿之疾，乃制舞仪，教人利导其关节，而民以太和"，可见舞之最初。本为运动人之肢体，保卫其健康而作，非即体操而何。迨夫后世，又分为文武二舞，用之于祭祀，用之于朝会，用之于燕享，礼家谓之饰盛，于是舞之一道，遂为士大夫涉世，不可不娴能熟习之艺术。欲奔走于俎豆之间，酬酢于筵席之上，舞焉者亦为礼节中之重要点。学校之教舞以起，而体操即隐寓其间，所谓使民由之而不知者也。

小学校教舞之有勺象，乃合文武舞而授之。勺为文舞，象为武舞。而以先文后武为次序，及乎大学，则文舞、武舞，依时季而分习。《文王世子》云："凡学世子及学士，春夏学干戈，秋冬学羽钥。"《郑玄注》云："干戈万舞，象武也；羽钥钥舞，象文也。是也。"夫文武二舞，何以一学于春夏，一学于秋冬，今固不可晓。而世子学士所习，则当时大学中，贵族教育之注意于此，有断然矣。

古人于舞中，尤重武舞。武舞者，开国之纪念一朝之功德所关系，而以兵式之演剧体操象之，示不忘武备于雍容揖让之间也。《乐记》论武舞之概云："夫武始而北出，再成而灭商，三成而南，四成而南国是疆，五成而分周公左召公右，六成而

老学蜕语

复缀以崇。"可见大武之舞，即取商周革命，及周召分相之事。演之以容，和之以声，表先王之圣德，彰本朝之盛治。所谓六成，无异于今演剧家之六幕也。观郑玄注《天子夹振四伐》云："天子与大将夹舞，振铎以为节。"故曰夹振，武舞战象也。每奏四伐，一击一刺为一伐，故曰四伐。据此两注，则舞时实以象战。有振铎之节，有击刺之伐，迟速进退，步武井然。不过所用者，为朱干玉戚耳。然周礼夏官之属，有司兵司干盾两职，皆言授舞者兵，则武舞亦有用真兵器者，以发扬蹈厉之威，显敌忾同仇之义，振作士气，激厉人心，殆非漫无深意者矣。

若夫文舞，则当与今之舞蹈体操相似，以象文德为主。如季札观舞，有象箾南钥，孔颖达疏谓"象箾南钥，皆文王之乐。南钥是文舞，象箾是武舞"。则文王一人，制南钥之舞，象其文德，制象箾之舞，象其武功。以意度之；象文王之武，必为伐密伐崇之类；象文王之文，必为虞芮质成之类矣！是亦一代之典章，于是乎在者也。

古舞又有大小之分，上所言一代功德者，大舞也。其余所关涉较小，就一事以象之者，则为小舞。如周礼春官之属，大司乐以乐舞教国子舞，有云门、大卷、大咸、大磬（即韶）、大夏、大濩、大武，兼六代之乐，皆大舞也。外有乐师掌国乐之政，以教国子小舞，有帗舞、羽舞、皇舞、旄舞、干舞、人舞。此种小舞，盖各随其用之事与地而异，而要亦当日教国子学科中所未尝缺者，舞之为教，尽此而已。

后世之视乐也，过于崇深。自鲁两生发礼乐非百年不兴之说，益复高出一世，不可复攀，而"歌舞"二字，渐流于俳优之行为，一若与古乐有鸿沟之判，而古学校教舞之本意，放失

卷
四

255

尤甚。读书之士，以规行矩步，保守其正衣冠，尊瞻视之道貌，故只有研经义，著文章，谈性理，为其天职。若奔驰跳跃，以学刀槊剑戟诸术，如古舞艺所有，未免于儒生体统有关，而与椎结少年无别矣。呜呼！惟其如是，故今之自命为士者，靡不筋脉弛懈，气血萎弱，巽懦性成，拙滞无用；甚至大人先生，身任艰巨，而其位置愈尊贵者，其行走逾迂缓，颤颤巍巍，一若均有手足拘挛，肢体麻木之疾，需人而后动者，其为持严重之威仪，而后使人致敬而不敢侮耶。抑习惯然也，以如是之人，其不可以临战陈，若古天子亦入象战之舞队，无待言矣。即驱之寻常竞争场中，以与活泼发抒，飞扬跋扈之外人较，其能有幸乎。故每观吾国民性，觉其恒多退婴之思想，绝鲜进步之观念，寡言少语，丧精失彩，因循坐误，忍以终古，遂至政治学术一概日就衰颓，而不可挽救，其故何也？乐教沦亡，养成一般无兴致、无气力之国民也吁。

说中国文学大概

一、中国文学与其文化之大概

世界最古之国家，最大之地土，居住最优秀最和平最善良之民族。保守其五千年来，一脉相传，美备富有之文化宝库，可以供给全人类不尽之取求，无穷之挹注者，惟我中国文学，是矣。

中国文化，在上古时代，本与犹太、希腊、印度，同为世界文化之渊泉。顾此三国之文化，因国土之灭亡，民族之分散，久已如花落水流，离其根源而他去，远不如我国文化之系统完全，绵延弗绝，尚为我中国人之所自有也。故中国文化是否能巩固中国，为其巍然独存之一种原力，我人姑不具论。要之，文化与文学，其关系之密切，为不可分离者，固为吾人所深信。则中国文化，存在于中国文学之中，实为中国民族建立其国家政治、社会、伦理与个人品性之基本，而且演为中国文化之特色，能与世界文化互相辉映者也。然则欲研究中国文化者，自不能不于文学之源流正变，及其所蕴蓄储藏于内部之真生命，真精神，有极深之探索与领悟。否则譬之以管窥天，以蠡测海，冀于博大深遂之中国文化，稍知其崖略，盖綦难矣。

全部中国文学史，即是全部中国文化史，文化随时代而高下，文学亦因之为低昂。故文学者亦一时代文化之结晶也，欲知此时代之文化如何，可证以此时代之文学如何。我中国文学因年代久远之故，凡体制之或沿或革，思想之忽断忽续，其间潮流起伏，往复回旋，悉与当日时代，紧相关连。而予我人以观察之资，故不熟读中国历史，于各时之治乱兴衰，以及朝章国故，民情风俗一概茫如，则其对于时代的文学，决不能与一般作者深表同情，不能与歌者同歌，不能与哭者同哭，斯非但失去文学所含之美感，变为毫无兴味之陈言，而又何能于此时代之文化程度，得有明晰之见解哉。

更进一步言之，中国文学，代表中国文化，不在其歌咏太平之篇章，而尤在其纪述乱离之文辞。盖时世太平，固为昌明文学之机会。西汉文学，盛于文景；东汉文学，盛于明章；唐之文学，盛于开元；宋之文学，盛于元祐；明之文学，盛于弘治。皆自开国以来，经过若干年太平之涵育，而后得之，顾究不若时世乱离，更能刺戟❶我民族自有之文学性，而激厉❷其偏至之气，感发其不平之鸣，使文学界速得非常之进步。故中国文学，每于一朝之末叶，时政不纲，国是日非，外族入寇，大盗移国，人民困苦颠连，靡所控告之时，辄有哀感顽艳之文学。原本忠义，根极性情，于悲伤憔悴中，发现异样之光彩，自黍离麦秀，采薇怀沙而后，或作篱畔之陶潜，或作江头之杜

---

❶ "刺戟"，今为"刺激"。——编者注
❷ "激厉"，今为"激励"。——编者注

甫，代不乏人。宋金元明之季，所谓遗民文学，其尤著者，西台恸哭之记，井中铁匣之书，以及谷音月泉之类，莫不诉风雨而泣鬼神，此真中国文学一种特殊之性质，亦中国文化中一种不可磨灭之精神，正非独时代之产儿已也。

唐虞禅让之局，至夏后氏而始变，中央集权，厉行专制，至今三千余载矣。儒家提倡尊君主义，三纲说的威权，足以划除一切反抗思想，使之不留遗孽。然而十年之前，仅以一度之革命，竟能推翻专制，创造共和。虽有老奸巨猾，欲借已有之权势，偿其勃发之野心，乘隙以逞。帝制自为，乃尝试不数月，而一推即倒，绝无翻复之余地，此岂非古今一大奇迹欤？究其实而言，中国文化，本具有共和之精髓，而此种精髓，涵育培养于中国文学之中，远自上古，以迄今兹，不但发荣滋长，四达旁通，而且根深柢固，动摇不得。故一旦与泰西民治主义遇，便觉如好友忽逢，握手依依，相见恨晚，听其言论，瞻其丰采，莫不厘然有当于心。于是积异常倾慕之忱，不得不竭力仿效之，而牺牲之大小多寡勿问焉。虽十年以来，尚未真能运用共和之精义，实地享受共和之幸福，而自二三顽锢党以外，人人皆知宝贵共和，一似此乃中国所固有，事理所当然，至若专制学说，则无论为素所崇拜之大圣大贤，亦屏弃排斥，而不稍恕宥，此无他故。中国文学家，本抱一种思古幽情，怀葛之慕，黄农之思，夫人而是，加以老氏之无君论，佛家之出世观，遂能泥涂轩，冕刍狗朝堂，视利禄功名，如尘垢之将浼我，呼吸清洁高尚之空气，日与平等自由之原理相摩荡。此山林派、田园派、江湖派之文学，实为今日民国成立之原子也。

古代学校之制不存，似已有大学、小学、乡学、国学之分，然其中编制奚若，课程如何，缺焉无考。汉唐而后，朝廷设科取士，大概利用文学为考试之具，诗赋也、经义也、策论也、表判也，历代异尚，要之皆称为功令文，亦曰制举文。其势力最能垄断中国之文学教育，使之变为贵族主义，官僚主义，而驱之以出于利禄之一途。从来奸黠之帝皇，常借此以靖人心，制反侧，圆满其英雄入彀的宣言，而不必再用祖龙坑士之拙计，此应试之文章，为中国文学之大不幸，一也。更有进者，馆阁供奉，殿陛颂扬，一班谐臣媚子，辄效相如渊云，繁辞缛藻之文，以润色帝业，黼黻皇猷，博取一时之荣宠。而一二能文之天子，每假作斯文，与其臣下相倡和，此应制之文章，为中国文学之大不幸，二也。其他又有民间日用，祝寿贺喜，悼亡吊死，种种应酬之作，亦往往哀然充塞于文学界，使之甚嚣尘上，无复清明之气，蕴藉之观，风雅道丧，莫此为甚。此应世之文章，为中国文学之大不幸，三也。夫文学者文学之文学，若以之应试取功名，应制求升官，应世做人情，此等文章，本不能齿于文学之林。无如中国文学，因有此种附属物，僭居文学之正位，遂使其地位低降，价格贬减，此非文学家之罪，实历来政制为之厉耳。世有误以此为中国文学者，斯无异于认贼作子，未免谬以千里矣。

如上所述，中国文学与其文化之大概，约略可见矣，以下更就中国文学之要点，分为三种，扬搉陈之如下：一曰文字与声韵之创造；二曰文体与诗体之变迁；三曰异性思想之容纳。

二、文字与声韵之创造

（甲）文字。

数十年前，西方考古家，盛唱中国文字，出于埃及巴比伦之说，亦有谓出于墨素波大米与阿美尼亚之间者，至最近而信此说者已渐少矣。我人自信中国文字，为中国人所创造，决非由他民族中剿袭而来。故中国文字之形体，于世界为特别的，不与世界文字同源，而自成一系。盖中国文字，象形之文字也，根本于太古之结绳，以绳结之大小长短，为纪事之区别，自然注重于形，伏羲因之以画八卦，不过代绳结以书契耳。卦画之奇偶相错，犹是绳结之旧法也。迨黄帝之左史仓颉，右史沮诵，整理文字，以为正名百物之用。后世六书之说，论者咸谓传自沮、仓。而六书之首，仍以象形为主，其次会意指事谐声，不过辅象形之穷。如武信上下，无形可象，与夫江湖同形之不能分象者而已。中国文字，既由象形而成立。是故历代以来，万变而不离其宗，由仓颉之古文，一变而为史籀之大篆，再变而为李斯之小篆，三变而为程邈之隶书，四变而为蔡邕之八分，五变而为钟繇、王羲之之正书与行草。揆诸仓颉古文，虽截然大异，而五千年来递变之迹，每一字中，犹皆有渊源可寻。故古代字书，莫备于许慎之《说文解字》，上承古文，下合篆隶，六书之义，厘然秩然。陆德明之《经典释文》，于唐以前经典之读音，采取无遗，详博精审，此二者皆关于中国文字之奇作也。至于《字林》已佚，《玉篇》仅存，下逮清康熙间之字典，聊可通俗，等诸自郐矣。

（乙）声韵。

六书之次序，谐声居其第四，上文已言之矣。顾每一字必完备一音，不必著谐声字而后有。此中国文之所以为单音字也，顾所谓完备一音者，即完备此字之发音与收音耳。从发音言之谓之声，从收音言之谓之韵，两字同此发音者谓之双声，两字同此收音者谓之叠韵。双声之法，至神珙三十六字母，而始著为图；叠韵之法，至沈约四声韵，而始作为谱，二者皆在六朝时代。然中国文之有声韵，不自六朝始也。太古文字萌芽，而声类与韵部之发明，似已为文学上之普通常识。故自伏羲以来，遗文之仅存于今日者，虽已不多，而有韵者居十之八九，其文体不谓之箴，即谓之铭，此种伦理的格言，亦正以有韵之故。耳口相传，易于记忆焉。至于《诗》三百篇，则韵部区分，尤见有不稍紊乱之严，与他经之有韵者，正相符合，间有不协之句，近人细加寻绎，则觉其均属双声，并非特别岐出，于是知古人不但有韵部，且兼有声类也。诚以喉舌唇齿，发声之不同，既为人类自然之天籁，故反切之语。如丁宁为钲，勃鞮为披，已见于《左传》与《国语》，取一字长言之，成为两字，上者双声，下者叠韵，证以泰西切音字，其原理相同。则我国古人于音韵一端，其创造之天才，固未尝落于人后也。文字既有声韵，于言语方面，增加流利；于乐歌方面，增加谐和；于文学之本身，增加美丽，关系之大，不可言喻矣。

以上两种创造，为中国文学之本，下文试更述其变迁。

三、文体与诗体之变迁

（甲）文体。

六经以前，书缺有间，不能定其文体之若何。自六经而后，文体凡五大变，孔子删定"六经"：《诗》《书》《礼》《乐》《易》《春秋》。其中文体虽不一，但俱属于朝廷所录，史官所纪，政府所守，完全为贵族文学。至东周之季，九流飙起，诸子浡兴。而贵族文学，则随王纲之解纽，分裂崩离。于是一般横议之处士，道墨名法之徒，先后有伟人挺出，彼等各欲阐明其学说，各自创造新文体，不更受六经文体之范围，是为处士文学之期，文体一大变迁也。战国末造，楚之辞人，屈原、宋玉，以哀怨之音，发环丽之辞，为词章之祖。前汉中叶，相如渊云，接踵继武，自是由东京以讫六朝，骈俪文体，竟告大成。萧统《文选》巍然为文学正宗，徐庾因之，益加以才思。沿及初唐，四杰齐名，藉甚当时，是为辞人文学之期，文体二大变迁也。中唐以后，韩愈慨然以复古起衰为志，排除八代，上宗六经诸子，羽翼之者，有柳李皇甫诸人，然而积习难返，信从者少。唐末宋初，词藻之风，固尚未变也。直至天圣明道之后，欧、曾、苏、王并起，而古文体大定，明人合之韩柳，称为"唐宋八大家"，是为大家文学之期，文体三大变迁也。与北宋大家同时，有名儒辈出，周、程、张、邵，共创理学派，其门人仿禅家语录之体，以记其师说。至南宋而更大盛，朱、陆、张、吕，本学大家之文，而往往间以口语，故能平易浅近，条贯分明，意义显达。元明以来，凡讲求理学者，皆祖述之，是为名儒文学之期，文学四大变迁也。反对大家及名儒文体者，有明之前后七子，然其为文，号称复古。而斑驳饳钉❶，为人所不喜。至清之乾隆间，而训诂考据之汉学，风靡一世，乃专与宋儒为敌，既病理学之空疏，兼斥语录文体之俚俗。于是有摹拟六朝者，有规抚唐宋者，而其大部分之经解，则多近于唐人注疏体，是为经生文学之期，文体五大变迁也。今者欧化东来，民国成立，而最近之白话文体，究不尽是语录文体之重源复出，则第六期之大变迁，其为平民文学乎。

（乙）诗体。

大抵有韵之文，恒居无韵之先。故我国诗之发源，尤古于

文。顾唐虞以前之诗，传记所载，核其体制，决非当日之原本，殆多出后人依托，惟尚书之明良喜起歌，则较之康衢击壤卿云南风，较可征信耳。然仅此固不足以证诗体也。三百篇删定于孔子，哀然巨帙，然其中四言体独居多数，似最初诗体，尤尚四言，暨屈宋散为骚体。而秦末汉初，《易水》《虞兮》《大风》等作，皆楚声矣，是诗体之第一变迁也。五言创于苏、李之送别，七言创于柏梁之联句。魏晋而后，遂为诗之正体，偶有四言，等于拟古，是为诗体之第二变迁也。六朝骈俪之文大盛，于是有以骈丽为诗者。三谢已开其端，至沈约而四声八病，规律严整，对偶之工，平仄之调，至徐庾沈宋而极。五七言律为今诗，而汉人之五七言体，遂为古诗矣，是诗体之第三大变迁也。歌诗之法久亡，开元十二乐谱，律吕徒存，声音不具，汉魏之乐府歌辞，至六朝而为子夜读曲，唐人一变为绝句，再变为小令，南唐君臣，所作尤伙。北宋之大晟乐，更衍为长调，乃别出于诗之外而名之曰词，是诗体之第四大变迁也。两宋以来，始有戏曲，取小说之情节，而扮演之以歌舞，既应步踏，复协工商，金之院本，元之杂剧，一时至数十百种。明之传奇，流行更广，至于末叶，又有弹词鼓词开片词宣卷词，为通俗演唱，虽闾巷所传，托体较卑，未始非诗之流亚也，是为诗体之第五大变迁也。至于诗体之外，犹有诗派，三百篇既名之为经，复乎莫尚。自汉魏而下，诗派之变迁，尤不可胜数。约而言之，大概在用意遣词修章饰句之间，或古朴质直，或清微淡远，或雄健高浑，或艳丽绵缛，或浅近平凡，有一人创作之于前，必有数千百人附和之于后。诗派之兴，模拟日众，而真诗几湮，殊非诗界之幸事也。若夫近日之白话诗，尚未成立，姑置勿论。

以上论中国文体诗体之变迁，顾变迁之原由，则为容纳异性，当再于下文述之。

四、异性思想之容纳

一国之文化，如为孤性的，每易于衰老，必时时与异性相接构，而后能光辉发越，历久常新，此固物理学之定例也。而我中国文学，其容受异性之量，尤为宽宏无比，所以经过五千年远长之岁月，而犹能适应时代。孔子系《易》曰："穷则变，变则通，通则久。"其谓此乎，试详述之如下：

第一，中国古代文学，北方之文学也，故其思想为伦理的，为贵族的，为专制的。东周以后，南方文学崛起，为北方文学之反动，其思想则为哲学的，平民的，自由的。老子以北方旧史官，而传播南方新思想，五千言之奇警精辟，六经所未有也。于是思想革命，而文学革命随之。战国诸子，不独庄列，即其余异端并作，亦莫不放言高论，无复顾忌，则以南方思想为之释放也，此容纳异性之第一次也。

第二，当南北文学激战既终，将为儒家所统一之际，佛教东来。而印度哲学，又隐为南方助力，虽其初在东汉之世，无甚发展。而至晋来两代，翻译之经论渐多，其清净寂灭之宗旨，与老庄之说，声息相通，遂大为时人所崇拜，于是清谈一派，发生其间。厌薄孔孟，蔑弃礼法，而转引竺乾为同调，儒家出而反抗之，甚至科以乱天下之大罪。至其究竟，卒归三教调和，阳儒阴释之徒，随在而是，此容纳异性之第二次也。

第三，自汉以来，所谓儒家者，不过经师而已。然注疏之学，要于儒家为糟泊，为渣滓，非其精神也。故至于隋唐，虽五经正义之巨著告成，而儒家之暮气已见，惟前有王通，后有韩愈李翱，较能发见其思想，然中说固推崇佛为西方圣人。韩李二子，固与大颠药山相往还者也。两宋名儒因之，借佛老之方法与途径，以闻发孔孟之精髓，其思想之深邃，所以不与汉儒同科者，皆由二氏之影响为之。至太极图之出道家秘笈，定性论之演禅门余绪，朱学之于宗杲，陆学之于德光，则多为訾议者有意附会，尚非定论。更如慈湖白沙阳明之思想，与禅更近，竟诬为佛学之转身，更无论矣。此容纳异性之第三次也。

第四，欧亚交通，始于元代，而欧洲学术之大输入，则在明季。罗马教士，为传道而来，兼挟其天文历算论理哲学以俱至，大震东方人士之耳目，朝野上下，倾心优待。顾满洲入关，利用儒家排斥异端之方法，严禁遏绝者百余年，及海禁大开，抵拒无力，英美基督教士复相率莅止，不独国内设立学校，迻译宗教科学书籍，且历年以来，遣派留学外洋者，日见其伙。西方思想，如怒涛之涌进，此容纳异性之第五次。正在今日，欧亚两思潮之接构，定有非常之结果，是则我人对于中国文学，不能不怀无穷之希望者也。

序中国学术源流

王治心先生著成《中国学术源流》一书，嘱余审定，并为之序。余浏览一过，觉其叙述详晰，真班孟坚所谓原原本本，殚见洽闻者，爰为是正一二小小处，不辞而序其端。

序曰：吾中国文化，肇于距今六千年以前，有学术，斯有文化。则吾国学术之源远流长，固不待言而可知也。世界四大文化，中国而外，有若希伯来，有若希利尼，有若印度，或毗于宗教，或毗于哲学。惟中国文化，独以伦理之精神，发为道德之光华，不落神秘，不蹈玄虚，切于人生，适于日用，宜于躬行，内有以培养个性之发展，中有以维持社会之秩序，外有以导引国家之和平。凡此中国文化之成绩，皆中国之学术为之也。

孔子删《书》，断自唐虞，"六经"所述，二帝三王，文明之盛世，虽邈乎不可复追，要其学术与政治，尚未岐而为二。故当日政治之文章，即学术，学术之成功，即政治也。自春秋以至战国，政治溃乱，学术乃分裂，而独立于政治之外。诸子百家，纷然并起，而刘中垒综录群书，以为诸子之流，其源皆出于王官，殆非无据而云然矣。

诸子中之尤大者，曰儒，曰道，曰墨，曰法，皆曾有权力于一时而又各随时代之迁移，迭为起伏，卒调和而为中性之新分子。晋之清谈、宋之理学其影响于国家社会个人者甚巨。而夷考其内容，自一部分之印度哲学外，则犹是四家思想之分合反正变化而成者，则谓四家学说，已尽摄中国学术之一切，亦无不可也。

秦皇汉武，俱以雄杰之姿，阴行法家之专制，而阳则利用儒家，以柔和民人之心志，划除墨家任侠之风，而一驱之于诗赋经义训诂考据之朴学，饰之以彬彪《尔雅》之词章，乘人人之虚荣心，而大提倡科名利禄以为之囮，于是萃一国之聪明才力，共趋于一途，而无复余暇以及其他，此其为术至狡。历代承用以收优胜于朝廷，于前清异族入主之朝为尤显。中国学术所以三千年来统一于儒家，儒家学说所以统一于经义，由两汉以暨最近前清之末叶，中间无论为今文，为古文，为宋学，为两汉，要必以经部为万有学术之正宗，而且范围不过，曲成不遗，职此故也。自其对面言之，则儒家以是因由得以其伦理道德学说，贡献于吾民族者，亦不为不多，遂能使孝弟忠信，礼义廉耻，浃于人心，蒸为风俗，成人有德，小子有造，乡里愚氓，咸知自好，论者每以晚近功利主义之见解短之，而不知吾人统观世界，历数各文化之利病关系，为最后之定论，则其功自不可没也。

然而汉代经学之盛，论者以为利禄之途使然。今文古文，为争立博士而讼言相攻，其动机亦甚卑劣。自是以后，士人欲致身贵显，必先诵法孔孟，迁流之极，至于宋学之颓波，而为八股考试之制，承用亘六七百年，而中国学术之荒落，遂不可复振矣。其时适值五洲大通，外力侵入，彼富我贫，彼强我弱，相形而见绌，于是所谓西学，所谓洋务，大受当日朝野之欢迎。时务论著之印行，与富强丛书之纂辑，黄茅白苇，漫无抉择，而市上风行，不胫而走。回视中国自有之学术，则弃若土苴，四书五经，等于不祥之物，为学者所羞称。盖国学之衰微，五十年来，既已剥蚀殆尽，而计其所得于西方者，又十分肤浅无根，逾淮之橘，辄化为枳，由是中国之贫弱，益复每下而愈况。吁！可悲已。

民国成立，欧战发生，中国之大转机，与世界之大转机，不谋而合，西方物质文明之不戢自焚，引起一部分有思想人之觉悟，而急欲改造，有倾向于东方精神文明之趋势。其在中国，名曰共和，而政争愈烈，内乱不已，亦使青年学子感时局之痛苦，怆祖国文献之消沉，而整理国故创造新生命之观念，亦如空气之忽然弥漫于全国，两者互相关联。故中国之文艺复兴，正与世界之文艺复兴，遥为呼应。复古开新，千载一时，何幸吾侪之适当其际也。

治心此书，叙述中国学术源流，既明且备，洵可称九流之津涉，六艺之钤键矣。虽然，此特源流云尔，若夫宗庙之美，百官之富，更须升堂入室，一探其中内容之秘奥，决非持此戋戋一小册，而曰吾已尽知中国学术之大概，可以踌躇满志也。吾愿读此书者，依本书之系统而广求之于群籍，务益为深博之研究，毋以浅尝而辄止，则于国学庶有真心得，异日发其精华，使之光辉日新，以共造世界之幸福，则治心索引之劳，亦可以无负矣。

古代刑法原旨

    此篇为英文教务杂志主任乐灵生君属撰，乐君将译为英文，刊入该杂志，使外人皆知我国刑法之宗旨。所以通中西之邮，俾我东方文明，亦有以贡献于世界也，丽诲识。

    我国之有刑罚，始于黄帝时代，约在西历纪元前二千七百年。据《尚书·吕刑篇》所纪，则五刑实始于当时土著之苗族，其制刑之本意，乃苗族之酋长，恶其民之不用善，设刑以制服之，其时之刑，有劓刵椓黥及杀五种。自黄帝率华民百族西来，征服苗族，哀其用刑之淫虐，而加以遏绝，使不行于无辜者之身，而刑法之制定，由是昉矣。逮及唐虞，有典刑之官，五刑之外，增以流鞭扑赎四者。流为五刑之轻者，以放流之法宥之；鞭用于官署；扑用于学校；赎则出锾金以赎罪。是时皋陶为千古司法之第一人，其用刑最为明允，此吾国所以常称尧舜为圣王，唐虞为盛世也。至夏代乃有孥戮之刑，盖禹为吾国中央集权之鼻祖。初变共和为专制，不得不定酷烈之刑，以施之于叛逆之对敌，与战争之兵士，逮其后王无道，罪人以族。人民之犯罪者，亦一律行用矣。商王纣又创为炮烙醢脯之刑，以肆其暴虐。未几，岐西之革命军起，而商社以屋。故由古史之所纪载观之，一朝之中，鲜不以恤刑而兴，以暴刑而灭，于是用刑之柄，虽操于君王或政府，而监督之权，恒在于公义与人民也。

周代六官之制，以刑为秋官，其首职曰大司寇，此即后世刑部之权舆。其用刑分三大要旨：一曰刑新国用轻典；二曰刑平国用中典；三曰刑乱国用重典。则用刑之轻重，视其国人民之程度而分矣。其秋官全部，又设种种之分职，大概分刑法为五类：一曰野刑，适用于农民之刑法也；二曰军刑，适用于军队之刑法也；三曰乡刑，适用于士庶之刑法也；四曰官刑，适用于官吏之刑法也；五曰国刑，适用于寇盗之刑法也。吾国之刑法，至是可谓集其大成矣。顾每遇贤君，则用刑必慈祥，每遇暴君，则用刑必酷烈。周之成王，刑错三十年，汉文帝除肉刑后，每年全国讼案，仅有四百起。而晋叔向谏郑子产之铸刑书曰："夏有乱政而作禹刑；商有乱政而作汤刑；周有乱政而作九刑，三辟之兴，皆叔世也。"是知，国乱则刑愈繁，刑愈繁，则国愈乱。观于孔子有云：导之以政，齐之以刑，民免而无耻；导之以德，齐之以礼，有耻且格。于以见刑罚之不足以止奸，不若德化之有效也。

当战国之世，吾国始有刑名家，以研究法律，为专门之学，如邓析、申不害、韩非等。而儒家则颇反对之，谓不以道德化民，而以刑法防民，非治国之本也。故儒者读书，向不读律，吾国法学之所以二千年来，沉沦官吏之手，于学问研究上无进步之可言，皆由此故也。更进而论之，专制之国，人民无持法律以对抗其坐于堂上，滥行酷罚之权利。历史上所纪，暴君虐吏，黑暗之冤狱，不可申雪者，不知凡几。此等皆于用刑之本旨，毫无知晓，且亦不愿知晓，恃其一日之权威，无所不用其极，斯乃政体上之咎责，世道之颓靡，人心之凶狠，非刑法上之过，又不能以常例论者矣！

兹将我国刑罚罪人之宗旨，分为十项，揭之如下：

（1）刑罚有罪，即以保护无罪之人，使不受害也。吾国刑法，其最大之一义，即为禁暴诘奸。国家有暴乱分子，则国家不能治平；社会有暴乱分子，则社会不能安宁，是以纵一有罪之人，即不啻使多人皆受其害。故不得不用严刑以禁止之，非欲行虐于此一人，实为多数良民之保护也。夫寡弱之人，为众强所欺陵❶，无力抵抗，冤抑莫伸，惟国家之刑法，乃不畏强御之一种，能为之代行其报复，则寡弱之人，受其保护之点，自不少矣！

（2）刑罚有罪，即以惩戒未犯罪之人，使不犯罪也。舜之命皋陶也，曰"刑期于无刑，谓用刑之本意，期于人民不犯罪，可以无须用刑也"。此语最为扼要，吾国言刑法者，大都根据此旨。孔子曰："听讼吾犹人也，必也使无讼乎。"义亦相同。盖凡赏罚不公之世，有罪者恃其势力与矫诈，可以不必定受刑罚，故人有幸心，易于犯罪。若知有罪之不可侥幸而逃刑，自将不敢为恶，犯罪者少，而刑亦省矣。

（3）刑罚有罪，即令此有罪之人，可以从兹改革，而不再犯罪也。周制，凡害人者置于圜土，而施职事焉，以明刑耻之。其能改者，反于国中，不齿三年；其不能改，而出圜土者杀，按圜土即今牢狱，施职事。当即今狱囚之工作，曰以明刑耻之，可见监牢拘禁，乃以羞辱犯罪之人，发其耻心，而使之

老学蜕语

272　　❶ "欺陵"，当为"欺凌"。——编者注

悔改。果能悔改，则三年之后，国民资格，即得恢复。惟怙恶而有不轨则之行动者，乃杀焉，则知用刑者乃不得已而为之，期其悔改，即用刑之初心也。

（4）刑罚有罪，即以偿其犯罪之债，而代受害者，实行其报复也。复仇主义，乃古时人民之天然思想。如欠债之必偿，古语有父之仇不共天，兄弟之仇不反兵之说。然私相屠戮，辗转不已，一国之纲纪荡然矣。故用刑之意，即国家以报复之事，引为己任，而凡为国法所诛责者，即以偿其犯罪之债，亦以明已偿之后，不得更有他人私致其报复也。我国历史，于复仇之举，以其有关于孝义节烈之风，记载尤多，无不使人可歌可泣。然大都出于乱世，若刑罚公平之代，此事绝不多见，盖由此也。

卷四

（5）刑罚有罪，务令适当其罪，而不可溢量也。古书著《用刑之训戒》曰："罪疑惟轻，功疑惟重。"与其杀不辜，宁失不经，其语至为警切。盖刑罚为有罪而设，罪既有疑，罚何能定。轻纵一罪人，其失犹小，施刑于无罪，则于人心天理，将何以自解免乎。故苟有疑案，宁轻毋重，而又有三宥三赦之法以调剂之。三宥者：一曰弗识；二曰过失；三曰遗忘。三赦者：一曰幼弱；二曰老眊；三曰蠢愚，是也。舜典与康诰，皆谆谆劝戒，于适尔之罪，虽大必宥，惟怙恶不悛者，始加以罚，此诚古代恤刑之至意也。

（6）刑罚有罪，自本身犯罪者外，不可累及他人也。罪犯连坐，始于夏之孥戮。至秦商鞅，则一家而外，并夷及三族矣。其后世暴君，甚至有及九族者，然周文王以罪人不孥，施行仁政，而周公之告康叔，复有父子兄弟不相及之明训，于以奠西周治平之基础。汉高入关，约法三章，杀人者死，伤人及盗抵罪，削除亡秦牵累之法。而汉业以兴，要之一人犯罪，连及无辜，不待仁者而知其不可，惟穷凶极恶之政府，则依然厉行之。历史中如明永乐之"瓜蔓抄"，清乾隆之"文字狱"，其尤甚者也。

（7）刑罚有罪，当视为教化之补助，而不以用刑为主体也。申韩之学，以刑治国，谓惟峻刑厉罚，则民畏其威，而不敢犯罪，此意儒家最反对之。儒家之意，治国以教化为先，有刑罚，即为教化之缺憾，当益崇其教化，而扩充之彼刑罚者，固不足以化民成俗也。《汉书·刑法志》云："文德者帝王之利器，威武者文德之辅助。"此种思想，颇布漫于吾国学说之中，而吾国人民，亦能持之以安分循良，而自免于刑罚焉，不可谓非食儒家之福也。

（8）刑罚有罪，当存哀矜其人之心，而不以用刑为快意也。周穆王之作《吕刑》曰："哀矜折狱，孔子之告阳肤曰：'如得其情，则哀矜而勿喜。'"何以当哀！人民犯罪，在上者当自认其教化之有未周，至使其人竟罹于罪网。伊尹所谓一夫不获，时予之辜，此哀之之意也。何以当矜，以其人之愚蠢，至犯罪而不自恤。今则宛转呼号于刑具之下，纵无法以宥之，宁不可怜实甚，此矜之之意也，存哀矜之心以用刑，即孟子所谓以生道杀民，虽死不怨杀者。公孙侨治郑，诸葛亮治蜀，皆刑法严峻，而遗爱在人，民不能忘，以其常存一哀矜之心而已矣。

（9）国家宜将已定之法律，颁示人民，不能不教而诛也。《周礼》言正月之吉，始和，布刑于乡国都鄙。乃悬刑书之法于象魏，使万民观刑象，浃日而敛之。此即唐虞时之"象以典刑"，恐人民轻于犯罪，故取受刑之惨象，绘为图画，并著其犯罪之原由，与其等级，悬于魏阙（即今牌坊之类）之上，使人民触目警心，且知若何为犯罪之行为，而有以自检束其身心，此乃古人于用刑一事。仁至义尽，而以不教而诛为大戒也，惜此制后代久已废弛矣。

（10）凡一谳之成，必经若干人之审议，而不使有冤诬也。古人谨慎于听狱，其法有词听、色听、气听、耳听、目听五者之分。既成谳后，据王制所言，则吏必以谳成告于正，正自听之。正以谳之成告于大司寇，大司寇听诸棘木之下，以谳之成告于王。王使三公参听之，三公以谳之成告于王，王三宥，然后制刑。则一谳之成，经过之手续甚多。孟子亦曰："左右皆曰可杀，勿听；诸大夫皆曰可杀，勿听；国人皆曰可杀，然后察之，见可杀焉，然后杀之。"此法在周礼，谓之三刺。三刺者，一讯群臣，二讯官吏，三讯万民。阶级与孟子同，此皆以防人民之受冤诬，而免酷吏之肆行其暴虐也。

以上十则，略举我国刑罚罪人之宗旨，虽未完备，而大概不外是矣。

古代游戏运动小史

游戏运动之在吾国，发源于太古时代。考诸《吕氏春秋·古乐篇》谓："昔阴康氏之始，阴多滞伏而湛积，水道壅塞，不行其原。民气郁阏而滞著，筋骨瑟缩不达，故作为舞以宣导之。"《路史前纪》亦云："阴康氏之世，水渎不疏，江不行其原。阴凝而易闭，人既郁于内，腠理滞著，而多重腿，得所以利其关节者，乃制为之舞，教人引舞以利导之，是为大舞。"据此则知吾国之舞，即古代之游戏运动。所以利导关节，而不使生重腿之疾，用意与今之体育家同。阴康氏在葛天氏之后，无怀氏之前，距今约在五千年以上，其年代之邈远，不问可知矣。

舞之为术，至唐虞三代而大盛，占据古乐之一部分。盖古乐分两大部：一为声歌，一为容舞。容舞之中，又分文舞、武舞为两种。文舞用羽钥，武舞用干戚，合言之亦称为干羽。《虞书》：舞干羽于两阶是也，舞之造就，在于学校。《礼记·内则》谓："十有三年舞勺，成童舞象。"此小学中之教舞，即古代小学之游戏运动也。《文王世子》谓："凡举世子及学士，春夏学干戈，秋冬学羽钥。"此大学中之教舞，即古代大学之游戏运动也，要之舞之本意为体育。而古人以用于朝庙之祭祀，与宴享者，盖取饰盛之义。如今人大会中之有唱歌体操耳，迁流既极，乃以此事专属诸伶人，而普及体育之本意浸失矣。

迨夫战国时代，社会乃盛行蹴踘之戏。古记谓："蹴踘始于黄帝时。"又有谓："春秋时无终嘉父所制。"二语均无佐证，不能确定也。然蹴踘为游戏运动之一种，则无疑义。"踘"字本亦作"鞠"。据《三仓解诂》言："鞠为毛丸，以足蹴蹋之。"即今之踢球是矣。考《史记·卫青列传》谓："青于军中穿域踢鞠。"张守节《正义》云："案蹴蹋书有域说篇。"则知汉代蹴踘，已有专书，其所谓域，即今球场分曹之界限也。更考诸黄一正《事物绀珠》，知古人踢球之法，名目繁多，大概"两人对踢曰白打，三人角踢曰官场，而球会则名曰贞社"。又考诸汪云程《蹴踘图谱》，则所载尤详，大致谓："踢球不限于两人三人，人多可分左右军，中为球门，其踢法则有解数，有名色，并设立社规以制限之。"此种踢球，盖始于唐。观《唐音癸签》亦云："唐变古蹴踘戏为蹴球，其法植两修竹高数丈，络网于上为门，以度球，球工分左右朋，以角胜负。"则知古踘踘之与今西人之"Foot Ball"，固不甚相远也。

当唐之中叶，有所谓马球者，在游戏运动中，至为剧烈。此种游戏，出于西人各种球戏之外，证诸《韩昌黎诗》，可见其大略。诗云："汴泗交流郡城角，筑城十步平如削。短垣三面缭逶迤，击鼓腾腾树赤旗。新秋朝凉未见日，公早结束来何为。分曹决胜约前定，百马攒蹄近相映。球惊杖奋合且离，红牛缨绂黄金羁。侧身转臂著马腹，霹雳应手神珠驰。超遥散漫两闲暇，挥霍纷纭争变化。发难得巧意气粗，欢声四合壮士呼。"此诗叙述马球之场地与击法，颇为形容尽致，至今读之，犹如画也。然昌黎实不赞成此事，以为驰马击球，伤筋动骨，有害于卫生，足见古人对于游戏运动之心理。而吾国体育之所以不振，皆由此迂腐之见误之矣。

唐代宫中，盛行秋千之戏，大都为宫女娱乐之事。官阀邸第中，间亦有之。据张有《复古编》，谓："起于汉武帝之后庭，亦曰绳戏。"其字本为"千秋"，乃祝寿之词，旋讹为"秋千"，又转为"秋千"云。然考之《荆楚岁时记》，则谓："此戏本起于北方之山戎，所以习轻趫者。"则春秋战国时，即已有之。而《古今艺术录》，亦谓："秋千本山戎之戏，齐桓北伐，此戏始传至中国。"则张有所云宫女以千秋祝寿而讹倒者非也，秋千当为古人游戏运动之一种，以女子及儿童为最宜。惜汉唐而下，只行于宫闱及大家闺阁之间，不能普及于平民耳。

若夫拔河一戏，亦起于唐时，为游戏运动中之有趣味者。据武平一《景龙文馆》记云："景龙四年清明，中宗幸梨园，令侍臣为拔河之戏，以大麻缅两头系十余小索，每索令数十人执之，以挽力弱为输。时七宰相二驸马为东朋，三相五将为西朋，仆射韦巨源少师唐休璟，以年老随缅而踣，久不能起，帝以为笑乐。"此拔河之见于记载者也。

汉代有角抵之戏，略如罗马之"Gladiatorial Combat"。据《汉书》谓："武帝元封三年，作角抵。"文颖注云："秦名此乐为角抵，两两相当，角力技艺射御，故名角抵。"是此戏不但角力，亦角技艺射御，乃游戏运动中竞赛一门也。既云两两相当，则人数亦不限于两人相对矣。惟《隋书》谓："是时都邑百姓，每至正月十五日作角抵戏，戴兽面，男为女服，柳彧请禁止之。"则角抵盛行后，渐趋于演剧方面，而失运动之本意，自经柳彧之禁，即此戏衰歇之缘由欤。

汉代百戏中，今可考见而于运动有关系者，刘安《淮南子》有鼓舞木熙两种，列述于下。鼓舞者，据淮南状其姿势云："绕身若环，曾挠摩地，扶旋猗那，动容转曲。"高诱注云："车轮倒也。"则此种游戏运动，即今代之"翻车戏"，亦名曰"翻金斗"。言鲭所谓："以头委地而翻斗跳过，且四面旋转如球，齐梁以来亦称曰'掷倒'是也。"木熙者木戏也，淮南恒借"熙"字作"戏"字，据其所状木戏之姿势云："举梧槚，据勾柱，猨自纵，好茂叶，龙矢矫，燕枝枸，援丰条，舞扶疏，龙从鸟集，拊援攫肆，莫蒙踊跃。"则为游戏运动中之上高杆也，此杆或即以树为之，拟之以猨以龙，以燕以鸟，皆为在杆上之种种动作也。

更读张衡《西京赋》，载有冲狭燕跃之戏。据《文选注》引薛综云："冲狭者，卷簟席以矛插其中，伎者以身投从中过也。燕濯者，以盘水置前，坐其后，踊身张手跳前，以足逾节逾水，复却坐，如燕之浴也。"此二种于游戏运动中，一近于阻碍运动，一近于飞跃运动，非必艺人之绝技也。

此外古代儿童游戏运动中，有舞轮、有抛堶、有飞鸢、有踢鞬、舞轮之戏。据杜佑《通典》则称"梁时已有"。即小儿转动车轮，以疾徐为竞赛之戏也。与今日自由车竞走相似。抛堶之戏，据夏芳澍《词林海错》谓："宋世寒食，小儿以飞掷瓦石为戏，或曰始于尧民之击壤。"《东京梦华录》亦称为"飞堶"，《丹铅总录》谓即今之"打瓦"是也，案古代以机发石谓之炮，抛塪乃以人力发之，寓军事教育于游戏中者也。"飞鸢"亦谓之"风筝"。据元周逵观《诚斋杂记》谓："始于韩信约陈豨反，作纸鸢放之，以量未央宫远近。"宋李元《独异志》则谓："侯景围台城，简文作纸鸢，飞空告急于外。"可见纸鸢之制，含有今世飞艇性质。而小儿取为玩具，则野外奔走，呼吸新空气之益，乃游戏运动中之最善者。踢毽一事，起于宋世，据事物原始谓："即古蹴踘之遗，小儿以铅锡为钱，装以鸡羽，呼为毽子，三四成群走踢。"亦自然之游动运动也。

游水为游戏运动之一种，健身之要端也。吾国古代，游水之技最盛。《庄子》记："孔子观于吕梁，悬水三千仞，流水三十里，有一丈夫游之，孔子请问：'蹈水有道乎？'曰：'亡。吾无道，吾始乎故，长乎性，成乎命，与齐俱入，欲汩偕出，从水之道而不为私焉，此吾所以蹈之也。'孔子曰：'何谓始乎故，长乎性，成乎命？'曰：'吾生于陵而安于陵，故也；长于水而安于水，性也；不知吾所以然而然，命也。'"案此数语发明游水术颇精，又列子载丈夫之答语，则谓："始吾之入也，先以忠信，及吾之出也，又从以忠信，错躯于波流，而吾不敢以用私。"此则又寓德育于游戏运动之中者矣。

若夫正式运动，而兼游戏性质者，莫如三国时大医家华佗之五禽戏。据陈寿《三国志》所载，谓"佗作五禽戏，语其门徒吴普曰：'人体欲得劳动，但不当使极耳，动摇则谷气得消，血脉流通，病不得生，譬犹户枢不朽，是也。是以古之仙者，为导引之事，熊颈鸱顾，引挽腰体，动诸关节，以求难老，吾有一术，名曰"五禽之戏"：一曰虎，二曰鹿，三曰熊，四曰猨，五曰鸟，亦以除疾，并利蹄足，以当导引，体中有不快，起作一禽之戏，沾滞汗出，因上着粉，身体轻便，腹中欲食。'普施行之，年九十余，耳目聪明，牙齿完固。"观华佗之言，发明运动与卫生之关系，详明剀切，惜所谓五禽戏，不传于后世，是可惜也。

本五禽戏之意，而成一种特别运动式，与今日之柔软体操相等者，为宋以来相传之八段锦，则有图有说，较五禽戏完备多矣。八段锦姿势之歌括曰："两手擎天理三焦，左右开弓似射雕。调理脾胃单举手，五劳七伤望后瞧。摇头摆尾去心火，背后七颠百病消。攒拳怒目增气力，两手攀足固肾腰。"惟此种运动，虽古记流传，渊源未泯，而儒者之见解，仅认为玩弄之杂技，不行用于普通教育之中，故虽未失传，而习者甚鲜焉。

吾国游戏运动之可考者，大概如上。挂漏想尚多，然即此可见先民之所遗传，固未尝少有欠缺，而皆年远代湮，浸衰浸微者，何也？请以最后之结语，为读者告曰，自暴自弃而已矣。然则有此历史而改良之，有此历史而进化之，其在今日乎？其在今日乎？

唐代哲学序略

　　余拟编纂哲学史，至李唐一代，不觉喟然而叹曰："何作者之寂寥也?"夫唐之诗翁，唐之文豪，项背望而踵趾接，全唐诗，全唐文，至今存者，犹数千卷，辉辉乎于历史有光矣。而哲学则阒如，即间有道及者，其思想之浅薄粗疏，固不足以云也，是何故耶?

　　盖吾国自汉而后，有一最缪之僻见，至今未变者，即"有人善作文字，便为儒者"。凡属儒者，必能治国理民，故国家欲得治理之人才，求诸儒者之中，儒者无可表见，则以文字之善否为断。而所谓文字者，代各不同，或以策论，或以诗赋，或兼有策论诗赋之格，而特别成为八股，其制度局体虽变，而依于文字以取士，其致一也，特彼善于此，则亦有之耳。唐承六代浮华之敝，文字之习尚，务求声律对偶之工，故以诗赋取士。诗赋之为物，前不及汉人训诂之能通经，后不及宋人性理之知讲学，弃其衣冠，而绣其鞶帨，故尤与哲学违远。当其初年，尚有陆德明、贾公彦、孔颖达、颜师古辈，通材硕望，疏经注史，深研朴学，上继马郑，然一时之所崇拜，则固在燕许之典丽。沈宋之清华，学士头衔，词人手笔也，是故户知骈句，家解长吟，为有唐一代特别之风气，其后国势浸衰，民生日蹙，犹有瞧杀之音，幽涩之语，边幅窘急之篇章，如陆龟蒙、司空图、韩渥、罗隐之俦，伴二百数十年之唐运以俱逝，此所以唐为文学时代，而非哲学时代也。

无已，吾将举其近似者，以表唐人哲学之梗概，则莫先于韩愈。

韩愈作《原道》《原性》《原鬼》《原人》诸篇，颇近于哲学方面，而尤以《原道》为最著名，其篇首分别仁义道德。唐以前之论者，未有若是之明晰也。顾愈之是篇，其辟佛老，仅据形而下者以言，如四民之不当为六，如圣人前民利用之功不可诬，如君臣父子之伦不可去，皆若于佛老之邃奥。所谓形而上者，毫无所知，而即其粗迹，以相抨击，其于哲学，抑太浅矣。《原性》篇分人性为上、中、下三品。其说固犹可通，乃又以仁、义、礼、智、信五者。分配三品而曰："上焉者之于五也，主于一而行之四；中焉者之于五也，一不少有焉，则少反焉，其于四也混；下焉者之于五也，反于一而悖于四。"则是五性中又有一与四高下之差矣。其《原鬼》篇以"无声与形为鬼之常，有声与形为物怪，为灾祸"。亦于鬼神之理，未有深知灼见也。《原人》篇云："日月星辰皆天，草木山川皆地，禽兽夷狄皆人。"则求诸名学，而万万不能通矣。嗟夫！昌黎一生，以振起古文自命，其所致力者，寓博大昌明之气，于其所特辟文境之中已耳，若牛毛茧丝之哲学，固彼所不屑缉治者也。虽然后之学古文者，必首诵法夫韩，为其浮气粗心之所中，操笔为之，亦每有轶出论理之外者，皆韩氏之流弊也。

精细过韩氏，其哲学亦稍有可观者，则当次及李翱。

李翱之《复性书》，虽谓为宋元后性理学之初祖，亦无不可也。其言曰："人之所以为圣人者性也，人之所以惑其性者情也。情既昏，性斯匿矣。非性之过也，情不作，性斯统矣。"故其书三篇，皆以克情为复性之功。上篇言其原，中篇言其法，下篇则为自勉之辞，可谓当时之奇作矣。韩氏《原道》，始引《大学》，而李翱此书，则多引《中庸》。在程朱之前，知《中庸》为儒家传道之书，孔门哲学之要典者，李氏一人而已。且李氏所说，与昔之注解《中庸》者不同。或问之，则答曰："彼以事解，我以心通也。"盖自唐之中叶，人始知以意解经，不重前代师说。如啖助、赵匡之流，皆是汉魏之旧巾破裂，而后程朱之新冠服出焉。椎轮大辂，亦不能不推李氏也。惟其书于中庸修道之谓教，独改修作循。"循修"二字，古书虽多互误，然循道在己，立教在人。转不若康成解修为治，曰"治而广之"。人放效●之是谓教，语气尤为直捷矣。

韩李二氏之外，又有柳宗元与刘禹锡之言天。

柳氏之作《天说》曰："彼玄而上者，世谓之天；下而黄者，世谓之地；混然中处者，世谓之元气；寒而暑者，世谓之阴阳。是虽大，无异果蓏痈痔、草木也。天地大果蓏也，元气大痈痔也，阴阳大草木也。其乌能赏功而罚祸乎？功者自功，祸者自祸，欲望其赏罚者大缪矣。"此虽柳氏有激之言，而亦颇与近世唯物家之哲学合。然天地元气阴阳，固不得谓为有知，而求赏罚于无知之天地元气阴阳，此固吾人见解之大愚者。顾古今以来，谓天有赏功罚祸之权者，本谓天地元气阴阳中，别有天在，而非即天地元气阴阳也。柳氏混而一之，误矣！至其以天地元气阴阳为无知物，不足以呼吁而望其哀。乃

终之曰："子而信子之仁义，以游其内，生而死尔，乌置存亡得丧于果蓏痈痔草木耶？"则又纯然为儒者之责任论也。

刘氏之《天论》三篇，继柳而作者也。其言曰："余之河东解人柳子厚作《天说》，以折韩退之之言。文信美矣，盖有激而云，非所以尽天人之际。故余作《天论》以极其辨云。"然依刘氏之意，从来言天者分二种，一为阴骘之说，一为自然之说。阴骘说谓天如有物，的然以宰者；自然说谓天本无物，茫乎无有宰者。而刘氏皆不从之，独曰大凡入形气者，皆有能有不能。天有形之大者也，人动物之尤者也。天之能，人固不能也；人之能，天亦有所不能也。故曰天与人交相胜。而其所指为天之能者，为生植强弱；所指为人之能者，为法制是非。天常执其所能以临乎下，非有预乎治乱。人常执其所能以仰乎上，非有预乎寒暑。是其义与近世天演家人治天行之说无异，不可谓非独得之奥理也。

卷
四

虽然，合刘氏三篇之言观之，于天字之界说，均未能划然以清。故所言者亦含混而无理解，与柳氏仅相伯仲耳。夫所谓天者，主宰之天，不得取穹而苍者以实之。更不得取阴阳寒暑，凡运行于天地间者以实之，此今日人人之所知，而刘氏之在当日，则犹未能析之也。若夫刘谓："生乎治者人道明，故德与怨不归乎天，生乎乱者人道昧，故由人者举归乎天。"又曰："尧舜之书，皆曰稽古，不曰稽天，幽厉之诗，首曰上帝，不言人事。在舜之廷，元凯举焉，曰舜用之，不曰天授。在商中宗，袭乱而兴，心知说贤，乃曰帝赉，尧民之余，难以神诬，商俗已讹，引天而欧。"是亦仅为国将兴听于民，国将亡听于神之旧说也。

皇甫湜者，与李翱皆及韩氏之门者也，其作孟子荀子言性请，袭其师三品之说，推而衍之，无所心得，不及复性书远矣。其后杜牧，亦作《三子》言性辨，则立说迥异。杜氏之意，以孟子之言性善，杨子之言性善恶混为不然，而独从荀子性恶之说。又推性何以恶，则以出于性之七情，有爱怒二者，生而自能，实性之根而恶之端。其说诚新辟而独创矣，然衡以哲学思想，则未免太嫌简单，而近于武断耳。

唐自开元而后，道家之学颇盛，超脱世俗，企慕仙真之影响，时时及于其诗文。而读唐书《隐逸传》，所称烟波钓徒，江湖散人者，大都沉冥于老庄，翛然有所自得，更无论吴筠司马承祯辈之躬为道士也。此种林泉派之哲学，亦有秘密之传授，如潘师正所谓陶隐居正一法者，今虽已不可考，然观宋人性理之勃起，发源于周敦颐，而周氏之太极图，实传诸五代时隐居华山之道士陈抟，则亦林泉哲学之余裔。较诸昌黎之开两程，为尤有渊源也，惜儒家狃于门户之见，往往深没其事，纪载缺佚，弗可详已。